悪役令息レイナルド・リモナの華麗なる退場

+グウェンドルフ
近衛騎士団長を務める、フォンフリーゼ公爵家の長男。莫大な魔力を持ち、顔立ちも整っているが、基本無口で無表情のため周囲から一歩引かれている。
+レイナルド
会社員だった前世を持つ、エリス公爵家の次男。自分が乙女ゲームの「悪役令息」であることに気づいてからは、断罪回避のため評判を上げようと奮闘するものの、トラブル体質のため裏目に出ることが多い。
CHARACTERS

乙女ゲームの攻略対象者達
ライネル
跡継ぎ教育を受けるフォンフリーゼ公爵家の次男。兄・グウェンドルフに複雑な感情を抱いている。
ユーリス
宰相の父を持つ重度のブラコン。兄・ルウェインを尊敬している。
レオンハルト
デルトフィア帝国の第三王子。温厚で親しみやすく、弟のような雰囲気を持つ。
ルシア
乙女ゲームの主人公でもある、次期聖女候補。前向きで芯の強い女の子。
ルウェイン
レイナルドの悪友。口は悪いが、いつもレイナルドを心配している。

プロローグ

久しぶりに来た王宮の中は、視界に入るあらゆる建物が記憶よりも更に眩《まぶ》しかった。

あちこちの壁がピカピカに光っている。ピカピカというか、ギラギラというか。国の威信をかけて整備された王宮の眩《まばゆ》さときたら、いつも華美だなぁと思っている俺の実家が至って質素に見えるくらいだ。

久しぶりの正装に、これまた久しぶりに羽織った分厚い純白のローブのせいで歩きにくい。

前から思ってたけど、宮廷魔法士なんて王都からほぼ出ないのに、こんなに分厚いローブいる？　重いし肩も凝るし。それに極寒の地に行くわけでもないし、爺《じい》さんばっかりの宮廷魔法士にこんなに重くて厚いだけのローブが本当に必要なのか？　現に、研究室の爺《じい》さん達は誰一人このローブ日常使いしてないんだけど。

確かに魔法士の中にも、ムキムキでピシッとした背筋の近衛騎士団みたいな屈強な奴らもいるよ。あいつらの正装は淡いゴールドのマントだったか。あれはあれで森の中で魔物と交戦したりするのに、あんな派手なマントいるのか？　なんで迷彩柄でもないキラキラしたマントをわざわざ着てるんだろうか。

それでもマントはまだいい。あれは肩にかけるだけだから。でもローブは袖がある分、更に重い。

俺は騎士団の奴らほど鍛えてないし、どちらかというとインドア派だから見た目もひょろっとしている。昔はマッチョになるという夢を抱いたこともあったが、悲しいかな、俺は筋肉がつきづらい体質だった。体格がよくて背も高い父さんや兄さんに比べると、ひ弱そうに見えることは確かだ。幸い身長は女の子よりは少し高い程度までは伸びたけど。

「ほんと誰だよ。こんな重たいだけのローブを正装にしようなんて最初に言い出した奴は」

俺は金髪だから、金色のマントよりは白いローブの方が似合うと言われればそうかもしれないが、ただでさえいつもよりゴテゴテした宮廷魔法士の正装を着てるのに、その上からローブを着るのが億劫《おっくう》でならない。普段羽織るだけのローブを今日はちゃんと着ているから余計に。

「ああ……脱ぎたい」

思うに、宮廷魔法士も近衛騎士団も、魔法士の威信を前面に出しすぎなんだよな。今の宮廷魔法士の長官と近衛騎士団の団長は親族なんだから、もうこんな重たいローブもマントもなくそうって話し合ってくれないかな。団員の投票で決めるっていうなら、俺ロビー活動頑張るから。

くだらないことをあれこれ考えながら広い石造りの回廊を足早に歩いていると、左前方にある中庭の方から貴族のおっさん達がぞろぞろと歩いてきた。今の時間、御前会議か貴族院の定例会議でもあったのか。

ちら、とこちらを見た数人が俺の存在に気づいた。

「おや、あの金髪の若者は、エリス公爵家のレイナルド卿では」

「ああ、本当ですね。美人で評判の夫人に似ている、あの無駄に整った顔はレイナルド卿ですよ。珍しいこともあったもんだ。彼が王都に姿を見せるなんて、とうとう宮廷魔法士をクビになるんでしょうか」

こそこそと囁《ささや》き合う声を拾い、思わず足の速度を緩《ゆる》めた。

聞きたくはないのだが、俺は風の精霊の加護持ちだから少し耳がいい。そのせいで、多少遠くにいても風に乗って声が届いてしまう。

「ああ。彼があの怠《なま》け者令息ですか。聞けば、宮廷魔法士なのに仕事をサボっては僻地《へきち》をフラフラ放浪《ほうろう》して、王都に姿を見せるのは月に一回あればいい方だとか」

「最近ではそれも飽きたのか、公爵領に篭《こ》もったままだと聞きましたよ。もういい歳でしょうに」

「確か二十歳じゃなかったですか、長男のエルロンド卿が二十三でしたから。あそこは長男が優秀なのでスペアの次男には甘いんですよ」

スペアに甘くて何が悪いんだよ。

思わず心の中でツッコミを入れた。言っておくけど、俺は兄さんの補佐だってちゃんとやってるんだからな。

「おやおや、エリス公爵は大変ですな。今彼が向かっているのは、謁見の間の方では？　そういえば、先ほどファネル様の姿もお見かけしましたよ。やはり、とうとう彼はクビですか」

「やれやれ、遅かれ早かれそうなるとは思っていました。陛下直々にお叱りになるのでは？　彼は最近バレンダール公爵領との公共事業もめちゃくちゃにしたと聞きましたし」

「ああ、その話。私も聞きましたよ。人夫《にんぷ》を雇って雇用を生むはずだった山間トンネルの計画をぶち壊したとか。それも自《みずか》らの力を王宮に誇示するためだったそうで」

いやいやいや。勝手に人の野心を捏造するな。

なんだそれは。憶測で俺の動機を語るんじゃない。ファネル総帥に呼び出されたのは確かだが、爺《じい》さんは宮廷魔法士を束ねるボスなんだから、俺が会ってたっておかしくないだろう。クビかどうかなんてまだわからない。

「おや、そんなことがあったんですか？　巻き込まれたバレンダール公爵もお気の毒に」

「めちゃくちゃなことをやっても、彼はファネル様のお気に入りですからね」

「大した実績もないのに彼が宮廷魔法士なんて、務まるわけがないと思っていましたよ」

聞こえてくる声と密やかな笑い声からは、呆れと軽蔑が伝わってくる。

俺は全然聞こえてませんよ、という顔をして歩いているが、一刻も早くこの場から走り去りたい。

違うと思いたいが、やっぱりクビなんだろうか。

総帥に呼び出されて更に陛下に謁見するなんて、確かにクビ宣告される以外の理由が思いつかない。

トンネル工事を中止して転移魔法陣を敷設《ふせつ》したのは、そんなに悪手だっただろうか。ちゃんと事前に許可は取ってたはずなのに。それとも、あれか。一時期聖獣の子供を育ててたせいで呼び出しに応じなかったことがあったから、職務怠慢の方か。だとしたら子煩悩な俺が悪いな。

それにしても、相変わらず王都での俺の評判は底辺だ。貴族のおっさん達に酷評されるほど、表立って政治にも社交界にも関わってるつもりはないんだけど。

さっさと通りすぎようと再び足早に歩き始めた俺の背中に、ダメ押しの一言が聞こえる。

「まぁ、仕方ないですよね。所詮『ダメナルド様』なので」

「そうだな。『ダメナルド様』だからな。まあ放っておくのがいい。いずれ公爵領からも追い出されるだろう」

しかり、と頷くおっさん達の声が遠く聞こえる。

出たよ。『所詮ダメナルド』。

俺は結局、その不名誉な称号から逃れられないわけだ。

何故か下がり続ける俺の評判を浮上させようと奮闘しているのに、なんで上手くいかないんだろう。

さすが、レイナルド・リモナの悪役令息バイアス。こっちは必死で脱却しようとしているのに、一筋縄ではいかない。

中庭から見える雲の多い空を遠い目で見上げて、俺はため息をつく。

そして、全ての事の始まりとなった十二歳のあの日を思い出した。

第一章　迷走する悪役令息、漆黒の魔法使いに再会する

俺がその記憶を思い出したのは、十二歳の選定式でだった。

デルトフィア帝国では、十二歳になると教会で選定を受ける。魔法士としての潜在能力があるかどうかを早期に確かめるためだ。

潜在能力というのは、魔力か精霊力のことで、我が家の家庭教師の説明によると、『魔力を持ち、それを消費して魔法を使う者を魔法使い、自然界の中にある精霊の力を体内に取り込み、それを使って魔術を行使する者を精霊師』と区別するそうだ。ただし、『魔力持ちは貴族の中でも非常に珍しいので、明確に言い分けることはあまりなく、一般的にはどちらも魔法を使う魔法士と言って構わない』ということらしい。わかりにくいから結論から言えよ。

十二歳を迎える子供は、全員が選定式に参加しなければならない。もし精霊力か魔力があれば翌年から魔術学院に、なければ一般の初等学校に通うことが決まっている。

俺は、十二歳の選定式を実家の公爵領にある教会で受けた。帝国を守護する四大公爵家のうち、南方を治めるエリス公爵家が俺の生家だ。つまるところ、俺は南領貴族の頂点に君臨する公爵家の令息なのである。

領地運営のために常に多忙な両親と一緒に教会に到着したときには、もう夕方だった。

俺には、エルロンドという名前の三つ歳上の優秀な兄がいる。当時すでに魔術学院に通っていたエリートの兄に比べて俺は次男だし、そこまで頭もよくないからあまり期待されていないと思っていたが、両親はちゃんと俺の選定式にも顔を出してくれた。それが嬉しくて、順番が来るまで両親と一緒に教会の椅子に座って足をブラブラさせて待っていた。

この地の公爵である父に対して、最初教会からは「馬車でお待ちください」というお気遣いがあった。だが、父さんが「選定式の場では皆と同じで構わない」と希望して、他の人と同じく教会の中で待つことになったのだ。

同じ時間帯に高位貴族はいなかったようで、平民の子達が次々に壇上に上っていく。皆精霊力も魔力もないようで、選定を受けた後は少しだけがっかりした顔で戻っていった。迎える親達も少し残念そうな、でもどことなくほっとしたような顔をしている。

「あの子達の親は、どうして嬉しそうな顔をしてるんだろう」

魔力があれば魔法士になれるのに、安心したような表情をする親達が不思議で、俺はついそんなことを呟《つぶや》いた。

俺の声を聞いた父さんが横から説明してくれる。

「魔法士になれる子供は貴重だからな。滅多にいないが、もし平民から力を持つ子供が現れたら、大体は貴族の養子になるんだ。それだけ、家門に魔法士を増やしたいと思う貴族は多い」

平民のまま魔法士になるのは難しいらしい。もし潜在能力が見つかったら、親は子の将来を考えて養子に出すことが一般的なのだという。それを聞いて、ほっとした顔を見せた親達の気持ちが少し想像できた。貴重な才能があることは喜ばしくても、子供と離されるのは嫌だろう。

「だから、この国の魔法士はほとんど貴族なんだね」

「そうだな。結果として、そういうことになる」

俺の言葉に父さんが頷いた。

再び、教会の中を見渡す。朝から選定を行っている神官達の疲れた気配が薄《うっす》らと漂《ただよ》う中、外から差し込む夕日の橙色《だいだいいろ》がステンドグラスを透かして、子供達に降り注いでいる。

ぼんやりとそんな様子を眺めながら、あと数人で順番が来るな、と思っていたときだった。

教会の外から、通りを歩いているらしい子供の歌声が聞こえてきた。

舌足らずな声で、歌詞は上手く聴き取れないが、ゆったりした情感のあるメロディが耳に届く。

初めて聞く歌だけど、やけに耳に残った。その子供の歌声に耳を澄ましていると、ふと途中で違和感を覚える。最後の音程がどこかおかしい。

「なんでそこで音が下がるんだ……？」

――だってこれは、『夕焼け小焼け』じゃないか。

そう思ったときだった。

プスリ、と何かが頭蓋骨に突き刺さったような感覚がした。

「っ」

瞬間、頭の中にコマ切れになった記憶がバラバラと本を捲《めく》るように流れ出した。

ここではない別の世界で生まれて、三十歳になる前に呆気なく死んだ男の記憶。横転したダンプカーに潰されそうになった女の子を助けようとして、彼は死んだ。

その彼は、俺である。

正確には俺であった、とそう感じた。

では、今ここで座っている俺は？

それだって俺だ。

生まれたときからずっと自分だと思って生きてきた。

それでは、頭の中に浮かんだこの記憶は？

しばらく考えに考えた結果、いわゆる前世だ、という結論に達した。

自分の前世の記憶が蘇《よみがえ》ったのだと。

「レイナルド、どうかしたの？」

父さんとは逆隣にいた母さんが、額に脂汗《あぶらあせ》を浮かべている俺に気づいて心配そうな声を出した。

「ううん、大丈夫。母様、外から聞こえるあの歌を知ってる？」

「歌？」

俺の問いに外の音に耳を澄ました母さんは、不思議そうに首を傾げた。

「聞いたことのない歌ねぇ。変わったメロディで面白いわ。なんだか懐かしい気持ちになるような」

小さな子供の声はだんだん遠ざかり、もう歌は聞こえなくなった。

今ならわかる。

それは、前世で歌ったことのある有名な童謡だ。

何故それを知っているのか、外に飛び出して子供に聞いてみたい。

そう思って椅子から下りようとしたとき、後ろの席に座っていたお婆さんが声をかけてきた。

「後ろからご無礼いたしますよ、奥方様、レイナルド様。あの歌は平民の間でよく歌われていた童謡です。その昔、他国から来た聖女様が広めたんだとか」

嗄《しわが》れた声のお婆さんの説明を聞いて、振り向いた母さんは感心したように頷いた。

「まぁ。ご親切にありがとうございます。どうりで異国情緒のあるメロディだと思いましたわ。私も初めて聞きました。乳母も歌わなかったものですから」

「ええ。最近の若い子はもう歌わないでしょうねぇ。さっきの子供には、きっと私のような年齢の祖母がいるのでしょう」

お婆さんと母さんのほのぼのとしたやり取りを聞きながら、俺は何か引っかかるものを感じて内心で首を捻《ひね》っていた。

前世の世界は、ここと全く別の世界だと思う。魔法の有無など、世界の理《ことわり》が全く違う。

それなのに何故、他国とはいえ別の世界の童謡が存在するのか？

よくよく考えてみると、この世界には前世と共通するような概念が多く存在しているような……

「レイナルド、もう次だぞ」

父さんから促《うなが》されて、はっと顔を上げた。

壇上で名前を読み上げた神官がこちらを見ている。俺は慌てて立ち上がり、前の方へ進み出た。

今は選定式に集中しなければと思うのに、今度は何故か自分の名前に違和感を覚える。

何故だろう。

生まれたときから慣れ親しんだ自分の名前のはずなのに。

「レイナルド・リモナ様。それではこちらに」

若い神官に促《うなが》されて壇に上がると、俺は選定を行う高齢の神官が立つ中央へ歩いていった。

レイナルド・リモナ。

父親はエリス公爵位を持つ貴族だが、俺は次男なので、大抵はレイナルドと名前で呼ばれる。リモナはうちの家名だ。

改めて呼ばれた自分の名前を心の中で反芻《はんすう》する。

そうだ、この違和感。

俺はこの名前を、先ほど思い出した前世で目にしたことがあった気がする。

「レイナルド様。こちらに立って水盤の上に手をかざしてください」

優しげな顔をした老齢の神官が、恭《うやうや》しく祭壇を指し示す。

石造りの祭壇には、銀で装飾された薄い水盤が載っていた。何をするかは事前に教えられていたのでわかっている。この薄く張られた水は、王宮にある精霊の加護を受けた池から汲んできたものだ。精霊力を持っている場合は、この上に手をかざすと水の表面が波打つ。もし魔力がある場合は、魔力の影響を受けて水の色が変わると言われている。

水盤を覗き込むと、明るいブロンドの髪に透明感のある濃いグリーンの瞳を持つ、線の細い少年が映る。自分で言うのも何だが、結構美少年だ。

俺はそんなことを考えながら、右の手のひらを水盤の上にかざした。

「おお……！」

水盤の様子を見守っていた老神官が感嘆の声を上げた。

水は、渦を巻くように波立って動いていた。微《かす》かにボコボコと湯立つような様子も見える。

確か、描く模様に属性が表れるのだったか。渦は風、ボコボコするのは土だったと思う。

「おめでとうございます。十分な精霊力をお持ちのようです。さすがエリス公爵様のご子息ですな」

「ありがとうございます」

神官にお礼を告げて、俺は変色する様子のない水盤を眺めた。

やっぱり、魔力はないのか。

ん……？

やっぱり……とは？

「レイナルド様？　どうされましたかな」

「いえ、何でもありません。ありがとうございました」

微《かす》かに首を傾げた俺に神官が気遣うような声をかけてきたので、慌ててお礼を言ってそこから立ち去った。

壇から下りて椅子の方を見ると、神官の声が聞こえていたのであろう両親が嬉しそうに顔を綻《ほころ》ばせていた。

「レイナルド、おめでとう」

「よくやった」

「ありがとう父様、母様」

褒めてくれる声に自分も顔を綻《ほころ》ばせて頷く。促《うなが》されるままに教会を後にして、外に待たせていた馬車に乗り込んだ。

「それで、精霊力があったんだな？」

改めて確認してくる父さんに首肯して、水盤に浮かんだ模様の様子を話した。

「多分、風と土の加護があると思うんだ」

「そうか。風の加護はエルと同じだな」

兄さんは風と水の加護がある精霊師だ。今は魔術学院に通っているが、来年からは王都にある叡《えい》智《ち》の塔に進学することがすでに決まっていた。

叡智の塔というのは、魔術学院で学んだ子供のうち、優秀な成績を収めた者が進学する高等教育機関で、一流の魔法士になるための登竜門である。卒業すれば、王都の研究所や宮廷魔法士の研究塔、陛下直属の近衛騎士団などに所属して、華々しい仕事に就くことができるらしい。

満足そうに頷いた父さんを見ながら、俺はもう一度水盤の様子を思い返した。

「水の色は変わらなかったから、魔力はなかったみたい」

「ああ、うちは魔力持ちは生まれたことがない家系だからな。気にしなくていい」

「そうよ、レイナルド。二つも加護があるだけで十分素晴らしいわ」

俺が落ち込んだと思ったのか、励ましの言葉をかけてくれる両親に、うん、と微笑んだ。

ただ、俺はがっかりしていたのではない。

やっぱりな、と思っていたのだ。

やっぱりダメだったか、と。

「……ダメ？」

誰にも聞こえないくらい小さな声で呟《つぶや》く。

ダメ。

その言葉を口にした途端、脳裏にパッと明るい画面が浮かんだ。


ダメナルド様。


明るいブロンドの髪に白皙《はくせき》の肌。青みの濃い緑の瞳。不遜《ふそん》な顔で斜《しゃ》に構えた立ち絵と、無様に倒れ伏しているスチル絵。

おいおい。

おいおいおい。

レイナルド・リモナって、あの悪役令息じゃないか⁉

家に帰り屋敷の皆から祝福を受けた後、俺は早々に自分の部屋に引っ込んだ。

ふらふらとベッドに近寄り、そのままぼふっと倒れ込んで、思い出してしまった悲しい事実に絶望した。

まさか、この世界が前世で流行《はや》った乙女ゲームの世界だったなんて。

俺の名前、この髪と瞳の色、精霊師として十分すぎる素質。間違いない。タイトルはよく覚えていないが、原作は深夜アニメ化までしたくらい人気のあったゲームだった気がする。

けれども、残念ながら……本当に残念ながら、俺は主人公でもその攻略対象者でもなかった。

よりによって、悪役の公爵令息レイナルド・リモナに生まれてしまったのだ。

「一体何故なんだ」

つい声が出た。

俺が前世で何をした。

取り立てて大きな徳も積んでいないが、ラストで完膚《かんぷ》なきまでに成敗される悪役に生まれ変わるほどの悪行を行った覚えもないぞ！

この世界にいる運命の女神をひとしきり呪った後、俺は未来のことを考え、また絶望した。

実は、俺はこのゲームの中身を全く知らなかったのだ。

そりゃそうだろう。俺はいたって普通の一般男子だったんだ。乙女ゲームなんてやったことねーよ！

なんで？　なんでこんなことに⁉

前世の記憶を持って生まれるって、あれだろう。普通はこの先の展開がわかっていて、最悪の未来を回避するために主人公が活躍して、未来を改変して幸せになるって流れなんじゃないの⁉

「俺、この先のこと何一つ知らないけど⁉」

絶望した俺はまた女神を呪った。

これから起きる出来事は何一つ知らない。だが、ゲームの内容は知らないものの、悲しいことに一時期SNSでトレンド入りしていた不穏なワードは覚えている。

『ダメナルド安定の裏切り』

『約束された末路』

「……怖！」

約束された末路って何？　俺は一体何をやらかすんだ⁉

覚えているのは、SNSで流れてきたレイナルドのキラキラしい立ち絵と、倒されるときの無様なスチル絵である。

ゲーム界隈《かいわい》のファンの間では、その画像を使って大喜利《おおぎり》大会をしていたから、いくつかのフレーズは印象に残っていた。

『残念令息ダメナルドの失墜』

『顔だけワルナルド様』

『スペックだけいいナルド様』

『ダメさがむしろ愛しいナルド』

『公式のやっつけ枠』

『運営《うんめい》のいたずら』

「全くいい評価じゃないじゃないか……」

ベッドに寝転がりながら頭を抱える。

ダメさがむしろ愛しいって何？

公式のやっつけ枠って⁉

「レイナルド《俺》の人生はこの先どうなってしまうんだ……」

せっかく素敵なファンタジー世界に生まれたのに、なんか急に将来が怖い！

「いや、思い出せたんだからよかったと思うことにしよう。つまり約束された末路ってやつを回避すればいいんだ。そうだ。これからは堅実に生きよう……」

俺は枕を抱きしめながらそう呟《つぶや》いた。なるべく目立たずに、細々と生きるしかない。

確か、ゲームは悪魔がどうとか聖女がどうとかっていう内容らしかったから、そういうのに関わらないように地味に生きていけばいいんじゃないか？　裏切りとか悪役っていうくらいだから、将来俺がなんらかの方法で悪魔を呼び出すってことなんだろうし。

俺が大人しくしていれば、世界も平和なままだ。

俺は心の中でそう考えて、うんうんと頷いた。悪魔にも聖女にも絶対関わらない。そして、ゲームの攻略キャラのイケメン達とも絶対関わり合いにならないようにすればいい。何事も穏便に、今世では優しい家族に囲まれて、俺は老後まで幸せに暮らすんだ。

ベッドに横臥《おうが》したまま俺は手を握り合わせて、「どうか穏便に……」と先ほど呪ってしまったこの世界の女神に胡麻すりのための祈りを捧げた。

こうして十二歳になったばかりの俺は、世界の平和と公爵家の次男としてのほのぼの生活を死守するために、どうにかシナリオを回避して生きようと誓ったのだった。

＊＊＊

あの日堅実に生きようと誓ったのに、なんで二十歳になった俺の評価はやっぱり『ダメナルド』なんだろう。

貴族のおっさん達の噂を頭の中で反芻《はんすう》しながら、俺は王宮の廊下をとぼとぼと歩いた。

約束された末路ってやつを回避できてるのか、めちゃくちゃ不安になるんだが。

俺は何か間違えてしまったんだろうか。

頭の中で今の状況とゲームの断片を比べてみる。

かろうじて覚えているレイナルドの立ち絵からして、多分俺のゲームでの登場時期はそろそろなんじゃないかと思う。

魔術学院に通っていたときはまだ少年だったし、その後通った叡智の塔の頃は今と比べて少し幼かった。立ち絵のキラキラした若い青年は、ちょうど今の見た目に近い。

ちなみに、叡智の塔を卒業した後、俺は縁あって宮廷魔法士になった。かなりイレギュラーな任命だったせいで、そのときにもまた悪評が立ってしまったわけだが、とにかく職を得てからの二、三年はそれなりに真面目にやってきたと思う。

今のところ、悪魔にも出会ってないし、闇落ちもしてないし、俺は至って健全だと自負している。

それなのに、さっきの貴族のおっさん達の俺の評価はやっぱり『ダメナルド』なんだよな……

もともと、無駄に高いスペックのせいで生意気な若造とは言われていた。それに加えて、ここ数年の出来事がきっかけで、貴族の皆さんは俺のやる事なす事が全て気に入らないようなのだ。どうしたら穏便に隠居生活に突入できるのか、そろそろ真剣に考えるべきかもしれない。

思い悩みながら王宮内の通路を急ぐと、ようやく謁見の間に続く荘厳《そうごん》な扉が見えてきた。

今日はるばる王宮まで来た理由は、ファネル総帥から呼び出しがあったからだ。

両脇に立つ衛兵の刺すような視線を浴びながら、俺は閉ざされた扉の前に立つ。この先の廊下は陛下への謁見の間や応接の間に続くため、許可を得た者しか入ることを許されない。俺はローブの中から手紙蝶を取り出した。紙をそっと開くと、蝶の形をした金色の紙がふわっと浮き上がる。

手紙蝶というのは、その名の通り手紙の役割を果たす魔法の蝶だ。普段貴族が使うこの手紙蝶は蝶の形をしていて、送った相手のもとにメッセージを伝えに飛んでいく。

作った人の力量によっては返信用の蝶がくっついていたり、音声を一緒に載せたりすることもできるが、やはり宮廷魔法士のトップともなるとレベルが違う。まるで生きている蝶のように美しい繊細な紋様と鱗粉《りんぷん》を模した白粉《おしろい》がキラキラと輝いている。

しかも、これはただの手紙ではなく、鍵の役割も担《にな》っている優れものだ。初めてこの魔法を見たときは、その精密さに感動したものだ。いつもは総帥の部屋に入るときに使うが、今日のはこの廊下の扉の鍵になっている。

紙でできた美しい蝶は、ひらひらと数回羽ばたいてから扉に近づき、鍵穴にすうっと吸い込まれていった。直後に、かしゃん、と錠が外れる音がする。

俺は意を決して重たい扉を開け、中に入った。

先に進むと、人気《ひとけ》のない広大な廊下の先に、老人が一人立っているのが見えた。

「しばらくじゃの。レイナルド」

知性を感じさせる涼やかな藍色の瞳と、腰の下まで伸ばした灰色の長い髪。由緒《ゆいしょ》正しい魔法使いといった出立ちの老爺《ろうや》が、杖に両手を置いて俺を待っていた。

ファネル・ヴァキンズ・フォンフリーゼ。

もう老人といっても差し支えない年齢だが、相変わらず背筋が伸びていて姿勢がいい。

「はい。総帥もお元気そうで」

こちらを見て目を細めた老師と視線を合わせると、悪いことをしているわけではないのに、何故かそわそわする。たとえるなら、悪戯《いたずら》が見つかるんじゃないかと怯《おび》える子供の気持ちだ。いや、決して悪いことはしてないんだけども。

この爺《じい》さんは、ニコニコしながらたまにとんでもないことを言うから油断ならない。もともとは北領のフォンフリーゼ公爵家の出身で、若い頃は陛下直属の近衛騎士団の団長も務めていたらしい。四十年前、多くの犠牲者を出したバレンダールの大禍《たいか》を生き延び、騎士団を率いて帝国の結界を死守した逸話を持つ、伝説の魔法使いである。

その後、一旦は公爵家の家督を継いだものの、唸《うな》るほどの魔力量と類稀《たぐいまれ》なる魔法の才覚を惜しまれて、皇帝陛下から直々に宮廷魔法士の長《おさ》にと望まれた。彼自身も最終的には魔法使いとして帝国に貢献することを望み、家督は早々に息子に譲ったと聞いている。帝国に対する功績があまりに大きかったので、特例として爵位名のフォンフリーゼをそのまま家名とすることを許されたくらい、すごい人なのだ。

今は叡智の塔の総師も兼ねているからそれなりに多忙なはずなのに、議会の議長も務めていて、老いに負けずバリバリ働いている。ソフトだけじゃなく、ハードも半端なくタフである。この爺《じい》さんはいざとなったら杖を振り回して鬼神の如《ごと》く戦うからな。絶対に敵に回したくない。

「相変わらず王宮《ここ》には寄りついておらんようじゃの」

「すみません。最近まで領地の方でトラブってまして」

「聞いておる。エリス公爵領とバレンダール公爵領を繋《つな》ぐ転移魔法陣を作ったそうじゃな」

「ええ。まぁ……やっぱりクビですか？」

「はあ？　お主《ぬし》、何を言っておる」

ぽかんとした爺《じい》さんの顔を見て、俺は怪訝《けげん》に思いながらも慎重に口を開いた。

「いえ、だって、急に陛下に謁見するからと呼び出されたので、職務怠慢でとうとうクビかと」

そう言うと総師は軽く噴き出した。そして杖をトンと床について続ける。

「何を勘違いしておるか知らんが、クビではない」

え？　クビじゃなかったの？

俺は瞬《まばた》きして肩の力を抜いた。

なんだ。てっきり怒られてクビ宣告されるのかと思ったら、違うのか。

「王宮に来ないという理由でお主《ぬし》をクビにするなら、もうとっくにしておる。お主《ぬし》には最初から宮廷魔法士としての普通の働きは期待しておらぬ。今日は陛下が転移魔法陣のことでお主《ぬし》に直接聞きたいというから、呼び出したのじゃ」

安心していいのか、よくないのか、いまいち腑《ふ》に落ちない爺《じい》さんの言葉は気になるが、クビではないということがわかってほっとした。

それにしても、わざわざ皇帝陛下が俺に直接聞きたいことってなんだろうな。ちょっと怖い。

「陛下がお待ちじゃ。行くぞ」

そう言ってさっさと歩き始めた爺《じい》さんの背中を、俺は慌てて追った。

総帥と連れ立って入った謁見の間には、煌《きら》びやかで豪華な金色の刺繍《ししゅう》の入った赤い絨毯《じゅうたん》が敷かれていた。奥の壇上に背もたれが異様に長い艶《つや》のある肘掛け椅子があり、伶俐《れいり》な顔をした金髪の壮年の男性が腰掛けている。

「ファネル、しばらくだな」

彼がこの帝国の皇帝である、テオドール・デルトフィアその人である。だだっ広い部屋の中には、陛下の後方に護衛の騎士が二人いるだけだ。

「お久しぶりでございます、陛下。ここひと月ほど教授達と叡智の塔に篭《こ》もっておりまして、長らく留守にしておりました。ご不便をおかけしましたかな」

「いや、特に問題はなかった。そういえば、叡智の塔ではそろそろ卒業考査の時期か」

「左様でございます」

「後ろにいるのがエリス公爵の次男坊だな」

陛下が声をかけてきたので、俺はすぐに頭を下げて宮廷魔法士の礼をとった。

「帝国の太陽、テオドール・デルトフィア陛下にご挨拶《あいさつ》申し上げます。エリス公爵が次男、レイナルド・リモナと申します」

「よい。楽にしなさい。なるほど、グレースによく似ている」

グレースというのは、俺の母親の名前だ。俺は母さん似だとよく言われる。

「レイナルド卿、貴殿はバレンダール公爵領とエリス公爵領を繋《つな》ぐ転移魔法陣を設置したそうだな」

さっそく例の魔法陣について質問がきたので、俺は緊張しながらも口を開いた。

「恐れながら、陛下。転移魔法陣を設置する以前に、父を通して設置の許可はいただいたはずですが……」

さっき貴族のおっさん達は俺がトンネル工事をぶち壊したと酷評していたが、ちゃんと王宮の許可は取っている。それに莫大な工事費を費やすことを考えたら、転移魔法陣はかなり省エネでいいことのはずだ。二つの公爵領の予算も人件費も減り、おまけにトンネル工事の危険もなくなって経済的。しかも交易路として提案されていた山や森には魔物が出るし、あそこには公爵領が管理する重要な結界もある。領民の安全も考えた上での対応なんだよ。

事情を知らずに好き放題言っていたおっさん達に心の中で一発ずつかましていると、俺の顔を興味深そうに見ていた陛下が頷いた。

「ああ。許可は出した。そんな大規模な転移魔法陣を一朝一夕に作れるのかと半信半疑だったが、本当にやってのけるとは驚いた。しかも魔法使いではなく、精霊師である貴殿が」

「え……？」

俺は陛下のその言葉に仰天する。

……半信半疑？　そんな話聞いてないぞ⁉

驚いている俺に、陛下は「小規模な転移魔法陣を領内で運用する例は前にもあったが、領をまたぐほどの魔法陣は、これまで王宮が管理しているもの以外で設置されたことはなかった」と淡々と告げた。

おいおい。

どうりで貴族のおっさん達が、俺が王宮に媚び売ってるとか言ってたわけだ。そんな事情があるなら、父さんも兄さんも事前に教えてくれればいいものを。試しにやってみたら？　なんて軽い調子で言われたから俺はやったんだよ。知ってたらもう少しやり方考えたわ！

心の中で家族に文句を言っていたら、陛下が真っ直ぐに俺を見て続ける。

「今まで王都を経由するしか術《すべ》がなかった二つの公爵領を繋《つな》げることの意義は、両公爵から直接聞いている。ラズリシエの森を切り開き、山脈にトンネルを掘るとなると、かなり大規模な工事が必要になっただろう。そう考えると、転移魔法陣が設置されたのは喜ばしいことだ。しかし、私が気がかりなのは、それを何者かに悪用されないかということだ。聞けば、魔法陣は馬車が通れるほどの大きさだという。複写される恐れはないのか」

陛下が口にした疑問はもっともだと思う。

俺は慎重に言葉を選んで、その懸念を払拭《ふっしょく》できるような返答を試みた。

「今の時点では、そのようなことはないと考えています。なるべく人目に晒《さら》さないよう、魔法陣は一部を地面に埋め込んでありますし、起動に使う精霊力は土地に根付いている力を吸い上げるようにしてあるので、複写して他所の土地に描いても同じように起動することはありません」

「簡単には真似できないと見てよいのだな」

「陛下、私も確認に行きましたが、かなりの大きさのもので、簡単には全体図がわからないようになっておりました。複製の心配はせずともよいでしょう」

総帥もいつの間に実物を確認していたのか、俺のフォローをしてくれた。

それを聞いて陛下は納得したように頷く。

「そうか。それなら安心した。通行は公爵家が管理しているのだな」

「はい。使用者がわかるように、起動する際は必ず通行証の発行を公爵領に申請させるようにしています。王宮の許可も得た方がいいでしょうか」

「いや、そこまではせずともよい。それでは王都を経由せずに輸送路を確保するという意図から外れてしまうだろう」

王宮の許可は取らなくていい、という言質《げんち》が取れてよかった。

俺は内心で胸を撫で下ろす。今更王宮を通せなんて言われたらどうしようかと思った。

その後、転移魔法陣についていくつか質問をされ、魔法陣の構造や理論についてある程度説明すると、陛下は満足そうに頷いた。

「よくわかった。やはり大したものだ。身内に優秀な精霊師がいてエリス公爵も安心だろう。私からはもうよい。ああ、そうだ。最後に聞いておきたいのだが、今回のトンネルの件、そもそも最初はどちらからの提案だったのだ？」

陛下の問いが最後であることに安心しながら、俺は少し考えて口を開いた。

「ええっと、エリス公爵領では以前からバレンダール公爵領との交易路が欲しいとの話が出ていました。ただ、トンネルはどうかという発案は確かバレンダール公爵だったと思います。バレンダール公爵と父が親しいので、何かの拍子に話が出たとか」

「そうか、わかった。もうよい。わざわざ呼び出して手間をかけたな」

頷いた陛下を見てほっとする。

やんごとなき身分の方を怒らせることなく、俺のクビも飛ばずに済んだ。結局陛下は何が聞きたかったのかはいまいちわからなかったが、無事に終わったから文句はない。

俺は総帥と一緒に謁見の間から退出し、先ほど通った廊下の扉から外に出た。

「じゃあ、お疲れ様でした」

と挨拶《あいさつ》してそのまますっと帰ろうとしたら、「待たんか」と呼び止められる。

「レイナルド、お主《ぬし》、儂に報告するべきことがあるじゃろう」

そう言われて俺は爺《じい》さんを振り向いたまま固まった。

どれのことだろう。

前回、爺《じい》さんとまともに話したのは数ヶ月前だ。その間に起きたことで報告しといた方がいいかなって出来事は、何個かあるぞ。

しかし、一体どれが正解なのか、マジでわからん。多分最近のことだとは思うんだが。

さすがに一年以上前に、港でごろつきに追われていた女の子を助けようとして、総帥から借りてた杖をへし折ったことが今更バレたわけじゃないよな。

「もしかして、どこからかクレームありました？」

そうカマをかけてみると、こちらを眺めていた爺《じい》さんの片眉が上がった。

「やっぱり、ありました？　ありましたよね？　ちなみにどちらの方からかうかがっても……？」

精一杯申し訳なさそうな顔を作って聞いてみる。

こちらの心中はお見通しである、というジト目をしながらも、爺《じい》さんはため息混じりに答えた。

「大神官である神官長殿、と言えばわかるかの？」

神官長。

俺は笑顔を引《ひ》き攣《つ》らせた。

とうとう教会のトップから直接文句を言われるレベルになってしまったか。

まずいぞ。ただでさえ脱ダメナルドが上手くいってないっていうのに。

残念なことに、神官長に怒られる心当たりならある。多分、この前のあれだ。

「あの、一ヶ月くらい前に、たまたま王宮の庭で会った次期聖女様を城下にお連れしちゃったことですかね……？」

そう控えめに尋ねると、総帥はまた片眉を上げた。

「いや、あれは俺も、教会側に確認もせずお連れしちゃって悪いことしたなーとは思ったんですけどね？　次期聖女様とお話ししてたら、今まで一度も街の市場に行ったことがないっておっしゃるじゃないですか。しかも聖女に就任したら、余計に王宮から出られないって聞いたので、一度くらいはご見学されてもいいんじゃないかなぁと思って、つい軽い気持ちでお連れしちゃったといいますか」

「それではない」

「え？」

「その話も初耳じゃが、神官長からの苦言はそれではないぞ」

ただ墓穴を掘っただけだった。

こちらをジト目で見ている爺《じい》さんの顔が呆れている。

それじゃあ一体どれだ？　と考えて頭の中にもう一つ閃《ひらめ》いた。

「じゃあ、あれかな？　最近友人の商会を通してシスター向けに膝のサポーターを売り出してみたら、結構バカ売れしちゃって。神官長の領地でもちょっと儲けすぎたかなって思ってたんですよね。やっぱりあれ、まずかったですか？　俺的にはいいことしたな～って気持ちだったんですけど、『貴女のお膝守護神』っていう名前もよくなかったですか？　もうちょっとこう、権威のある感じのがよかったかな。あ、でも神官長のご指示とあらば、商品名を変えるのはやぶさかじゃない――」

「違うわい」

話している途中で遮《さえぎ》られた。

こちらを見る爺《じい》さんは、呆れを通り越して哀れみの表情をしていた。

「ゴホン。もうよい。神官長がご指摘されたのは、お主《ぬし》が一年ほど前に聖獣を拾ったことについてじゃ」

「え？」

聖獣？

それ？　今更？

キョトンとした俺を見て、爺《じい》さんはため息をついた。

「お主《ぬし》、当時儂に手紙蝶を送って報告してきおったじゃろう。落ち着いたら仔細を話すと書いてあったから、儂はそう神官長にお伝えしたのじゃ。聖獣の保護は一応教会の管轄じゃからな。しかし、待てど暮らせど報告が来ない。経緯が知りたいがどうなっているのだ、と最近神官長から問い合わせがあったのじゃ」

そういえば、当時はそんなことを爺《じい》さんに手紙蝶で報告したかもしれない。

慌ただしくてすっかり忘れていた。

一年前の冬、俺はラズリシエの森で子供の聖獣を拾った。最近俺が転移魔法陣を設置したあの森である。

強風が吹いた嵐の翌日に、森から不審な轟音《ごうおん》がしたと近隣住民から連絡をもらい、一人で様子を見に行くと、森に隣接する山の崖壁《がいへき》付近に巨木が倒れていた。黒焦げになって幹が二つに裂けたその大木の下には、ぐったりとした獣が挟まれていた。

『っ、大丈夫か!?』

それは銀色に輝く艶《つや》のある毛並みを持つ聖獣だった。小柄で華奢《きゃしゃ》な脚の獣で、姿は馬に似ているが頭は鹿にも似ていて、身体つきはまろく骨張っていない。チーリンというその稀有《けう》な聖獣は、人前にはほとんど姿を現さない。俺も本で見たことがあるだけで、見つけたときは驚いた。

銀色の鬣《たてがみ》は角度によっては金色にも見えるという不思議な色合いをしており、日の光を反射して美しく光っていたが、木の下敷きになったチーリンは瀕死の状態で弱々しく脚で地面を掻いていた。すぐに魔法で木をどかしたものの、後ろ脚から腰までを潰されていて、額の角も折れてしまっていた。チーリンは普通の動物と違い、自身で癒しの魔法を使うことができる。それが聖獣として尊《とうと》ばれる由縁だが、力の源となる角が折れたそのチーリンは自分で傷を癒やすことができず、命が尽きかけていた。

なんとか助けようとしてチーリンに触れたとき、頭の中に声が聞こえた。言語ではなく、意味だけが頭の中に入ってくるような不思議な感覚だった。

彼女が必死に伝えてきたのは、子供を助けてほしいということだった。

『子供……？』

この子を、と言われてチーリンの身体の下を覗くと、体毛の隙間から小さな脚が見えた。そっと毛をかき分けると、小犬くらいの大きさのチーリンが衰弱して横たわっていた。親のチーリンはもう自分は助からないと告げ、残った自分の力を子供に与えてほしいと頼んできた。

『わかった。やってみよう』

俺は促《うなが》されるままにチーリンに触れて、親のチーリンが俺の中に作った魔力の通り道を通して子供のチーリンに精霊力を送って助けた。彼女は呼吸が穏やかになった子供を見て愛しげに頬擦りすると、この子を頼むと俺に告げて動かなくなった。

なんとか親のチーリンを助けようとしたが無理だった。精霊師のくせに何の役にも立たない自分が不甲斐なくて泣いたが、せめて子供のチーリンは大きくなるまで俺がちゃんと育てようと、その子を抱き上げて家に連れて帰ったのだ。

ベルと名前をつけたその子供のチーリンは、最初こそ身体が弱くて育てるのが大変だったけれど、今では元気にうちの庭を走り回っている。

そこまで思い出して、俺は総帥に軽く頭を下げた。

「すみません。その後も色々立て続けでトラブルがあって、すっかり失念してました。それならそうと、手紙蝶で連絡してくださればよかったのに」

遠回しに皮肉を言ったのがよくなかったのか、またジト目に戻った爺《じい》さんは、ふん、と鼻を鳴らすと髭《ひげ》を揺らし、杖で床を軽く叩いた。

「儂への言い訳はよい。お主《ぬし》から直接説明せい」

「え？」

「そこにおられる神官長殿に、お主《ぬし》から説明するがいい」

「え⁉」

ぎょっとして振り返ると、通路の少し先に、白い神官服を着た老齢の男性が眉間に皺《しわ》を寄せて立っていた。

いつからいたんだよ⁉　そしてどこから聞いてたの⁉

俺が固まっていると、総帥がまた杖で床を叩いた。

その瞬間、俺達の周りに軽く風が舞い上がり、床に白く光る魔法陣が現れる。

「ここで話すには障《さわ》りがある話題じゃろう。儂の執務室に移動する」

「ちょっ、ちょっと待ってください総帥。まさか今からですか？」

「そうじゃ。恨むなら報告を怠《おこた》っていた自分の無精ぶりを恨むがいい。行くぞ」

そう言うと、総帥は俺と神官長を連れて魔法陣を起動させた。

おい爺《じい》さん、伝説級の魔法使いだからって人を勝手に転移させるな。

――針のむしろというのは、おそらくこういうことを言う。

眉をひそめる神官長の氷のような視線が、俺の頭部に突き刺さっていた。

俺は向かいの長椅子に座りながら、両手を膝の上に乗せてひたすら小さくなっている。椅子には座らずに窓の近くに立った総帥は、俺と神官長を面白そうに眺めた。

「神官長殿、これは儂の部下のレイナルドという。レイナルド、こちらはルロイ公爵。周知の事実じゃが、ルロイ公爵家は代々神官長を兼任しておる」

「はじめまして、レイナルド卿。王宮にいらっしゃるとのことでしたのでお会いできて幸いでした」

俺を見た老齢の神官長は、眉をひそめた硬い表情を動かさずにそう言った。

俺はその冷たい目を見て、ヤバい、神官長めっちゃ怒ってんじゃん、と焦りまくる。

「は、はじめまして……」

「つい先日就任したうちの聖女が、大変お世話になったようで」

「あ、はい……。この前お会いした次期聖女様は無事に聖女になられたんですね。ルロイ公爵領のご出身だったんですか。どうりで楚々《そそ》とした品のある方だと……」

「娘です」

「え？」

「あれは、私の娘です」

……ムスメ？

おい待てよ。あの穏やかで笑顔のかわいいおばちゃまが、この陰険で堅物そうな爺《じい》さんの娘？

「そ、ソウデシタカ……」

引《ひ》き攣《つ》った笑いでそう返したが、それ以上にもう何も言えることが思いつかない。ルロイ公爵領の話題で話せることがあったとしても、多分怒らせるネタしかない。

「まあまあ、そうレイナルドを威圧せんでくだされ。これはいつも問題を起こしますが、性根は真っ直ぐで、決して悪辣な人間ではございませんゆえ」

「ええ。娘からもそう聞いておりますよ」

娘からも、というところをやけに強調する神官長。俺は引《ひ》き攣《つ》った笑いのまま、時よ過ぎ去れと願った。

「聖獣を保護したという話を確認させていただきたいのですが」

「あの、報告が遅くなり申し訳ありません。チーリンを拾ったのは本当に偶然の出来事でして……」

報告を怠《おこた》っていたという負い目もあり、俺はルロイ神官長を申し訳なさそうな顔で見つつ、しおらしい態度で答えた。

神官長は険しい顔をしたまま俺を睨《ね》めつけてくる。

「ファネル様からラズリシエの森でチーリンを保護したという話を聞きましたが、今もレイナルド卿が保護されているのですか」

「はい。まだチーリンが自分で体調を維持できないので、私が世話しています」

「安全な場所にいるのですか？　貴重な聖獣なので、知れば皆欲しがるでしょう。悪人の手に渡れば大変なことになります」

「公爵邸の敷地から出していないので、大丈夫です。家にいるときは私が常に傍におりますし」

「失礼ながら、エリス公爵領が絶対に安全とは言い切れないでしょう。聖獣の保護を管轄する教会としては、チーリンをこちらに引き渡していただきたいのが本音ですが、レイナルド卿はどうお考えですか」

言われると思っていた質問が来て、身構えた。

そりゃ教会はチーリンなら欲しいだろう。

癒しと光を象徴するチーリンは、いるだけで教会の権威が高まる。

でも俺は親のチーリンにベルをちゃんと育てると約束したし、あの子を森から連れ出した責任がある。絶対に手放すつもりはない。

「実は、教会にお渡しするには問題があります。ベル……チーリンに栄養を与えるには、まだしばらく私の手助けが必要でして」

そう言うと、訝《いぶか》しげな顔をするルロイ神官長に、俺は親チーリンとのやりとりを説明した。意思疎通ができたと言うとまた厄介な話になりそうなので、偶然そうなったというニュアンスで話しておく。

「人間が直接チーリンに精霊力を?」

「ほお。それは儂も初耳じゃな」

神官長と、隣で聞いている総帥も驚いた顔でこちらを見ている。

信じられなくても本当のことなので、理解してもらうためにチーリンの角のことも説明した。

半信半疑という顔をしていた神官長も、現状では俺しかチーリンに栄養を与えられないとわかったのか、渋々といった様子で頷いた。

「そうですか。そういう事情であれば、今貴方からチーリンを引き離すのは得策ではありませんね」

「いずれはラズリシエの森に返そうと思っています。人の世界で生きるよりも、その方があの子にとってもいいはずなので」

思ったよりも話が通じてよかった。

俺は内心でほっと息をつく。

「わかりました。チーリンが弱ったり、様子がおかしいと感じたりしたときは必ず教会に連絡してください。森に返すときも立ち会いたいと思います」

「わかりました」

「くれぐれも、貴重で神聖な聖獣を危険に晒《さら》すことのないようにお願いしますよ。貴方の引き起こす面倒事に巻き込まないように」

面倒事に、と言うときに妙に強いニュアンスを感じたが、返す言葉もないのでとりあえず笑っておく。

「それから、聖獣を使って金儲けなど決して考えないようにしてください」

「いや、さすがにそんなことやりませんよ」

神官長は俺のことを金の亡者《もうじゃ》かなにかだと思ってるのか？

確かに、俺が過去ルロイ公爵領でやらかしたことは、教会にとってかなり迷惑だったかもしれないが、俺はベルを溺愛してるんだ。危険な目に遭わせるはずがない。

信用ならない、という目をした神官長に何度も念を押され、ベルが大きくなったら神官長にも会わせることを約束させられた。

その後、ひとしきり聖獣の健康や日々の生活の様子を聞いたルロイ神官長が総帥の部屋から去ると、俺はソファに深く座って息を吐き出した。精神的疲労が半端ない。今日はさっさと家に帰って、ベルを抱きしめて癒されよう。

「そうじゃ、レイナルド。お主《ぬし》、二週間後の仕事はちゃんと覚えておるだろうな」

「え？　はい、もちろん。叡智の塔の卒業考査の手伝いですよね？　もちろん覚えてますよ」

もちろんと繰り返しているが、嘘である。

さっき謁見の間で爺《じい》さんと陛下が話していたのを聞いて「そういや、考査の手伝い頼まれてたっけ」と思い出したのだ。

ちゃんと覚えてましたよ、というような真面目な顔で何度も頷く。爺《じい》さんは疑いの目で見てきたが、「まぁよい」と呟《つぶや》いて俺の座っている長椅子の傍に立った。

「毎年、宮廷魔法士と近衛騎士団から派遣される者が叡智の塔の卒業考査を手伝うことになっておる。今年はお主《ぬし》の番じゃ。面倒に思うかもしれんが、いい経験になるじゃろう」

「別に嫌じゃないですよ。叡智の塔に行くのは久しぶりですし、楽しみです。今年は全員合格しそうなんですか？」

「うむ、実力は皆問題ないのじゃが、少し心配な学生もおるな。多少は引っかかるやもしれん」

「それは大変ですね」

「まぁ、お主《ぬし》のときに起こった事件に比べれば、何が起きてもかわいいものよ」

「……はは」

「今年も近衛騎士団から優秀な助っ人が参加するゆえ、まず大丈夫じゃろう。お主《ぬし》もよく知っておる、儂の孫じゃ。くれぐれもよろしくな」

「え？　まさか、グウェンドルフですか？」

「そうじゃ。騎士団長ならばこの上ない助役じゃろう。性格はちと難しいが、同級生のお主《ぬし》がいるなら儂も安心じゃ」

いやいやいや、聞いてないけど!?

自分で言うのもなんだけど、あいつ多分、俺みたいなの苦手なタイプよ？　というか、あいつ今近衛騎士団の団長だよな。総帥はさらっと言ってるけど、めちゃくちゃ忙しいはずでは？　なんでわざわざ叡智の塔の卒業考査の手伝いに来るんだよ。

驚きすぎて脳内で突っ込みまくってしまった。

俺は頭の中に、この世界では珍しい黒い髪と黒い瞳を持った美男子を思い浮かべる。

まさか、あのグウェンドルフ・フォンフリーゼと叡智の塔で再会する日が来ようとは。

彼は三年前の卒業考査以来、一度も会っていない俺の同級生だ。

＊　＊　＊

総帥の呼び出しから二週間後。三年ぶりに訪れた叡智の塔は、卒業したときと全く変わらなかった。

そう言う俺も、三年前とはあまり外見は変わっていない。あの頃と違うのは、伸ばしていた髪が短くなったことと、宮廷魔法士の白いローブを着ていることくらいだ。

長く続く坂道を上りきり、叡智の塔の格子門まで辿り着いた。金色の薔薇《ばら》の装飾が施《ほどこ》された銀色の門は、すでに開放されている。そこを通り抜けると、開けた石畳の広場と花壇に囲まれた時計台があり、コの字型の石造りの建物が広場を囲んでいる。

時計台の下には人が立っていた。

歩きながら観察すると、それが薄い金色のマントを纏《まと》った男性であることがわかる。金色のあの目立つマントは、確か近衛騎士団の正装だったな。

背筋が伸びた姿勢のいい立ち方。肩幅が広く、背は俺よりもだいぶ高い。

特徴的な長い黒髪が風に靡《なび》いて見えたとき、思わず口から驚きの声が漏れた。

「グウェンドルフ？」

その声に反応した相手がこちらを見た。

彼の澄んだ黒い瞳が俺を真っ直ぐに捉《とら》えて、すっと細まる。固く閉じていた口元が少しだけ緩《ゆる》んだような気がして、俺は目を見張った。

「レイナルド。久しぶりだな」

ごく自然に挨拶《あいさつ》してくる。

その耳触りのいい低い声は学生の頃と変わらないが、彼の方から挨拶《あいさつ》してくるなんて思わなくて驚いた。

「ああ、久しぶり……」

まるでよく知った友人に話しかけるようなグウェンドルフの態度が謎すぎる。昔はこっちが話しかけない限り滅多に喋《しゃべ》らない寡黙な男だったのに。

立ち止まっていると彼の方から歩み寄ってきた。マントの中の服は騎士団の団服ではないようで、黒いシャツとズボンの軽装だった。相変わらず全部が黒い。

すぐ近くで見ると、卒業以来一度も会っていなかったグウェンドルフは、学生の頃と比べて更に男らしい精悍《せいかん》な顔つきになっていた。彫刻みたいに鼻筋の通ったとんでもない美形なのは変わらないが、昔はまだその顔に少年の名残《なごり》があった。しかし、若くして近衛騎士団の団長となった彼は、今やそれ相応の貫禄を身につけている。

表情筋が死んでいるのは相変わらずだが、その立ち姿からはあの頃には感じなかった、地に足がついたような存在感があった。学生の頃の彼は、デカい図体の割にもっと存在感が薄くて、時々ふっと消えてしまいそうな感じがしていたのに。

しげしげと観察する俺を、グウェンドルフもじっと見つめている。その瞳が相変わらずオニキスのように綺麗で、つい見入ってしまうと、彼はまた口元を少し緩《ゆる》めた。気のせいかもしれないが、俺にはそう見えて、そんな人間らしい表情をするようになったことがまた意外だった。

「もしかして、俺のこと待っててくれたの？」

ニコッと笑って冗談っぽく尋ねてみたら、グウェンドルフは真面目な顔でこくりと頷いた。

え？　マジ？

驚いてつい真顔に戻り、グウェンドルフを見つめる。

「総帥からレイナルドの世話を頼まれている」

「ああ、そういうこと。お前の爺《じい》さん、俺のこと何歳児だと思ってんだ」

納得して頷きながら、俺は心の中で総帥に呆れた。

俺がサボらないように孫にお目付役を頼んでたのか、あの爺《じい》さん。

身内とはいえ、素直にその指示に従うなんて、こいつは相変わらず真面目だな。俺みたいないい加減な人間を相手にするのは、本当は苦手だろうに。

「宿舎まで案内する」

「え？　うん、ありがとう。悪いな」

グウェンドルフは手を伸ばして俺の持っていたトランクを掴んだ。あまりに自然な動作だったので、俺も思わず家人に渡す感覚で手を離してしまった。渡してから我に返る。

「……いやいやいや。待て待て。鞄くらい自分で持つから、お前が持ってく必要ないよ」

「問題ない」

……あるよな？

さっきからグウェンドルフの行動が想定外すぎて面食らってしまう。

俺の記憶にあるグウェンドルフ・フォンフリーゼはこんな人物だっただろうか？

昔は周囲とは一線引いていて、自分から人に話しかけることなんてなかった。無口で、いつも石像みたいに無表情で、無駄口なんか一切叩かない生真面目な奴だと思っていたのに。少なくとも他人に対してこんな気遣いをするような奴じゃなかったぞ。

首を捻《ひね》りつつ、俺のトランクを持ったまま、さっさと奥へ歩いていくグウェンドルフの均整のとれた後ろ姿を追った。

広い背中に束ねられた長い黒髪がさらさらと揺れるのを、ぼんやり眺めながらしばらく歩く。

いつだったか、俺はグウェンドルフに「その髪、顔にかかってうるさそうだから、縛れば？　その方が楽じゃない？」と言ったことがあった。そのときの返事は「わかった」だけだったが、思えばその後から彼はちゃんと髪を縛っていた。

魔力持ちの場合、魔力を溜められるという利点があるから髪は伸ばすのが普通で、髪が長い魔法使いというのはそれだけで一種のステータスだ。精霊師の場合は、髪の長さはほとんど精霊力に影響せず、あってもほんのちょっと高まる程度らしい。俺は学生のときは髪を伸ばしていたが、宮廷魔法士になってからは色々とうるさくて切ってしまった。俺が髪を伸ばしていると、何故か「魔力持ち気取りかよ」って陰口叩かれるんだよな。

「お前の髪って、相変わらずくせもなくて綺麗だよな。卒業してからも切ってないのか？」

彼が未だに長い髪を一つに束ねているのを見て、つい話しかけてしまった。

ちらりと俺を見たグウェンドルフは、歩くスピードを緩《ゆる》めて俺の横に並ぶ。

「切っていない。変か」

「いや、全然。様《さま》になってて羨ましいと思った。いいよな、お前は魔力持ちだから長くても何も言われなくて」

「君は卒業してから髪を切ったのか」

「うん。色々周りがうるさくてさ。別に長いのにこだわりがあったわけじゃないからいいんだけど」

「似合っていた」

「え？」

「在学中、君の長い髪は綺麗だと思っていた」

さらりと言われたことにびっくりして、隣を歩いているグウェンドルフを見上げて思わず黙ってしまった。彼は前を向いたまま無表情で歩き続けている。

マジでどうしたんだ、こいつは。

前はこんなお世辞めいた無駄話ができる奴じゃなかったはずなんだが。

俺はまじまじとグウェンドルフの顔を観察しながら、この三年で彼はだいぶ人が変わったんだろうか、と頭の中で首を傾げた。

正面の建物を抜けて中庭に面した回廊まで来たところで、グウェンドルフが口を開いた。

「レイナルド」

「何？」

返事をすると、彼はこちらを見ないまま小さな声で尋ねてきた。

「あれから……卒業考査の後、大丈夫だったのか」

――卒業考査。

叡智の塔で過去に類を見ない大事件が起こったあのとき、俺はグウェンドルフと一緒にいた。

あれからバタバタしたままそれぞれ職についたから、お互いどうしていたかわからないままになってしまったが、彼はどうやら俺のことを心配してくれていたらしい。

あのグウェンドルフが、俺を心配していたのか？

ある種の小さな感動が胸に湧き上がる。

「うん。大丈夫だよ。ぴんぴんしてたから。俺達、あの後ちゃんと話せずに卒業しちゃったもんな。ルウェインにも聞いたよ。見舞いに来てくれてたんだって？　お礼も言えずに悪かったな。あのときさ、本当にありがとう。グウェンドルフがいなかったらどうなってたことか」

しみじみと言葉にすると、前を向いていたグウェンドルフは立ち止まり、俺の方に顔を向けた。表情は動かなくても、彼が真剣な目でこちらを見ているのはわかる。

「それは、私の方こそ、君がいなければ……」

言葉を探すように目を伏せたグウェンドルフは、次の瞬間はっとして中庭の方を振り返った。つられて同じ方を見ると、何か小さなものがこっちに向かって飛んでくるのが見える。

次の瞬間、力強く腕を引かれた俺は、グウェンドルフの胸に抱きしめられていた。視界の隅に床に転がっていくトランクが見える。彼の胸元に勢いよく顔が埋まり、目を見開くのと同時に、グウェンドルフが俺を抱えているのとは逆の手で腰に差した剣を引き抜いた。

彼が剣を構えた先を目で追い、その赤い小さな物体に目を留めた瞬間、「待って！　あれ俺の手紙！」と叫んだ。

今にも魔法を放とうとしていたグウェンドルフは、それを聞いてぴたりと動きを止める。

撃ち落とされることも、切り伏せられることもなく飛んできた赤い手紙蝶が、黒いシャツに顔を埋《うず》めている俺の目の前にすいっと滑り込んできた。

「それは……」

目を細めたグウェンドルフの顔を至近距離で見上げる。こんな状況だけど、美形の顔を間近で見られて眼福だな。

俺を抱き寄せていた腕の力を緩《ゆる》めたグウェンドルフから少し離れて、手紙蝶を手に取った。

すぐ近くから、じっと見られている圧を感じる。どう見ても魔力が流れている手紙蝶だから気になるだろう。俺も毎回見るたびにこの出来栄えに驚いている。赤と黒で模様が描かれている蝶の翅《はね》は見た目もとても美しい。

色は、火急の知らせである赤だった。

「驚かせてごめんな。うちから緊急の知らせみたいだ」

そう言って手紙を開いてみると、中にはウィルの几帳面な文字が少し崩れて走り書きされていた。

ウィルは俺のご用聞きとして実家で面倒を見ている少年だが、わざわざ特急便で手紙蝶を送ってくるなんて何かあったんだろうか。

『レイナルド様
ベルがそちらに向かいました。

止めたのですが、振り切られました。すみません。

人気《ひとけ》のない場所へご移動を』

「マジか……」

中を読んでそう呟《つぶや》いた俺に、グウェンドルフが少し眉を上げる。

「どうかしたのか」

「うん、ちょっと……」

マズイな。

聖獣を育てていることが人にバレないように、と散々爺《じい》さんにも神官長にも念を押されたのに、ベルがこっちに向かってきているらしい。

俺の姿が見つからなくて我慢できなかったのか。仕方ないなぁ。あのかわい子ちゃんめ。

「あのさ」

返事を待っているグウェンドルフを見上げて、俺は声を落として呟《つぶや》く。

「ちょっと二人で人気《ひとけ》のないところ、行かない？」

そう言うと、俺を見下ろすグウェンドルフの顔が固まったように見えたが、多分気のせいだろう。

宿舎に行く道から逸れて、講堂の裏の雑木林に移動した。

ここなら人は来ないだろうと周囲を見回してから、トランクを地面に置いてもらう。

さっき来た手紙蝶をもう一度開く。子獣とはいえ俊足の聖獣よりも速く俺のもとに辿り着くなんて、さすがウィルの特急便。それに、急いで飛ばしたにもかかわらずこのクオリティ。帰ったらお菓子をたくさんあげていっぱい褒めよう。

そんなことを考えていたら、グウェンドルフがすっと俺の前に立った。

「下がれ」

雑木林を見ながらそう言った彼の腕を軽くつついて、俺はグウェンドルフの横に出る。

「悪い。それうちの子だから大丈夫」

直後、林の奥からひょこりと子馬ほどの獣が顔を出した。俺の姿を見つけると、すぐに茂みから出てきてとことこと駆け寄ってくる。

銀色が多い鬣《たてがみ》に陶器のような白い角が生えた、子鹿にも似た小ぶりの顔。透明度の高いオパール色の目が嬉しそうに輝くと、すりすりと俺の脚に頬擦りした。

素早くしゃがんでふわふわの鬣《たてがみ》を撫でて、ぎゅっと抱きしめた。今日もうちの子がかわいくてつらい……

「これは……チーリンか」

驚いたような声が後ろから聞こえて、俺はベルを抱きしめながらグウェンドルフを振り返った。

「そう。訳あって、今俺が育ててるんだよね。名前はベルっていうの」

珍しく呆気に取られたような顔をしているグウェンドルフに、片手でお願いポーズをする。

「総帥と神官長には許可取ってるんだけどさ、一応世間には秘密にしてるから内緒にして？　実家に置いてきたんだけど、俺の匂いを辿ってついてきちゃったみたいなんだよ」

正確には俺の精霊力を辿ってきたんだろう。今は自分でも少し力を溜められるようになったし、日中は木の実や果物も食べられるから、ウィルと二人で言い聞かせて置いてきたんだが、我慢できなかったらしい。

「ベル、夜には帰るって言っただろ？　ウィルと待ってるって決めたじゃないか」

ベルの顔を覗き込んでそう言うと、口をきゅっと結んだベルは目を潤《うる》ませて睨んできた。

「きゅぅう」

頭の中にベルの感情が伝わってくる。まだ子供だから長い文などは無理だが、最近は喜怒哀楽などの感情を出せるようになってきた。今伝わってくるのは、いや！　という怒りと哀しみの念。

いやってなんだよ。ああもうかわいい。

「もーしょうがないなぁ」

鬣《たてがみ》を撫でながら口元を緩《ゆる》めてデレデレしている俺に、グウェンドルフが近づいてきた。

「家に帰るつもりだったのか」

「うん。こっそり総帥に転移魔法陣借りてさ、夜には帰ってベルに精霊力をあげようと思ってたんだよね」

ベルに精霊力を与える必要があることを諸々端折《はしょ》って簡単に説明した。

チーリンを目にすることなんて初めてだろうから、グウェンドルフは素直に頷いて聞いている。

「でも、もうここまで来ちゃったからなぁ。仕方ない。こっそり部屋に隠して世話することにするよ。グウェンドルフ、協力してくれる？」

ダメ元で尋ねると、意外にも「わかった」と快諾してくれた。

「しかし、そのままでは不都合だろう。チーリンの姿を見られたら説明せざるを得なくなる。見た目を変える術をかけた方がいいと思うが」

「え？　そんなことできるの？」

「姿は小さな子馬に見えないこともない。毛の色を茶色に変え、角が見えないように錯覚させる術をかければ――」

「マジ？　相変わらずすごいな。めちゃくちゃ助かる。お願いできるか？　ベルも、残りたいならそれでいいよね」

若干不服そうな様子を見せたものの、ベルは素直にグウェンドルフの前に立った。

手を前に出して、グウェンドルフがベルに魔法をかける。一体どういう理屈で角が見えなくなるのか気になるが、今そこを掘り下げる時間はないので、今度ゆっくり教えてもらおう。

ものの数十秒で、ベルの体毛は茶色になって角も見えなくなった。

「すげー。これなら街も連れて歩けるよ。今度どうやるか教えて」

「ああ」

ためらう様子もなく頷くグウェンドルフに、内心でやっぱり天才は違うなと感心する。ベルも少し違和感はあるようだが、特段の問題はないようで、小さく鼻を鳴らすと俺に擦り寄ってきた。

その後、ひととおりベルを保護したときの話をグウェンドルフにしていたら、時報を伝える時計台の鐘が鳴った。総帥に挨拶《あいさつ》に行く約束を思い出した俺達は、急いで宿舎に向かうことにする。

「レイナルド」

歩きながらグウェンドルフが話しかけてくる。

毎回のことだが、彼の方から話を振ってくることにまだ慣れなくて驚く。

「何?」

「さっき手紙蝶を寄越したのは、君の家の者か」

「ああ、ウィルのこと? あの手紙蝶、見事だっただろう。あれだけのものを作れるのに、まだ十一歳なんだよ。将来楽しみだよな」

「十一歳……」

「そう。訳あって子供の頃俺が引き取って、今は一応俺のご用聞きみたいなことをやってもらってんの。すっごく頭のいい、しっかりした子なんだよ」

「……シュノリー家の息子か」

俺の話を聞いてすぐにそう反応したグウェンドルフに、俺は驚きつつも頷いた。

子爵家だったシュノリー家の断絶は、貴族なら皆知っているかもしれないが、息子が生きていることはよくよく調べなければわからないようになっている。シュノリー家は貴族ながらも、手紙蝶の請負《うけおい》を家業にするほど腕のいい職人でもあった。

「よく知ってるな。そうだよ。だから手紙蝶はお家芸なんだよな。将来はうちの使用人じゃもったたいないから、家から出てもいいって言ってるんだけどね」

本人にはまだその気はないようだけど、俺はウィルの将来を楽しみにしている。選定式を受けていないから公《おおやけ》にはなっていないものの、十中八九ウィルは魔力持ちだ。そのときに騒ぎになってしまうかもしれないが、本人のやりたいことができるように全力でサポートしたいと思う。

俺の言葉を聞いて、グウェンドルフは「そうだな」と静かに頷いた。

「レイナルド、君に一つ謝らなければならないことがある」

しばらく歩いてから、また静かな声でグウェンドルフが話しかけてくる。今日は本当に珍しいこともあるものだと思いつつも隣を見ると、立ち止まった彼は神妙な顔で俺に頭を下げた。

「どうしたんだよ、急に」

「君から預かっていたローブだが、あの卒業考査の日、なくしてしまった」

「ああ……あのローブね」

心なしか悲しそうな目をするグウェンドルフを見て、思わずくすりと笑った。

「神殿の外に置いて入ったはずが、どこにもなかった」

「気にするなよ。俺なんか、お前のローブ、ズタボロにしてとっくに捨てちゃったんだから」

後悔を滲《にじ》ませるような声で言うグウェンドルフに、俺は気にするなと手を振った。

「大丈夫だって。俺達卒業したんだから、青いローブはもう必要ないだろ？　お互い今の制服を大事にすればいいじゃん」

真剣に落ち込んでいる様子のグウェンドルフがおかしくて、彼の腕を叩いて励ましてやった。

青いローブと聞き、俺は当時のことを懐かしく思い出す。

俺がグウェンドルフと初めて会ったのは、叡智の塔に入学した日のことだった。

＊＊＊

五年前、俺はエリス公爵領にある魔術学院を卒業して、晴れて叡智の塔へ入学した。

叡智の塔は、東領であるルロイ公爵領にほど近い王都の東にある。隣接するルロイ公爵領には教会の本部があり、神官の学生も多いため、王都の外れではあるが街は綺麗で活気がある。

入学式の当日、俺は叡智の塔に向かう坂道を憂鬱《ゆううつ》な気持ちで歩いていた。

ゲームの世界とはいえ、根底にある文化はやはり前世の世界のもの。道には桜が満開に咲き誇り、花びらが舞い、風と光に満ちた光景は幻想的でゲームのオープニングのカットにふさわしい。

たまたま道には他に誰も歩いていなかったので、俺は人の目も気にせずため息をついた。

ねえ。なんで、俺のローブの丈、こんなに長いの……？

叡智の塔にはモチーフがある。ブルーローズ、青い薔薇《ばら》だ。

おそらく、ゲームクリエイターの趣向だろう。不可能を可能にする、学生の未来を象徴しているとか、ありがちなやつ。叡智の塔に決まった制服はないが、ローブだけは指定されていて、瑠璃色《るりいろ》に近い青いローブに真鍮《しんちゅう》の薔薇《ばら》の留め金をつける。

俺はそのローブの発注を、母さんと執事に任せたきりだった。

そして何を思ったのか、母さんは一年前に叡智の塔を卒業した兄さんが入学したときと同じサイズで俺のローブを注文していたのだ。

『あらまぁ……大丈夫よ。エルも背が伸びたし、レイもそのうちちょうどよくなるから』と、今朝ローブを完全に引きずっている俺の有り様を見て、母さんは慌てて言った。取り繕《つくろ》ってはいたが、顔がちょっと笑っていたのを俺は確かに見た。

執事は後ろで『やっちまった』って顔をして、俺から目を逸らしていた。

お前な！　俺《次男》のことだからって手ぇ抜いて仕事してんじゃないよ！

いくら兄弟とはいえ、俺の方がだいぶ小柄だ。兄さんは叡智の塔でも身長は伸びたけど、俺はもう止まりつつある。どうすんだよ。この、地面を引きずってるローブ。

確かに、俺も今日着るまで一度もサイズを確認しなかったのが悪い。でもローブだぞ？　まあ羽織るだけだし大丈夫でしょって思うだろ普通！

地面を引きずりながら歩けばローブを傷《いた》めるし、砂だらけになる。俺はとりあえず叡智の塔に着くまでは、と思い、裾を手でたくしあげて歩いていた。入学式で笑いものになることが確定している絶望感によろよろ歩いていると、前方に人影が見えた。

自分の有り様を人に見られたくないなと思いながら様子をうかがっていると、ゆっくりと歩く青いローブの人影に追いつく。

「ん？」

そこで俺は、ある違和感を覚えた。

おそらくこんな日にローブを着ていることからして、俺と同じ入学生だろう。肩より下のやや長めの黒い髪を揺らして悠然と歩いているが、そのローブの下からは長い足が見えている。

けど、見えすぎじゃないか？

そっと足早に近づいてみると、その入学生は俺よりも背が高くて肩幅もある男だった。ローブは膝下丈が普通だが、彼は膝裏が完全に見えている。

「おお……」

神よ!!

俺は心の中で快哉《かいさい》を叫んだ。

まさか同じ日に、ローブの丈に悩まされる哀れな仲間を見つけるなんて。俺はまだ顔も見ぬ彼に勝手に友情を感じた。そして閃《ひらめ》いたのである。

「ねぇ、君！」

思いついた瞬間、駆け出して後ろからその入学生に話しかけていた。

足音は聞こえていたのであろう彼は、俺の声に驚かずに振り返った。

わお……

イケメン……

振り向いた彼は、艶《つや》のある黒い髪に切れ長の黒い目の、彫刻のように整った顔面を持つ完璧なる美形だった。黒いシャツとズボンだけでなく靴まで黒いため、ローブ以外が全身黒ずくめだ。ローブの丈が膝より短いから余計に不格好に見える。しかしその不格好さが気にならないくらいの美形であった。

マズイ。

これ攻略対象者か？　と一瞬脳裏で警告ランプが点《とも》ったが、目の前の僥倖《ぎょうこう》を逃すのが惜しかった俺はそのままの勢いで彼に話しかけた。

「あのさ、俺のこれ、見てくれない？　母さんが発注間違ったせいで、このローブ、こんな長さになっちゃったわけ。もう恥ずかしくて恥ずかしくて、ここに来るまでどうしようかと思ってたんだ」

表情は動かさずに少しだけ眉を上げた彼に、猛烈な勢いで畳み掛ける。

「母さんは俺の背が伸びると思ってたって言うんだけどさ、限度があるだろ？　これ完全に引きずっちゃってんの。作り直すにしても入学式には間に合わないし、俺は今日絶望のまま入学式に来たんだよ。でも、でも今君に会えて、すごく嬉しい。君もサイズ間違っちゃったんだよな？」

「……サイズ？」

「そうそう。そのローブの長さ、足りてないもんな？　君、顔はいいし背も高くてめちゃくちゃ格好いいじゃん。女々《めめ》しい俺の顔とは違って羨ましいよ。でもさ、そのローブじゃ君も恥ずかしいよね？　それで、俺思ったんだけど、そのローブと俺のローブを交換しない？」

一息に言い切って期待の眼差《まなざ》しで見つめると、黒髪の彼は無表情のまま止まっていた。俺の話を聞いている途中に少しだけ黒目が大きくなったところを見ると、元から表情があまり動かないタイプのようだ。いや、もしかしたら、驚きすぎて固まっているのかもしれない。それか、まだ状況を把握できていないのか。それならそれで好都合だ。

俺は更に畳み掛けることにした。

「ねえ、どうかな？　交換してくれる？　それとも、素性も知らない俺とは絶対嫌？」

「いや……絶対にでは」

「本当？　じゃあ交換しよう‼」

嫌ではない、という言質《げんち》を取った。取ったよな？　そう解釈した俺は、満面の笑みを浮かべて自分のローブを素早く脱いだ。

さっと彼に差し出すと、彼はまだ戸惑った顔をしつつも自分のローブを脱いで俺に渡してくれた。

さっそくそれに袖を通してみる。

完璧だ。彼のローブは靴にギリギリつかないくらいの絶妙な長さで、俺にぴったりだった。

満足して彼を見ると、彼ものろのろと俺のローブを羽織ったところだった。俺のように靴の上という長さにはならないが、それでも膝下まで長さがある。さっきの不格好な姿とは打って変わって、イケメンが更に完璧なイケメンになった。

「いいじゃん！　お互いさっきより全然いいよな！　これで行こう！　ありがとうありがとう。俺今日ここで君に会えて本当にラッキーだったよ」

「ああ……」

まだ状況が呑み込めていないのか、もとから無口な性格なのかわからないが、彼が頷いたので、俺は元気に笑顔でお礼を言った。

イケメンの彼は自分の姿に対して特にリアクションはない。もともと自分の格好に頓着しない性格なのかもしれないが、上手く丸め込めたので気にしない。

上機嫌になった俺は、なんだか早く入学式に行きたくなってきた。

「じゃあ、本当にありがとう。あ、そのローブ、返さなくていいから」

俺も、返す気はないから！

心の中でそう付け足して言い、勝手に彼の手を取ってぶんぶん振って握手した。公爵令息にあるまじき無礼な振る舞いだが、まぁ誰も見てないしいいだろ。

彼は驚いた顔をして少し目を見開いた。そうして見えた瞳を見上げて、俺は思わず感嘆の声を上げる。

「君の瞳、綺麗なオニキスなんだな。なんだか懐かしくなる色だよ」

前世で見慣れていた色に遭遇した懐かしさで自然に顔が綻《ほころ》ぶ。黒髪に黒い目なんて、この世界では滅多にお目にかかれない。

「じゃ、また入学式で。俺、友達が待ってるから先に行くね」

こちらをじっと見つめてくる彼ににこっと笑ってから手を離して、俺は軽快な足取りで坂を上り始めた。誰とも待ち合わせはしていないが、一人で先に行く理由が必要なのでそう言った。一緒にいたらいつローブ返してと言われるかわからないからな。こういうときは、さっさとずらかるに限る。

あくどい表情を浮かべながら、俺は一目散にその場から駆け去った。

あのときのローブの君が、グウェンドルフ・フォンフリーゼという名前の魔法使いだと知ったのは、入学後しばらくして、悪友と一緒にたまたま図書館に立ち寄ったときだった。

「なぁ、ちょっと待て。お前そのローブ……見せてみろ」

「え？」

図書館の中が暑かったので、ローブを脱いで裏地を外側に折り返して持っていたら、隣にいたルウェインが口を出してきた。

ルウェイン・プリムローズは、俺の魔術学院のときからの悪友である。赤みの強い茶色の髪につり目がちなえんじ色の瞳を持つ美形だ。美形を見ると攻略対象者かと警戒する俺がルウェインとつるんでいるのは、こいつが婚約者にベタ惚れだからだった。

ルウェインの婚約者であるソフィアは、エリス公爵領の中でも指折りの商家でもある、かなり裕福な子爵家の娘だ。幸いにも叡智の塔の学生ではないので、ゲームには関わらないはずだ。

ルウェインは幼いときに馬車の事故で両親を亡くして、父親の弟だった現宰相に引き取られて養子になったという結構ディープな生い立ちを持っている。攻略キャラにありそうな設定なので、本来であればかなり怪しい。でも本人は婚約者以外見えていないし、卒業したらソフィアの家に婿養子に入ることが決まっているから、仮に学園ハーレムが始まっても多分大丈夫だろう。

ちなみに、ルウェインには宰相の実の息子である弟がいる。俺は攻略キャラとしてはそっちが怪しいんじゃないかと思っているが、とりあえず今はルウェインの弟とそれほど接触はないので無害だ。

叡智の塔に入学した当初、俺は学園ハーレムが始まってしまわないかハラハラしていたが、それらしき雰囲気はなかった。前世の記憶でもレイナルドの立ち絵はもう少し大人だったような気がするから、ゲームの始まりはまだ先なのかもしれない。

入学してから数日はずっと警戒していたものの、主人公らしき女の子の影はなく、何の事件も起きず、平和だった。ルウェインと図書館に来たのは、その心配が取り越し苦労だったか、と胸を撫で下ろしていた頃だった。

「ローブがどうかした？」

ほい、と手渡すと、ルウェインはローブの裏地のある場所をじっと見つめている。

「ルウェイン？」

「お前、これ、何でフォンフリーゼの家紋が縫われてるんだよ」

「え？　家紋？」

そう言われて、ルウェインの手元を覗き込むと、確かに見慣れない家紋が小さく縫い取られていた。

「ああ。あの人フォンフリーゼさんっていうの？　実は俺達、入学式の日にローブを交換したんだよ」

「は⁉　あのグウェンドルフ・フォンフリーゼとローブの交換⁉」

唖然としているルウェインを見ながら、俺は「あの人の名前グウェンドルフっていうんだ」と呑気な気持ちで呟《つぶや》いていた。

ルウェインは大声を出して周りの注目を集めたことに「しまった」という顔をして、俺を図書館の隅に引きずっていく。

「何で？　何があったらフォンフリーゼとローブの交換なんていう事態になるんだよ！」

「それがさぁ」

俺は件《くだん》のローブの話をルウェインに聞かせた。

するとルウェインの顔色はみるみるうちに青くなり、ほとんど追い剥《は》ぎをしたような結果となった俺の報告を聞いた途端、赤くなった。多分怒りで。

そういえばフォンフリーゼって、北部の公爵領と同じ名前だな。ということは、あのイケメンはフォンフリーゼ公爵の子息だったか。となると、やはり攻略対象者だったのかもしれない。ローブを交換して下手に関わったのは失敗だっただろうか。

「お前……なんでよりによってフォンフリーゼと……。知らねぇぞ。あいつを怒らせてシバかれても俺は助けねぇからな」

入学して速攻やらかしやがって、とぶつぶつ呟《つぶや》くルウェインに、俺は腕を組んで首を傾げた。

「ルーがそう言うってことは、あの人怖い人なのか？　そういえば、あれから全然見かけないんだよね。会ったらお礼の一つでも言おうと思ってたのに」

「お前、知らねえの？　グウェンドルフ・フォンフリーゼって言ったらフォンフリーゼ公爵の長男で、あの大魔法使いファネル様の孫だぞ。総帥より魔力があるんじゃないかって噂されるくらい有名な魔法士だ。本当なら叡智の塔なんて通う必要ないくらいの天才なんだよ」

「え！　ファネル様の孫!?」

入学式で挨拶《あいさつ》をした叡智の塔の総帥の顔を思い浮かべる。確かに少し似てるか？　いや、総帥を間近で見たことないからわからん。

今まで王都を挟んだ北部とはあまり交流がなかったのでよく知らなかったが、確かに北にすごい天才がいるとは噂で聞いていた。まさかその天才がファネル総帥の孫で、入学式に丈の短いローブを着ていたあの人だったなんて。

「学内で見かけないのも当然だ。フォンフリーゼはもう陛下直属の近衛騎士団に所属していて、各地の魔物退治に出てるらしい。多分、卒業したらファネル様みたいに騎士団の団長になると見込まれてるんだろう」

「え？　この歳でもう仕事してんの？　若いのに大変だなぁ。どうりで講義にも実技にもいないなと思ってたよ」

もともと魔力持ちの魔法士は精霊師とはカリキュラムが違うから、実技は別である。でも共通講義である教養の座学でも見かけないから、なんでだろうと思ってたんだ。

十六歳でもう勤労してるなんて苦労してんだな、と心の中で不憫《ふびん》に思っていると、ルウェインが眉を顰《ひそ》めて小声で呟《つぶや》いた。

「北領の奴から聞いた話だと、フォンフリーゼは魔力量が多すぎて、定期的に討伐とか実戦で消費しないと魔力暴走を起こすらしい。昔、それでフォンフリーゼ公爵領で大事件を起こしたんだと。だからみんな遠巻きにしてんだよ。ただでさえ見た目もあれだからな」

「見た目？　イケメンすぎるってこと？」

「バカ。違う。全然違う。髪と目の色だよ。濃ければ濃いほど保有魔力量が多いのは知ってるだろ。しかもあいつの色は明らかに黒。黒属性だよ。攻撃魔法に特化してるっていう」

「へぇ」

そうか、自分に関係ないから聞き流していたけど、魔力持ちにも一応属性ってあったな。

座学で聞いたことを思い出してきた。確か、元素に基づく精霊力とは違って、色によって大まかに属性分けされているんだったか。濃い色ほど保有量が多くて、使える魔法も豊富だと記憶している。

魔力の属性は髪と瞳の色に表れやすい。彼の場合は黒だから、黒属性ということなんだろう。黒属性は癒術《ゆじゅつ》を操る白属性と逆で、攻撃力特化型らしいのだ。

あの綺麗な黒い瞳を思い出す。オニキスのように澄んだ黒い目は怖い人のようには見えなかったけどな。

「まぁ、ローブを交換してから何もないなら、あいつも大して気にしてないんだろう。そこらの人間には興味なさそうだし。よかったな、シバかれなくて」

「俺が見た感じ、全然怖そうな人じゃなかったけどな。でもフォンフリーゼ公爵家の家紋が入ってるなら、俺が持ってるのはマズイか。今度会えたら返した方がいいか聞いてみるよ」

そんなすごい人だと思ってなかったから、追い剥《は》ぎみたいにローブ交換させちゃったよ。

それにそのスペックだと、完全に攻略対象者だと思うんだよね。ヤバいよね。なるべく関わらない方がいいよな。

ローブの彼が天才魔法士だったと知り、そのときはそう思ったものの、何度か彼を見かけているうちに挨拶《あいさつ》くらいはするようになった。せっかくの人生最後のスクールライフなのに、全然学生らしい生活を送れていないグウェンドルフのことが何となく気になったのだ。とはいえ、声をかけたときの彼の反応は大体「ああ」「そうか」「わかった」のどれかだったから、周りの人間には関心がないというのは本当らしかった。

ちなみにローブの件は、聞いてみたら返事は「問題ない」だったので、結局返していない。

それからの俺は、学園ハーレムが始まる予兆もないのですっかり気が抜けて、ルウェインと一緒に結構好き放題してしまったからかなり悪目立ちしまくった。学園生活の後半は、ほとんど学内にいないグウェンドルフにさえ遠巻きにされていた気がする。

だから、叡智の塔時代に彼とちゃんと会話らしい会話をしたのは、卒業考査のあのときが最後だった。

＊　＊　＊

「それでは、これより卒業考査の説明を始める」

入学して早二年。卒業年度を迎えた俺達は、全員で叡智の塔に設置された転移魔法陣を使って、ルロイ公爵領にあるトロン樹林に来ていた。ここは例年卒業考査の舞台となる、魔物が住む森である。

「皆、ファネル様より授けられた形代《かたしろ》は、それぞれ叡智の塔の講堂に置いてきたな？　形代《かたしろ》がないと緊急時に命を落とすことになりかねない。万が一置いてこなかったという愚か者がいたら挙手しなさい」

森の入り口に立った教授が学生達を見回し、「よろしい」と頷いてから試験の説明を続ける。

「ここトロン樹林には、知っての通り魔物が生息している。君達に最後に与えられる課題は、魔物を実際に倒すことだ。各々《おのおの》樹林に入り、魔物を倒して魔石を持ち帰るように。魔石を持ち帰った者は合格とする。複数人で協力してもいいが、持ち帰る魔石は人数分なければならない。また、必ず一人で一体のトドメを刺すこと。後でレポートを提出してもらう」

静かに説明する教授の話を、皆真剣に聞いている。

「叡智の塔に帰還する際は、帰還の呪文を唱えること。呪文を唱えると形代《かたしろ》の人形と入れ替わることができる。仮に命を落とすことがあっても強制的に形代《かたしろ》と入れ替わり、叡智の塔に帰還できるだろう。しかし魔石を持ち帰らなければ、卒業の資格が認められない。くれぐれも不用意に魔物の攻撃に当たらないよう注意しなさい」

形代《かたしろ》の見た目は、いたって普通の布製の人形だ。白い布を人型に切り抜いて、綿を入れて縫い合わせるという簡単な作りだが、魔力か精霊力をこめると色が変わる。人によって色は様々で、俺のは黄色っぽくなった。この形代《かたしろ》があれば、たとえ命を落としたとしても入れ替わりの魔法が発動して助かるという。総帥がすごいのは今に始まったことではないが、この術は本気ですごい。ほとんど常軌を逸している。

術自体は昔からあるものらしいが、実際に扱える魔法使いはほとんどいない。今はファネル総帥くらいだろう。その総帥でもいつでも使える術ではなく、持続時間や発動場所が限られるらしい。それに加えて術者は発動中魔法陣から動けないという制約もあるが、それでも十分すごい。

ふと周りを見回すと、森の中で死ぬ場合もあると聞いて、皆が緊張した面持《おもも》ちになっていた。

確かに、トロン樹林には凶暴化した魔物がいるので、騎士団か叡智の塔の卒業生でもない限り、立ち入るのは危険だろう。ほとんどの学生にとって、実際に森に入るのは今日が初めてのはずだ。

「それでは、ただ今より三時間以内に魔物を倒し、叡智の塔に帰還すること。始め！」

教授がそう宣言した途端、何人かの学生が真っ先に森の中に駆けていった。出遅れたと思ったのか、残りの皆も後を追って次々に樹林に入っていく。

程よく弱い魔物が先に狩られてしまえば、手強い魔物が残ることになる。先に目ぼしい獲物を見つけて倒しておく方がいいかもしれない。

「レイ、俺達も行くぞ」

ルウェインの声に頷いて、二人で一緒に森に入った。

少し経つと、樹林のあちこちから呪文を詠唱する声や魔物の唸《うな》り声が聞こえてきた。

「この辺りは先に狩られてるな。もっと奥に行こう」

駆け足で森を抜けながら、魔物を探して森の奥を目指す。

魔物を狩るのは初めて、と言いたいところだが、実は違う。ルウェインとは魔術学院に通っていた頃からたびたび一緒に小旅行をしていた。将来は婚約者の実家の商会を継ぐから見聞を広げたいと言うルウェインと共に、長期休暇には実家のある南領だけでなく、西領や東領にまで足を伸ばしていたのだ。

俺はとある目的があって各地の神殿や森を見て回っていたが、そこで小さな魔物に出くわして退治したことが何度かある。ただ、トロン樹林のような大型の魔物が多く潜《ひそ》む棲家《すみか》に突入するのはこれが初めてだった。

緊張感と高揚感が混ざったような不思議な感覚を抱いて、森を進む。

そのとき、どこからか悲鳴にも似た小さな声を聞いた気がして、俺はルウェインを呼び止めて声の方を振り返った。

遠くの木々の間に、クァールという豹のような魔物を相手にしている学生が見える。一人でかなり苦戦しているようだ。素早く動く魔物相手に完全に腰が引けている。

「あれ、手伝いに行くか」

と俺が言ったその瞬間、俺達とは違う方向から稲妻のような一撃が飛び、クァールが弾き飛ばされた。

樹木の間から長い黒髪を靡《なび》かせた青いローブの学生がするりと出てくる。叡智の塔で滅多に見かけなくなったグウェンドルフだった。

何の表情も浮かべず、杖を少し振っただけで魔物を弾き飛ばしたグウェンドルフを見て、助けられた学生が若干怯《おび》えている。

だが、助けた相手のことを全く気に留めないグウェンドルフは、クァールが弱ったことを確認すると背を向けて、無言で木々の間に消えていった。残された学生は慌ててクァールを仕留めにかかる。

俺は口の中で小さく口笛を吹いた。

「かっこいー。グウェンドルフ卿、今日はちゃんと卒業考査に参加してたんだな」

「まぁ、一応俺達と同じ学年に所属してるからな。卒業考査はとりあえず受けとかなきゃいけないんじゃねぇの。おおかた総帥からどんくさい奴らのお守りでも頼まれてるんだろ」

「なるほど、あり得る」

卒業考査では、特定の学生への贔屓《ひいき》を防ぐために、教授達はトロン樹林の入り口から中には入らないことが慣例になっている。だから余程のことがない限り、この森の中では学生だけで何とかしなければならない。あの真面目で優秀なグウェンドルフなら、教授達に森の巡回を頼まれれば素直に引き受けるだろう。

今年は教授達も大丈夫だって気を抜いていそうだな。もし死にそうになったら、さっきみたいにグウェンドルフに助けてもらえるだろうし。

「でも、卒業考査で助けてもらって本当に自分のためになるのかって気もするけど」

「自信がある奴とか、ちゃんと力を試したいって奴は一人でやればいいだろ。中には文官目指してる奴もいるだろうし、俺みたいに卒業できればなんでもいいって奴もいるしな」

俺の呟《つぶや》きにルウェインが肩をすくめてそう返した。

確かに、卒業したい理由は人それぞれか。俺だって卒業したら早々に領地に引っ込んで隠居したいって思ってるしな。

そんな風に考えていると、ふと彼のことが頭をよぎった。

グウェンドルフは？

近衛騎士団の団長になるってもっぱらの噂だけど、あいつ自身は本当はどうしたかったんだろう。

そんな話は今までしたことがなかったから、俺にはよくわからない。グウェンドルフに聞く機会も、卒業間近の今となってはもう訪れないかもしれない。

なんとなくそれが惜しいような気持ちになったとき、ルウェインが低い声で囁《ささや》いた。

「いた。フオルンだ」

前方を見ると、巨大な樹の魔物が周りの木々の枝を乱雑に薙《な》ぎ払っている。

「じゃ、打ち合わせ通り、あいつの脚だけ止めといてくれ。あとは俺がやる」

「了解。あれに大した魔力はないけど、馬鹿力だから当たらないように気をつけろよ」

俺の言葉に頷いたルウェインが、たっと軽く駆け出して、腰から下げた剣を抜く。普通のより短い刀身の剣を片手で構えながら、軽いステップでフオルンに近づいていった。

魔物は自身に迫るルウェインに気づいて威嚇《いかく》の唸《うな》り声を発すると、枝のような腕を振り回し始めた。剣で飛んでくる枝をいなしながら、ルウェインが魔物の射程内に入る。

俺はしゃがんで手を地面についた。

「大地の精霊よ。矮小《わいしょう》なる我が身に代わり、かの者の脚を捕らえよ」

そう唱えて精霊力を送ると、フォルンのすぐ下の土が盛り上がり、その脚に絡みついた。

ルウェインが左手に持った鞘《さや》の胴に右手の剣を当てて、一気に引く。同時に炎の精霊を呼ぶ精霊術を詠唱すると、鞘《さや》から飛び散った火花が大きくなり、一瞬で炎が刀身を包む。炎は刀身の倍ほども長く伸びて、ルウェインが剣を振るたびにフォルンの手足に炎の剣戟《けんげき》が飛んだ。怒りの奇声を上げた魔物がルウェインを薙《な》ぎ払おうとするが、脚が地面に埋まっているので身動きが取れない。

「ルー、今だ!!」

「ハッ！」

魔物の胴に剣を勢いよく突き刺したルウェインは、その剣から手を離して地面に着地した。そして手を剣に向けてかざし、精霊術を放つ。

「これで終わりだ！」

その瞬間に刀身を包んだ炎が業火《ごうか》となり、フォルンを丸々抱き込んだ。魔物は丸焦げになり、周囲に断末魔の奇声が響く。

ルウェインの剣捌《けんさば》きは久しぶりに見たが、やはり様《さま》になっている。

叡智の塔には騎士を志望する若者もいるので、剣術の授業もあった。必修科目は基本の立ち回りだけだが、選択授業では騎士団から講師を招くらしい。

俺は必修しか取らなかったが、剣についてはからっきしダメだった。才能がまるでない。

ルウェインはそこそこ適性があったらしく、剣を使って魔法を展開する応用まで習得した。本人としても杖や魔法陣で魔法を使うより剣の方が向いていると感じているらしい。でも『将来は婚約者の家の家業を継ぐから騎士にはならない』と言ったら、講師の騎士に残念がられたとか。

しばらくして魔物がこんがり丸焼きになると、ルウェインは死体に近寄って剣を抜いた。それを鞘《さや》に収めてから、しゃがんで魔石を取る。すると魔物の身体は灰のように崩れて、やがてなくなった。

「よし、順調に終わったな」

ルウェインはそう言ってから俺を振り返った。

「じゃ、俺は先に戻るけど、本当に手伝わなくていいんだな？」

「うん。俺、この森でちょっと確認したいことがあるからさ」

「ま、ほどほどにな。ふらふらするのは勝手だが、時間オーバーになって後で笑えなくなるのは勘弁しろよ」

「わかってるって」

肩をすくめながら軽く手を振り、叡智の塔に帰還するルウェインを見送ると、俺は樹林の奥に向かった。

俺が確かめたかったのは、森に隣接する神殿の結界に異常がないかということだった。

デルトフィア帝国には、封印結界と呼ばれるものが五つある。四つの公爵領と王都にある王宮には、それぞれ封印結界を守護する神殿が一つずつ置かれていた。

五百年ほど前、突如帝国に次元の綻《ほころ》びが生じ、地上が魔界の一部と繋《つな》がった。その穴から魔物が湧き、悪魔が現れて人間を滅ぼそうとしたが、この世界を創造した女神の力を受け、桁外れの精霊力を持っていたとされる当時の大聖女が悪魔を退《しりぞ》けた。彼女は魔界との穴を塞ぎ、結界を施《ほどこ》して神殿の中に封じた。それが封印結界である。

ルロイ公爵領の封印結界は、ここトロン樹林の側にある教会の神殿に設置されていた。

いたって個人的な事情ではあるが、闇落ちしたゲームのレイナルドが悪魔召喚を企《たくら》むとしたらどうするかを考えたとき、俺が真っ先に思い至ったのはその結界を破ることだった。封印結界を破れば、魔界から悪魔を呼ぶことができてしまう。

そのため以前から封印結界については独自に調べたり、実際にその場所を訪ねたりしていた。ルウェインと小旅行したのは、実は各地の神殿を巡るためでもあったのだ。今回もせっかくだから、ルロイ公爵領の封印結界の様子を確認したかった。これまで神殿の中までは入ったことがなかったが、今日は卒業考査で神官が少ないだろうから、もしかしたら中を覗けるかもしれない。

神殿に向かっていたら、にわかに樹林の奥が騒がしくなった。

不審に思ってその方向に近づいてみると、数人の悲鳴が聞こえてくる。

「何でこんなのがいるんだ⁉」

「あり得ないだろう！」

「誰か教授に連絡しろ‼」

「……何だ？」

何の騒ぎだと近寄ろうとしたとき、一際《ひときわ》大きな叫び声が響いた。

「バジリスクだ‼」

バジリスク？

その名前を聞いた瞬間、足が止まった。

「もう何人かやられて強制帰還になったらしい」

「とにかく俺達じゃ手に負えないだろ！　誰か呼んで来よう！」

悲鳴や怒鳴り声に混ざって、バキバキと木の幹が折れるような音が聞こえる。

いくらなんでも、バジリスクがこの森に現れるなんておかしい。

封印結界の近くの森にはまだ魔界の残滓《ざんし》があるせいで、魔物が現れるのは確かだ。しかし、あまりに危険で強すぎる魔物がいれば、結界に近づくことのないように定期的に樹林を見回っている近衛騎士団が討伐しているはず。

一気に嫌な予感が湧き上がる。

悲鳴が上がっている方へ駆け出そうとしたとき、また誰かの声が大きく響いた。

「フォンフリーゼが来た！」

グウェンドルフが騒ぎを聞いて駆けつけたらしい。バジリスクは厄介だが、騎士団で活動している彼なら相手をするのは問題ないだろう。多分そのうち教授達も現れる。

そう考えて、俺は騒ぎとは別の方向へ駆け出した。

結界のある神殿に辿り着く少し前に、神官達が樹林の方へ走っていくのを見た。多分バジリスクが出たと聞いて、精霊術が使える上級神官が討伐の手助けに向かったんだろう。凶悪な魔物が出たなんて、神殿にとっては死活問題だからだ。結界に被害が及ぶかもしれない。

結界は大聖女の残した魔法で封じられている。つまり魔法陣が描かれており、それが何らかの事情で破損した場合、結界が綻《ほころ》ぶことになる。

結界を壊すことができるのは、悪魔の使いである蛇の血だけと言われている。蛇の魔物であるバジリスクの血は、結界を破壊するには十分な脅威となるだろう。

取り越し苦労ならいいが、もしバジリスクの出現が人為的だった場合、封印結界の方にも何かが起きるかもしれない。

もしもの可能性を無視できなくて、俺は急いで神殿に向かった。

森を駆け抜けて神殿に着き、開け放たれた扉からするりと中に入る。神官達が森に向かったから、中は閑散としていた。そもそも今日は叡智の塔の卒業考査だから、神殿にいる神官は必要最小限になっているはずだ。残った神官は結界を守っているんだろう。

小走りで廊下を奥へ向かうと、途中で角を曲がってきた人とぶつかった。

その拍子に、爽《さわ》やかな花の匂いが鼻を掠《かす》める。

「すみません！」

よろめいたその人は俺の声に反応することなく、体勢を立て直して神殿の入り口に向かって走っていく。瑠璃色《るりいろ》のローブを着ていたが、深くフードを被っているせいで顔は見えなかった。

俺はふと疑問に思った。

何故、神殿から慌てて出ていくのか？

バジリスクを避けて逃げるなら、むしろ神殿の中にいる方が安全なのに？

走り去る相手を慌てて掴まえようとしたが、瑠璃色《るりいろ》の後ろ姿はあっという間に小さくなり、神殿の外に消えた。

後を追おうとしたが、思い止《とど》まる。

もし彼が何らかの悪事を働きにこの場所に来ていたのなら、先に確認するべきはこの先の封印結界だ。破られていたら大変なことになる。

俺は踵《きびす》を返して怪しい人物が来た方へ走り、重厚な扉の前に辿り着いた。扉は少し開いていて、中からは冷たい空気が漏れていた。思い切って扉を開け、聖堂の中に入る。

広大な石造りの聖堂の壁際に、神官と職員と見られる人が倒れていた。静まり返った聖堂の中にはそれ以外に人の気配はない。倒れ伏して動かない神官達に急いで駆け寄り、様子を確認する。全員気絶しているだけのようで、息はしていた。

それだけを確かめて、俺はすぐに聖堂の中央部に走る。床に描かれた巨大な封印結界を囲むように並べられた祭壇に飛び乗り、結界を覗き込んだ。そして息を呑む。

「ヤバい」

魔法陣の一部が、何かで汚されていた。

多分、血だろう。バジリスクの。

「くそ！　上級神官達は何してんだ⁉」

祭壇に上ったまま魔法陣をよく見ると、発する光が弱々しい。血で汚れた場所から魔法陣が黒く変色していく。そこから床の色がだんだん曖昧《あいまい》になって、黒とも灰色ともつかない空間が透けて見えた。

まずい。

開きかけている。

魔界と繋《つな》がり始めているのが感覚でわかった。魔法陣から漏れてくる風を浴びると、寒気が止まらない。

落ち着け。

俺は光の精霊術は使えない。だから結界を浄化して修復するのは不可能だ。

しかしこのままにはしておけない。ダメ元でも血を綺麗に洗い流して、魔法陣に精霊力を流し込むしかないだろう。とにかくまず、この血を流さなければ。

杖を引っ張り出して、祭壇の上に水の魔法陣を書き殴っていく。詠唱も何もない力技のような言葉を叫んで魔法陣に精霊力を流すと、瞬時に噴き出た水が血で汚れた結界に向かった。祭壇の隙間から水が溢れ、濁った水を洗い流していく。

しかし、一旦破損してしまった魔法陣はそのままだ。全体の五分の一ほどが変色している。

どうする。

魔法陣を修復できる神官を呼びに走るか。

形代《かたしろ》の術を使い叡智の塔へ帰還し、この窮状を伝えて教授達に助けを求めるか。

考えあぐねながら、ふと聖堂の外に意識を向けたとき、ぞわりとする感覚が背中を走った。

全身を悍《おぞ》ましいほどの寒気が通り抜ける。圧倒的な負の魔力を感じて、俺は魔法陣に意識を戻し目を凝らした。

ミシッ

空気を裂くような軋《きし》んだ音が響く。

見つめた先の魔法陣の隙間から、真っ黒な爪が出てきた。

それを見た瞬間、背筋が凍った。

変色した魔法陣が捲《めく》れ上がり、その下から闇色の空間が覗いている。巨大な黒い爪はそこから出ていた。

悪魔の爪だ。

最初は黒い爪の先が、その次は真っ黒な骨張った指が、黒い空間からじわじわと伸び出てくる。

人の大きさほどもある巨大な指は、こちらの空間を確かめるようにゆっくりと床を掻いた。爪の当たった石造りの床は、腐り落ちるように煙を上げて溶けていく。指先だけでこれだ。もし結界をこじ開けられて腕と頭が出てきたら、一体どうなるのか。

その光景を見ていた俺は、ごくりと息を呑み、激しくなる心臓の鼓動を落ち着かせるために冷たい空気を深く吸い込んだ。

今すぐ逃げたい。

本能でそう思う衝動を必死で押し止《とど》め、杖を構える。

悪魔の指は更に魔法陣を押し上げ、今度は二本目の爪の先が出てきた。

どうすればいい。

魔法陣の修復ができないのであれば、物理的に押し戻してみるか。

周囲を見回して、壁際に並べられた石像を見つけた。

「風の精霊よ」

手をかざして精霊力を込めると、石像がふわりと浮き上がった。精霊達も緊急事態だと察してくれているのか、さっきから雑な詠唱をしているけれどすぐに反応してくれる。

浮き上がった石像は猛スピードで魔法陣に飛んでいく。そのまま床から生えた悪魔の指にぶつかって砕けた。

ぴくり、と動いた指が何かを探るように動きを止める。物理的な攻撃が当たることがわかった。

俺は更に壁際に並んだ石像を全て浮かせ、指に向かって次々に叩きつけていく。

悪魔の指は二つ続けて石像をぶつけられた後、うるさそうに指を払った。その瞬間、爪の先から黒い電流のようなものがジュッと発射される。

「危ねっ」

指の動きに合わせて発射される電撃が、俺が乗っている祭壇を掠《かす》めた。咄嗟《とっさ》に別の祭壇に飛び移ったが、先ほどまでいた場所はあっという間に黒焦げになった。放った石像達も悪魔が次々に放つ電撃に撃ち落とされて、全て粉々に砕けてしまう。

凄《すさ》まじい攻撃力を見せつけられて正直怯《ひる》みまくっている。

でも、ここで逃げるわけにはいかない。

何としても、神官達が駆けつけるまでこの悪魔を押し止《とど》めなければならない。

俺の攻撃が止んだと見るや、裂け目から三本目の指が出てきた。俺は咄嗟《とっさ》に床に手をつく。

詠唱して精霊力をこめると、今までにないくらいの速さで地面が俺の意思を汲んでくれた。石造りの床が持ち上がり、大理石が組み上がって巨大なゴーレムになる。出し惜しみなくかなりの精霊力を送り込んだから、攻撃力も石像の比ではないはずだ。

「行け！」

俺の声で、ゴーレムは魔法陣の上に飛び上がり、そこからはみ出した悪魔の指を踏みつけた。

轟音《ごうおん》が響いてゴーレムと指が衝突する。少しは効いているのか指の動きが鈍くなった。

「そのまま押さえつけろ！」

ゴーレムと指の攻防がしばらく続く。全身からすごいスピードで精霊力が吸い取られていくのがわかる。このペースでいつまで保つか不安を覚えながらも、隙を見て床に次の魔法陣を描いた。

やがて、悪魔の指は焦《じ》れたように爪から黒い電流を撒《ま》き散らし始めた。四方に発射される電撃で祭壇や聖堂の壁が破壊されていく。ゴーレムを押し戻しながら、四本目の黒い爪がじわじわと裂け目から出てきたのが見えた。その爪から放たれた黒い電撃でゴーレムの腕が吹き飛ぶ。

砕かれた腕が真っ直ぐに俺の方へ飛んできた。

魔法陣を描いていたせいで反応が遅れた俺が気づいたときには、もう巨大な石は目の前だった。

ヤバい。

頭の中で様々な感情が巡る。

ここで死んだらどうなる。

形代《かたしろ》があるから叡智の塔に帰還するのか。

それは問題ないが、俺がいなくなったらゴーレムが消える。

抑えるものがなくなったら、結界が破壊されてしまう。

一瞬でそこまで考え、咄嗟《とっさ》に手で頭を庇《かば》った。

その瞬間、何か大きなものが俺の目の前に滑り出た。

飛んできた巨石がそれにぶつかり、轟音《ごうおん》を立てながら弾かれる。

そっと手を下ろすと、眼前に銅色の壁があった。よくよく見たら、それはこの聖堂の入り口の扉だった。かなり厚みのある金属で作られているのか、巨大な石がぶつかっても割れることなく俺の目の前にそそり立っている。

呆気に取られていると、俺のすぐ横に風が吹いた。

「リモナ卿、無事か」

聞き覚えのある声に驚いてそちらを見ると、険しい顔をしたグウェンドルフが傍で膝をついていた。先ほど羽織っていた瑠璃色《るりいろ》のローブは脱いだのか、彼はいつもの全身黒ずくめの格好で、手には杖を持っている。

「バジリスクは」

「倒した」

こともなくそう言ったグウェンドルフに仰天する。バジリスクをもう倒したのか。さすがすぎるな。

一瞬気が抜けそうになった隙をつかれて、悪魔の指がゴーレムの脚を掴んだ。その途端爆音がして、ゴーレムの身体が木っ端微塵《こっぱみじん》に吹き飛ぶ。飛び散る石が、俺とグウェンドルフの前に立った扉に霰《あられ》のように打ちつけた。

「まずい、破壊された」

魔法陣の裂け目からまた指が一本出てくる。もうすぐ掌《てのひら》まで出てきてしまいそうだ。

眉間に皺《しわ》を寄せて結界を見たグウェンドルフは、険しい顔のまま俺の方へ視線だけ向けた。

「何があった」

「誰かが結界にバジリスクの血を撒《ま》いたみたいだ。結界が壊れかけてる」

端的にそう説明すると、グウェンドルフは持っていた杖を結界の方へ向けた。

空中に風が集まったかと思うと、次の瞬間巨大な氷の槍が出現し、悪魔の指に向かって放たれる。

ゴーレムが破壊され自由に動けるようになった指は、新たに六本目の指を結界の隙間から出して裂け目をこじ開けようとしていた。指は五本かと思ったら違う。明らかに異形の手だとわかる指を見て全身に鳥肌が立った。

グウェンドルフが放った氷の槍が楔《くさび》になって打ち込まれていく。隙間を埋めるように何本もの槍が立て続けに突き刺さると、悪魔の指の動きが鈍くなった。また動きを封じられた指が、苛《いら》立ったように黒い電撃を放つ。

グウェンドルフはゴーレムの残骸を纏《まと》めて盾に変形させ、悪魔の攻撃を受け止めた。衝撃で盾は割れてしまうが、瞬時に次の盾が形成されていく。

すげえ。

と気の抜けた感想が浮かぶ。

グウェンドルフに気を取られているうちに、バリバリという音が聞こえ、悪魔が氷の槍を全て砕いた。結界の狭間《はざま》から六本目の指が出て、とうとう巨大な掌《てのひら》が現れ始める。

グウェンドルフがまた氷の槍を放つが、今度は結界に打ち込む前に電撃で全て砕かれてしまった。咄嗟《とっさ》に俺も風を操って悪魔の指に攻撃を仕掛けるものの、あまりの硬さに跳ね返されてしまう。すぐさまグウェンドルフが魔法で水龍を作り出し、結界ごと上から押さえつけた。先ほどのように指の動きが少し鈍くなったように見える。

次はどうしようかと考えていたら、隣にいるグウェンドルフが静かに囁《ささや》いた。

「君は逃げろ」

「え？」

「これが相手では私も長くはもたない。すぐに神殿から出て遠くへ退避を」

こちらを見ないまま険しい顔で言うグウェンドルフの横顔を凝視した。

こいつ。

よりによって、今言うセリフがそれかよ。

「嫌だね」

きっぱりとそう返すと、今度はグウェンドルフが驚いた顔でこちらを見た。その綺麗な黒い瞳に戸惑いが見える。

俺はその目を睨みつけた。

心底不思議だと言う、その目が気に入らない。

「お前さ、騎士団にいるときもそうなわけ？　自分より弱い敵ならいいけど、強い敵だったら自分が犠牲になって味方を全員逃がすのか。生き延びさせるために？」

水龍を操りながら俺を見つめるグウェンドルフの瞳を、俺は真っ直ぐに見つめ返した。

「今この場であの悪魔を何とかできるとしたら、それはグウェンドルフ・フォンフリーゼ、お前だよ。俺じゃない。結界を修復できるのもお前だ。今この森にいる人間の中で、一番強いお前にしかできない。だから勝手に捨て身になるな。変な責任感で自分の価値を軽んじるのはやめろ。お前が死んだら、誰があの悪魔を止めるんだ」

強い口調でそう叱ると、グウェンドルフは虚をつかれた顔をして黙った。

普段こんな風に責め立てられることなんかないんだろう。彼がそんな顔をするのは珍しかったので、危機的状況なのに何だか笑える。

俺はふっと表情を緩《ゆる》めてグウェンドルフの顔を覗き込んだ。

「今お前が俺に言うべきセリフは、逃げろじゃない。手伝ってくれ、だ」

俺の顔をじっと見ていたグウェンドルフは、こくりと頷いた。

「君の言う通りだ。……手伝ってくれ」

「うん、わかった」

俺はにっと笑ってグウェンドルフにウインクした。

責めるように叱られて、それでも素直に助力を求めてくる彼はできた奴だと思う。こんなときだけど純粋に好感を持った。

悪魔の方へ視線を戻してから、俺は真面目な顔で彼に確認する。

「ところで、あの結界を修復する方法はあるのか？」

まだ俺を見ていたグウェンドルフは、少し考えてまた小さく頷いた。

彼は杖で水龍を操る方とは別の手を壁際にかざす。そこには悪魔の攻撃で弾き飛ばされた祭壇があった。もともと結界を囲んでいた祭壇のうち、最も大きく、そして最も厳《おごそ》かな装飾で飾られた祭壇だ。それが浮き上がって俺達の方へ飛んでくる。

グウェンドルフはそれをすぐ傍に着地させた後、内側に取り付けられた扉を魔法で開けて、中から一本の古びた剣を浮かび上がらせた。

「これは？」

「昔、悪魔を封じた大聖女が造った宝剣だ。これを結界に差し込み精霊力を流せば、ある程度結界を修復できるかもしれない」

金で装飾された鞘《さや》から抜かれた剣は、プラチナのように白く透明な光を放つ。柄《つか》は金で光の精霊と教会の紋章があしらわれていた。

なかなかいいアイテムが出てきたな。

俺はよし、と頷いた。

「なるほどね。結界に流すのは魔力でもいいのか」

「問題ない。魔力もこちらの世界の力だから」

「よし。じゃあその剣はお前が持っててくれ。俺はもう結界を修復できるほどの精霊力は残ってないから」

そう言って、俺は傍でずっと描いていた魔法陣に杖で精霊力を流し込んだ。

「光の精霊よ、力を貸してくれ」

魔法陣が淡い光を放ち、その真ん中から白い光を纏《まと》った細身の槍が現れる。

グウェンドルフが少し驚いた顔で槍を掴む俺を見た。

「それは」

「剣があるんだったら槍でなくてもよかったんだけどな。攻撃するなら光属性の武器の方が効きそうだろ。即席だからそこまで期待してなかったけど、緊急事態だから精霊達も協力してくれたな」

手にした槍は細身だが、光属性の武器だから悪魔には効くはずだ。何故槍かと言うと、俺は剣が下手くそだから。槍の方がまだいけそう。そういう意味でも、宝剣は騎士であるグウェンドルフが持つのがふさわしい。

光属性の武器が出現したのがわかったのか、悪魔の指はこちらに向けて立て続けに電撃を発射してくる。黒い掌《てのひら》がじわじわと出てきて、水龍もだいぶ押し負けてきた。

「じゃあ、時間もないし作戦はこうだ。俺が囮《おとり》になってあいつを引きつける。その隙に別の方向からお前が結界に近づいて、剣を刺してくれ」

「囮《おとり》？　君が危険では」

「俺はもうゴーレムを作れるだけの精霊力はないから別の囮《おとり》は作れないよ。あ、お前がやろうとするなよ。結界の修復にどれだけ魔力がいるかわからないんだから温存しろ。あと最初に言ったけど、お前が死んだら全部終わるんだからな。お前が囮《おとり》になるのはなしだ。大丈夫だって。忘れたのか？　俺達には今日、ファネル様の形代《かたしろ》があるだろ」

険しい顔で黙るグウェンドルフをじっと見据える。

そう。幸運なことに、俺達は今日死ぬことはない。戦線を離脱してしまうというリスク以外、身を惜しむ必要がないのである。

「作戦をじっくり練る時間はない。やってみよう。大丈夫だ。死にそうになったらすぐ帰還の呪文を唱えるから」

「……わかった」

悪魔の方を見たグウェンドルフも、時間がないのは理解しているのか最後は了承した。

「行くぞ！」

声と同時に、俺は扉の陰から出て悪魔の方に飛び出した。

その瞬間電流が襲いかかってくるが、槍で弾き返す。光属性が効いているのだろう、槍が触れた途端に電撃は威力を落として煙になった。

近づいてくる気配がわかるのか、悪魔の手が俺に向かって爪を伸ばしている。視界の端で、グウェンドルフが悪魔の手の甲の方へ移動していくのを捉《とら》えた。俺は槍を突き出して結界のすぐ傍まで接近した。

巨大な手が俺を捕らえようと指を伸ばしてくる。

グウェンドルフが音もなく跳躍して剣を振りかぶった。剣先が悪魔の手の甲にかかるかと思ったとき、突如悪魔の指が反対側にぐにゃりと折れ曲がった。

人間ではあり得ない指の動きに一瞬反応が遅れたグウェンドルフの腕を、悪魔の爪の先が掠《かす》める。

バシュッと血飛沫《ちしぶき》が上がった。

「グウェンドルフ！」

辺りに血が飛び散った。

彼の左腕が上腕から手首までざっくりと裂ける。剣を持っていた利き手ではなく左腕だったのは、咄嗟《とっさ》に庇《かば》ったからだ。険しく顔を歪めたグウェンドルフは、体勢を崩しながら悪魔の指の隙間をかいくぐっている。

「帰還しろ！」

グウェンドルフが俺に向かって怒鳴った。

帰還？

諦めろってことか？

動きが鈍くなったグウェンドルフを捕らえようと、悪魔の指が一斉に飛びかかる。文字通り、指がどんどん伸びていくのだ。俺よりも魔力量が格段に高いグウェンドルフの方に脅威を感じているのかもしれない。

俺に帰還しろと言っておきながら、グウェンドルフは悪魔の指に剣を振り下ろし、魔法を放ち続けていた。大怪我を負ったにもかかわらず、自分が帰還する様子はない。剣を握っているせいで止血もできない左腕からおびただしい量の血が流れ続けていた。

失血して気を失うまで戦うつもりなのか。

その姿を見て、俺は唇を強く噛んだ。

そうだ。

グウェンドルフはこういう奴だ。

腕が使えなくなったって逃げたりしない。

他人を守るために、平気で自分の身を犠牲にするんだろう。

胸が痺《しび》れるような感覚を覚えて、俺は一歩踏み出した。

そんな姿を見せられて、俺だけ帰還なんかできるか。

俺は悪魔の手に駆け寄り、グウェンドルフに気を取られて油断している黒い手の甲に思い切り槍を突き立てた。

その瞬間、槍が黒い焔《ほのお》で包まれる。怒りを発した黒い手は、すぐに俺が突き刺した槍を振り払い、逃げる間もなく俺の身体を捕らえて握りしめた。

強い力で容赦なく握り潰され、肋骨《ろっこつ》が砕ける音が聞こえる。

「ぐぁっ」

「レイナルド！」

グウェンドルフが叫んだ。

次の瞬間、地面から足が浮いた。俺の身体を握りしめた手は結界の裂け目に俺を引きずり込む。

悪魔の手が、結界の裂け目に引っ込んだのだ。

何という、僥倖《ぎょうこう》。


「閉じろ!!」


俺は喉が潰れるくらいの大声を出して叫んだ。内臓から溢れた血が喉から飛び散るが、構わず叫んだ。

このチャンスを逃すわけにはいかない。

絶対に逃すわけにはいかない。

グウェンドルフの引《ひ》き攣《つ》った顔に、迷いが見えた。

俺は彼の目を真っ直ぐに見つめ、あらん限りの声でもう一度叫んだ。

「閉じてくれ！　グウェン!!」

迷うな、守れ！

そう言おうとした言葉は身体を握り潰される痛みで続かなかった。けれど、彼には伝わっただろう。

グウェンドルフが蒼白な顔で片手を振り上げる。

必死に唇を噛み締めたその顔が、まるで今にも泣き出しそうに見えた。

暗く塗り潰される視界の中で、彼のその表情が俺の目に焼きつく。

頼むぞ、天才魔法使い。

お前が結界を閉じてくれれば、この世界は守られる。

金色に光る剣の輝きを見たのを最後に、俺の視界は暗闇の中に消えた。

そして、すぐに何も聞こえなくなった。

帰還の呪文を唱える前に、多分俺は死んだんだろう。

＊＊＊

目が覚めたとき、世界があまりに白いので驚いた。

ぱちぱちと瞬《まばた》きしていると、近くで物音がした。

「レイナルド！　起きたのね、気分はどう？」

声の方を見ると、斜め上に母さんの顔があった。どうやら俺はベッドで寝ているらしい。

「ファネル様にお伝えいたします」

聞き覚えのない声がした後、すぐに扉を開けて遠ざかる足音が聞こえた。

疲れた顔をした母さんが笑みを浮かべて涙を拭《ぬぐ》い、俺の顔にそっと触れた。

「ああよかった。すぐにお父様とエルにも知らせなくちゃ。二人も心配して何度も会いに来ていたのよ」

会いに来たということは、ここは我が家ではないということだ。どうりで見慣れない部屋だと思った。

「ここは？」

声を出すと何故か掠《かす》れていて、少し咳き込んだ。

「王都の王立病院よ。あなたは神殿からファネル様の術で帰還できたけど、それからずっと目を覚まさなかったの。こちらの方が設備が整っているから、ファネル様が入院させてくださったのよ」

そうだ、思い出した。

「封印結界は？」

「大丈夫よ。元に戻ったわ。今、ファネル様が来て説明してくださるから」

「もしかして……あれから何日か経ってる？」

「二週間よ」

「二週間!?」

それは驚いた。

俺は二週間も寝てたのか。死んだのはついさっきだったのに。

呆然とベッドの上で呆けていたら、部屋の扉が開いてファネル総帥が入ってきた。

「レイナルド殿、目が覚めて何よりじゃ」

「ファネル総帥、お世話になっております」

母さんが総帥に上品な礼をした。

「うむ、夫人も楽にしてくれ。気分はどうかの？」

母さんが後ろに下がった後、総帥はベッドに近寄って俺の顔を覗き込んだ。

「大丈夫です。総帥、結界はどうなったんです？」

「案ずるな。グウェンドルフが宝剣で綻《ほころ》びを閉じ、そのあと駆けつけた神官達で元通りに塞いだ」

「そうですか、よかった」

ほっと胸を撫で下ろした俺を見て総帥が頷く。

「悪魔に捕らわれた時点で帰還しなかったとは、無茶をしたな」

「すみません、必死だったので。でも、ファネル総帥の形代《かたしろ》があったから助かったじゃないですか」

そう言うと、総帥は微妙な表情をしてため息をついた。

「あれは、あくまでこの世の理《ことわり》の中で作動する術じゃ。魔界に引きずり込まれたお主《ぬし》とは、あと少しで繋《つな》がりが切れるところだった。そうしたら術は発動せずそのまま死んでおったぞ」

「え!?」

驚愕して大きな声を出したら、その拍子にまた咳き込んだ。

死ぬ間際にグウェンドルフが結界を閉じるところが一瞬見えた気がしたけど、もしかしてあれが完全に閉じていたら、俺は死んでたのか。めちゃくちゃギリギリだったじゃないか。今更ながら背筋に冷たい汗が流れる。

「実際、お主《ぬし》の身体は帰っても意識が戻るのには二週間かかった。心身共にかなりの負担がかかったと見える。もう二度とこんな無茶はするでないぞ。ともあれ、無事目覚めて何よりじゃ。プリムローズの長男も、グウェンドルフも心配しておった」

「総帥、グウェンドルフは大丈夫だったんですか？」

「うむ。結界に魔力を流し続けたため失血と疲労で満身創痍《まんしんそうい》だったが、神官長達が駆けつけた後、形代《かたしろ》を使って帰還した。腕も元に戻り、医療魔法士の診療も受けたが、特に後遺症もなかったから大丈夫じゃろう。グウェンドルフもお主《ぬし》の身を案じて何度かここへ見に来たのだが、今はまた樹林へ魔物の討伐に行っておる。一度結界が不安定になったためか、魔物達が各地で凶暴化しておってな。しばらくは帝国中を回って忙しいじゃろう」

「そうですか」

俺はふうっと短く息を吐く。

グウェンドルフの腕が元通りになってよかった。これから騎士団の団長になるのに、隻腕《せきわん》になってしまったら仕事に支障がありすぎる。

しかし、結界が元に戻ったと思ったら次は魔物の討伐って、グウェンドルフは本当に人間なのか？　タフすぎない？

「さて、お前さんも目が覚めたことじゃし、簡単に容態の確認をしたら、あの日のことを話してもらおうかの」

「あ、はい」

「申し訳ないが、エリス公爵夫人は一時退席してもらっていいじゃろうか」

「ええ。ではレイナルドをよろしくお願いします。私はうちの家人に知らせに参りますので」

母さんが一礼して部屋から出ていき、俺は総帥にあの日の一部始終を説明することになった。

「なるほど。グウェンドルフの説明と相違ないな。聖堂にバジリスクの血が撒《ま》かれていた原因はわからんが……」

「やっぱりあれはバジリスクの血だったんですか？」

「うむ。聖堂で倒れていた者達も一瞬で気絶させられており、侵入者を覚えている者はおらんかった」

「廊下ですれ違った人は、叡智の塔のローブを着ていました。たまたま迷い込んだ学生が、聖堂の様子に驚いて逃げていっただけかもしれませんが……」

「いや、あの後卒業考査に参加した学生全員に話を聞いたが、お主《ぬし》とグウェンドルフ以外に神殿に立ち寄ったと証言する者は一人もいなかった」

「では……」

あれは、間違いなく不審人物だったということだろうか。

花の香りを嗅《か》いだような気がするが、何の香りだったのかいまいち思い出せない。

「お主《ぬし》の嗅《か》いだその匂いとやらを思い出したら教えてくれ。叡智の塔の転移魔法陣を踏まずに何らかの方法で樹林に紛れ込んだのであれば、塔の関係者ではない可能性もある」

総帥が難しい顔でそう言うと、何か考え込むように少し黙ってから首を軽く振った。そして俺の顔をまたじっと見てくる。

「レイナルド、と呼ばせてもらおう。今回の件では卒業考査どころではなくなってしまい、すまなかったな。そして、礼を言う。よくぞグウェンドルフと共にあの場に踏み止《とど》まってくれた」

「いえ、そんな……」

「孫からは、お主《ぬし》がいなければ結界は崩壊していたと聞いている。本当によくやってくれた」

ファネル総帥が真面目な顔で俺にそう言った。

実際俺は戦闘ではほとんど役に立っていないんだが、改めて感謝されると、あのとき逃げなくてよかったと思える。グウェンドルフにもちゃんとお礼を言わないとな。

想定外の事件だったが、今回の件で「レイナルド・リモナ」の印象は少しはよくなるだろうか。なるよな？　信じてるぞ。

事件の犯人のことは気になるけど、あまり首を突っ込みすぎるとゲームの強制力が働いて、俺に矛先《ほこさき》が向いてくる可能性がある。総帥達が捜査してくれるなら、もう後は任せて大丈夫だろう。

「レイナルド、お主《ぬし》のことは少し調べさせてもらったが、以前から封印結界に興味があるようじゃな。それは何故かの？」

突然総帥がそう質問を投げかけてきて、俺は内心でびくっとした。

今回の騒動に関わった人間を調査したんだろう。人為的な仕業だとわかった以上、犯人を突き止める必要がある。以前から各地の封印結界を度々訪れていた俺の行動は奇妙に映るに違いない。

なんと答えたらいいのか。

さすがに、数年以内に悪魔召喚を試みる奴が現れて、俺が容疑者になるかもしれないからなんて言えない。

ファネル総帥の藍色の瞳が俺を捉《とら》える。よく見ると、その瞳の中の虹彩《こうさい》は艶《つや》のある黒だ。それはグウェンドルフと同じ色で、俺は不思議とそれに安心感を抱く。

気がつくとごく自然に、自分の気持ちを口に出していた。

「あの、おかしなことを言ってると思うかもしれませんが、俺は、封印結界の存在を知ったときからずっと不安なんです。なんだか、とても嫌な予感がして。普通に考えれば、そんなこと起こり得ないってわかってるんですけど、でも、もしも結界が悪意のある人間によって破壊されて悪魔が地上に現れたら、どうなるんでしょうか。調べていたのは、ただ不安だったからです。俺は公爵家の人間だから結界を守護する義務があるし、結界の守備が本当に万全なのか、確かめたかったんです」

「ふむ、なるほどな」

俺の言葉に納得したかどうかはわからないが、総帥は頷き、窓の外を眺めてからまた俺を見た。

「ところで、お主《ぬし》は儂がどうやってこの何十年もの間、王都の魔法士や貴族達の中で生き延びてきたと思うかね」

急に話が変わったことに戸惑ったが、一応ちゃんと考えて答える。

「えーと。魔法使いとしての研鑽《けんさん》を欠かさないこと、ですか？」

俺の答えに総帥は首を横に振った。

「残念ながら違う。儂が自分の力に誇りを持っているのは、人を見る目じゃよ」

「目？」

きょとんとした俺の顔を見て、大魔法使いはにっこりと笑った。

「人を見る目だけは自信があるのじゃ。だから、儂は今お主《ぬし》と話したときの自身の感覚を信じることにしよう」

頷きながら呟《つぶや》くように言うと、総帥は杖に両手を置いて藍色の瞳を煌《きら》めかせた。

「レイナルド、お主《ぬし》は叡智の塔を卒業したら領地に帰るつもりかね」

「はい。兄の手伝いをしようかと」

ここで二週間気絶してる間に卒業式はとっくに終わっているので、就職活動もしていなかった俺は家に帰るしかない。しかし、ここで疑問が湧いた。

「えーと、そもそもなんですけど、俺って卒業したってことでいいんですかね？　追試とか受けてないですけど」

恐る恐るそう聞くと、総帥は片眉を上げげた。

「教授会の判定会議で、お主《ぬし》は次席で卒業することを認めておるよ。なんだ、夫人からはまだ聞いておらんかったか」

「次席⁉」

おいおい、それは聞いてないぞ。

さすがに予想してなかった。もう一回特別に追試を受けさせてもらえるかなーくらいは期待していたけれども。

「当たり前じゃろう。結界から出てきた悪魔を退《しりぞ》けたのじゃ。卒業考査の魔物とは比べるまでもない」

「じゃあ、首席はもちろん？」

「グウェンドルフじゃ。あやつは首席をお主《ぬし》にと主張しておったがの。結界を閉じた功績とバジリスクの討伐も加わると、グウェンドルフを首席にせざるを得ん」

「そりゃそうですよ。それで絶対正しいですから、そうしてください」

グウェンドルフを差し置いて俺が首席なんて取ったら、周りから何を勘繰られるか考えるだに恐ろしい。それでもまさかの次席卒業だなんて、目立ちたくないのに注目されてしまうじゃないか。

どうすればいいんだ。このままでは俺のスローライフ計画に支障が生じてしまう。

「そこでじゃ、レイナルド。お主《ぬし》はこれから宮廷魔法士として儂のもとで働きなさい」

「は？」

いや、何がそこで？

驚愕の声を上げた俺を満足そうに見て、総帥は自分の髭《ひげ》を撫でた。

「エリス公爵が代替わりするのはまだ当分先じゃろう。お主《ぬし》がエルロンド卿を補佐するのもまだ先でもよかろうて」

「え？　いやでも」

「ちなみに、公爵と夫人にはもう打診済みじゃ。お二人とも快《こころよ》く承諾してくださった。びしばしやってくれとのことじゃ」

「ええ……」

肝心の本人確認がまさかの最後。そりゃあ両親とも、息子が無職でふらふらしてるよりは宮廷魔法士なんて花形の仕事にありつけた方が安心だろう。

俺は内心で嘆息した。

老後まで領内で細々と生きようと思って就活してなかったのに……

「ここでお主《ぬし》という人材を見つけたのは天の配剤というもの。お主《ぬし》にやってほしいことがある」

「やってほしいこと？」

そう聞くと、目の前の爺《じい》さんは猫のように目を細めて笑った。

こうして、前代未聞の大事件のせいで、俺の意に反して就職先が内定してしまったのである。

第二章　運命に抗いたい悪役令息、再会した同級生と再び共闘する

卒業以来三年ぶりに叡智の塔でグウェンドルフと再会した俺は、彼とベルと共に総帥の部屋の前に来ていた。

甘えて足元にまとわりつくベルを微笑ましく見つめながら、ノックをして扉を開けた。そこかしこに積まれた本の間に埋もれた肘掛椅子に腰掛けて、分厚い本を読んでいた爺《じい》さんがこちらを見る。

「おお。無事に出勤したな、レイナルド」

「総帥……あのですね、卒業考査の手伝いなんて責任重大な仕事、さすがにちゃんとやりますよ。そもそも俺は総帥の指示を無視したことないでしょう」

「ほほお？　お主《ぬし》が作った新しい魔法陣について、この間の宮廷魔法士の研究会に呼んだのに来んかったと思ったがのぉ」

「いや……あれはちゃんと事前に嫌だって言ったじゃないですか」

宮廷魔法士の爺《じい》さん達は皆魔術オタクだ。普段は会議中でもゆったり日向《ひなた》ぼっこしてそのまま昼寝するくらいの勢いなのに、新しい理論とか魔法陣を見ると急に獲物を見つけたハイエナみたいになる。平気で五時間とか拘束されて帰してもらえなくなるからたまらない。嫌だよ、周りを鼻息荒い爺《じい》さん達に取り囲まれて質問攻めにされるの……。あの人達無駄に頭いいから、こっちが想定し

てないことまで突っ込んできて、俺も数時間頭を抱えることになるんだ。

総帥はげんなりした俺をにんまりと見て立ち上がり、閉じた本を書類が積み上がった机の上に置いた。そして、俺の後ろにいるベルに視線を注ぐ。

「その世にも貴重な子馬を同伴するとは聞いとらんかったがの」

さすがに爺《じい》さんの目は誤魔化せなかったらしい。

俺はベルを見て頭を掻いた。

「すみません。家に置いてきたはずだったんですけど、ついてきちゃって」

「まあいい。癒しの力に溢れた子馬なら、むしろ心強かろう。儂も卒業考査が終わったらよくよく観察させてもらいたいのう。だが、くれぐれも錯覚の魔法は解くでないぞ」

最後の一言はグウェンドルフを見ながら言った総帥に、俺の隣に立っていた彼は小さく頷いた。

「さて、グウェンドルフは一年前も来ておるから大体はわかっておるだろう。お前はレイナルドのフォローを頼む。二人とも神殿内部の警備の担当じゃ」

「わかりました。神殿にもちゃんと警備を置くようになったんですね」

「うむ。以前は学生を不正に手助けしたりせぬように、神殿に留まる神官の数は最低限じゃった。しかしあの事件があってからは、騎士と宮廷魔法士、上級神官を何人か増やして、神殿とその周囲の樹林に置くようにしたのじゃ」

確かに今まで神殿の守りは薄すぎた。少なくとも魔法士と上級神官が数人はいた方がいいだろう。

「お前達の分も形代《かたしろ》を用意してある。万一のときのため、警備班にも配布することにしたのじゃ。

忘れるといけないから、今魔力を込めておくといい」

そう言って、総帥は机の上に置いてあった白い布製の人形を俺達に手渡した。

「形代《かたしろ》は後で警備班のものと一緒に会議室に置いておくように」

俺は頷いてから形代《かたしろ》の人形を手に取り、精霊力を込めた。ふわっと身体の中から何かが抜けるような感覚がする。三年前のときと同じように、形代《かたしろ》の人形は黄色に変わった。いや、あの頃よりも銀色のキラキラが多いかも。もしかしたらチーリンの力が影響してたりして、と思いながら隣を見ると、グウェンドルフの人形は真っ黒になっていた。やっぱり黒なんだな。

身代わりができるのは確かに安心ではある。でも、もう死ぬのは御免被《こうむ》りたいな。身体を捻《ひね》り潰されるあの激痛は二度と味わいたくない。

「ところで、三年前バジリスクの血を撒《ま》いた犯人は、結局わからないんですか」

俺が気になっていたことを口に出すと、総帥はすっと真面目な表情になって頷いた。

「うむ。まだわかっておらぬ。怪しい人物の目撃者がお主《ぬし》以外おらぬ上、それが秘匿《ひとく》している情報であるゆえに、表立っての調査が難航しておってな」

「そうですか……」

目撃者が俺だということは伏せてもらっている。それはそれで、ダメナルドバイアスの悪評がある俺としてはありがたいので何の文句もない。

しかし、まだ三年前の犯人が捕まっていないということが気にかかる。ゲームでは、あの事件は一体どういう位置付けだったんだろう。そんなに重要なイベントではなかったんだろうか。

しばらくトロン樹林に出てくる魔物の話をした後、俺はそういえばと総帥を見た。

「今年の学生の実力はどんな感じなんですか？　何事もなくみんな合格する予定で？」

「うむ、お主《ぬし》達の代も優秀じゃったが、今年も飛び抜けて優秀な学生が何名かおるな。グウェンドルフの弟もおるしの」

「え⁉　弟？」

「そうじゃ。名前はライネルという」

驚いてグウェンドルフを見上げると、彼は特に何の表情も浮かべずに爺《じい》さんの言葉に頷いていた。

グウェンドルフに年の近い弟がいたんだな。知らなかった。

「それから、お主《ぬし》の親友であるプリムローズの弟もおるな」

爺《じい》さんが髭《ひげ》を撫でながら言って、俺は頭の中にルウェインの弟の顔を思い浮かべた。最近会っていないからだいぶ面影が薄い。

「ユーリスですか？　そういえば、確かにあいつもこの年ですね」

「うむ。彼は長男とは違って文官向きじゃな。優秀な魔術理論の論文を書いておる。そうじゃな、あとはレオンハルト第三王子殿下もおるし……」

第三王子だと？

ちょっと待てよ。なんだか嫌な予感がしてきた。

伝説の魔法使いの孫、宰相の息子、それから王子？

乙女ゲームだったら明らかに攻略対象者になりそうな面々じゃないか。

俺が内心不穏なものを感じていることを知らない爺《じい》さんは、最後に思い出したように手を打った。

「そうじゃ。あとは次期聖女と期待されるルシア・ファゴット子爵令嬢がおるな」

「次期聖女候補……？」

それって……

「魔法士の中でも珍しい光属性の精霊力を持った子じゃ」

知らないうちに光の聖女が降臨してるじゃないか――!!

俺は愕然として凍りついた。

「彼女は平民じゃったが早くに両親を亡くし、選定式の後で子供のいない貴族の養女になった子でな。生い立ちもあって教授達も心配しておったのだが、よく頑張っているようじゃ」

珍しい光属性をもつ上に、不憫《ふびん》な生い立ち。

間違いない。

そのルシアさんとやらがゲームの主人公《しゆじんこう》なんだろう。そして前に名前が出た三人が攻略対象者か？

俺はがくりと膝を折って両手を床についた。

「レイナルド!?」

グウェンドルフが急にダイナミックに絶望し始めた俺に驚いて、傍に膝をつく。

ベルも驚いたように「クー？」と鳴いて肩に擦り寄ってきた。

「いや、大丈夫。ちょっと立ちくらみがね、いやあ歳かな……はは」

適当なことを言いながらも動悸が止まらない。頭の中を『約束された末路』と書かれたプレートを持ったネズミが高速で駆け回っている。

ここ最近平和な生活に慣れきって、もうゲームとは関わらなくて行けちゃうんじゃね？　とか思ってたから、突然の現実に動揺が収まらない。

やっぱり聖女達と接触せずに隠居することはできないってことなのか。

じゃあ、もうストーリーは始まってしまっているんだろうか。すでに卒業考査なんだけど、多分攻略はかなり進んでるよな。であれば、これから何か重大なイベントが起こるということか？

そうなると、俺がここにいるのはまずくないか。ゲームのストーリーではレイナルドが悪魔召喚を行うわけだから。

もしや明日、ダメナルド様が無様に倒れ伏すあのエンドが待ち受けて……

俺が今にも天に召されそうになっていると、グウェンドルフがそっと肩に触れてきた。

「レイナルド。君はもう休んだ方がいいだろう」

総帥も驚いた様子で近づいてきた。

「無理せんことじゃ。子馬に栄養を与えすぎたかの？」

そう言って、その辺の瓶に入った謎の薬草を摘《つま》み出す。

メンタルの問題なので身体は問題ない。グウェンドルフにお礼を言って立ち上がり、総帥が差し出した謎の薬草は丁重にお断りした。

「もう宿舎に戻って早く休むといい。神殿の警備班とは明日顔合わせすればいいじゃろう。グウェンドルフ、レイナルドの分の形代《かたしろ》も会議室に置いておきなさい」

真面目に頷いたグウェンドルフが自分の分と俺の人形を受け取った。会議室くらいなら行けるけど、と口を出そうとしたら、グウェンドルフに突然肩を抱かれたので仰天した。

「え!?」

他人にそんなことをする奴じゃないと思っていたので、余計にびっくりしてしまう。さっきも思ったけど、こいつ、いつの間にこんなに優しい気遣いができる人間になってたんだ。

「いや、大丈夫。自分で歩けるよ。ありがとな」

だけどグウェンドルフは何故か手を離すのを渋り、俺の肩に手を回したままだ。後ろにいたベルに押し退けられて、ようやく俺から手を離した。

「ベル、どうした？　心配してくれるのか」

「キュウ」

すりすりと脚に顔を擦りつけるベルがかわいくて、少し元気になった。

とりあえずゲームのことは部屋に戻ってから考えよう。

精神的に疲れた俺は総師の言葉に従って、早々に宿舎に引き上げることにしたのだった。

叡智の塔の宿舎は、傾斜が緩《ゆる》やかな尖塔がそびえる石造りの古めかしい建物で、遠方に住む教授や学生が寮として使用している。俺は在学中は通いだったので、建物の中には初めて入った。

卒業考査が明日に控えているためか、ひんやりした空気が漂《ただよ》う廊下に人影はない。

俺はグウェンドルフとベルと共に用意された部屋に向かう。彼は俺を心配して、会議室に行くのを後回しにして宿舎までついてきてくれたのだ。

程なくして今日泊まる部屋に辿り着いた。

「レイナルド」

扉の前でグウェンドルフが話しかけてきた。何か言いたいことでもあるのかと思い、俺はドアを開けて先にベルを部屋の中に入れる。くりっとした瞳で俺を見上げてくるベルに微笑んで、扉を半分くらい閉めた。

話を促《うなが》すようにグウェンドルフを見上げると、彼は案じるような目で口を開いた。

「君は、今日無理をしてここに来たのではないか。最近エリス公爵領で大規模な転移魔法陣を作っていると聞いた。多忙なところに総帥が無理を言ったのでは」

そう言われて瞬《まばた》きした。さっき総帥の部屋で心配させたなら悪かったなと思う。項垂《うなだ》れていた理由は別にあるけど説明はできないので、俺は頬を掻きながら笑顔を作った。

「いや、大丈夫だよ。転移魔法陣の件はちょうど片がついたところだったから。さっきは本当にちょっと疲れただけで、今日だって別に嫌々来たわけじゃない。うちの組織、爺《じい》さんばっかりでみんな出不精だから、俺に白羽の矢が立ったんだろうし」

それに、多忙というなら騎士団長のグウェンドルフの方が余程忙しいはずだ。それなのに、頼まれもしないのに人の心配までしてくれるなんて優しいというか、面倒見がいいな。再会してからもあれこれ気遣ってくれるし、彼にそんな甲斐甲斐しい一面があるなんて知らなかった。

俺の返事を聞いて、彼は軽く息をついた。

「総帥が急に君を呼ぶと言ったから、無理をしたのではないかと気がかりだった」

「心配してくれてたのか。ありがとう」

「疲れているようだから、無理をしてはいけない」

「うん。ありがとな。ちゃんと寝ればしゃきっとするし、大丈夫だよ。明日はしっかり働くから」

グウェンドルフにお礼を言ったら、彼はまたじっと俺を見つめてきた。その真っ直ぐな眼差《まなざ》しを向けられるのがなんだか気恥ずかしくて、俺は苦笑した。

「明日、何も起こらないといいよな。無事に終わることを祈るよ」

「……私が守る」

「え？」

思わず聞き返すと、俺から目を逸らさないまま、グウェンドルフは漆黒の双眸《そうぼう》に強い光を湛《たた》えた。

「もし、何か不測の事態が起こったとしても、今度は私が必ず君を守る」

きっぱりと言い切られて、俺は目を丸くした。

大げさだと笑い飛ばすには彼の表情はあまりに真剣だった。俺も不意を突かれた驚きと、三年前の微《かす》かな悔恨とが脳裏に蘇《よみがえ》り、真顔でグウェンドルフの顔を見つめてしまう。彼の実直すぎる言葉が、何故か素直に胸の奥に入った。

相変わらず、人一倍責任感が強い奴だと思う。

でも、そんな頼りがいのあることを言われたら、誰だって悪い気分にはならないだろう。

しばらく見つめ合ってから、俺は破顔した。

「……さんきゅ。すげー心強いな。それ」

グウェンドルフも微《かす》かに目元を緩《ゆる》めた。

俺は結構、彼のこの表情が好きかもしれない。眼差《まなざ》しが柔らかくなって、見るとほっとする。

総帥の部屋にいたときに感じた不安な気持ちは、今グウェンドルフと話していたら不思議なほど和《やわ》らいだ。

「また明日な」

彼に明るく挨拶《あいさつ》をして、俺はベルが呼ぶ鳴き声に促《うなが》されるように部屋の中に入った。


「本日、上級神官の中からこの神殿の警備を任されました、シオン・リビエールです」

翌朝、眼鏡をかけた怜悧《れいり》な目つきの細身の神官が、トロン樹林の神殿に転移してきた俺とグウェンドルフに挨拶《あいさつ》した。神殿の入り口に近いところにある応接間には、俺達二人と今自己紹介をしたリビエール上級神官、それから緑色の王宮の騎士服を着た男性が一人いる。

他の職員や数人の神官は、すでに奥の聖堂で待機しているらしい。

「自分はクリス・ミラードと言います。王宮の護衛騎士です。去年も参加していますが、魔法はからっきしなので、近衛騎士団のような魔物討伐は専門じゃないです。今年も不安だったんですが、去年と同じくグウェンドルフ団長とリビエール上級神官がいてくれて心強いです」

にこにこと快活に笑うミラード卿は、茶色の髪をした健康そうな青年だ。大きな身体の割に笑うと猫のような愛嬌があって、かわいらしく見える。騎士らしく剣も携《たずさ》えていて、鍔《つば》に付けられたお洒落《しゃれ》な飾り紐が揺れていた。

挨拶《あいさつ》をした二人から見つめられて、俺もぺこりと頭を下げる。

「エリス公爵家のレイナルド・リモナです。宮廷魔法士です。俺は卒業考査の警備は初めてなので、皆さんの迷惑にならないようにお手伝いできればと思います」

名前を言うと、リビエール上級神官が明らかに嫌そうな顔をした。神殿関係者には俺の悪名が轟《とどろ》いていると見える。

「失礼ですが、リモナ卿は今回何故警備班に？」

「ファネル総帥から来るように要請されました」

「まったく、ファネル様も名前だけ有名な方ではなく、ベテランの宮廷魔法士を寄越してくだされぱいいものを。まぁ、フォンフリーゼ団長がいらっしゃるので、貴方が何もしなくても問題はありませんが」

大きなため息をついて、明らかに蔑《さげす》んだ言葉を吐いてくる。

本人を前にしてこれだけ言えるのは逆にすごい。いっそ清々《すがすが》しくさえある。俺の陰口を叩いてる貴族のおっさん達よりも余程好感が持てるな。

彼のわかりやすい絶対零度の視線にへらへらっと笑って、俺は無害ですよアピールをしておいた。

神殿関係者に悪名が轟《とどろ》いているのは自業自得、と言えばそうなのだ。膝サポーターとか売りまくっちゃった事案があるわけだし。でも何度も言うが、商品開発したのは善意からなんだよ。

すると横からグウェンドルフがすっと俺の前に出た。

「リビエール上級神官、彼のことをよく知らずにそのような発言をするのは感心しない」

まさかのグウェンドルフからのフォロー。

驚いて彼の背中を見つめた。

上級神官もまさかグウェンドルフがそんなことを言うとは思っていなかったのか、ポカンとしている。

「団長は、リモナ卿と親しいご関係なんですか？」

そう聞かれて、グウェンドルフは数秒黙った後、頷いた。そして俺を一度振り返り、視線を合わせる。

目配せされたようなので、俺もうんうんと調子を合わせて頷いておいた。確かに知り合いではあるしな。

グウェンドルフは微《かす》かに目を細めて、もう一度上級神官に向き直った。

「私と彼は、叡智の塔の同級生だ」

「同級生？　ああ。そういえばお二人は三年前の事件の……。ですが、フォンフリーゼ団長とリモナ卿が在学中に親しくされていたなんて意外です」

「……学生の頃は特段親しくはなかった」

「ああ、やはりそうですか。それでは、例の事件の後から交友があるんですね」

「特にない」

「え？」

「会うのは昨日が卒業以来だ」

「……えっ？」

上級神官が思わずといったように小さく声を出した。

グウェンドルフ、一体どうしたんだ。

いや、事実そうなんだけど。

すごく堂々としてるんだけど、言ってる内容は「久しぶりに会った、ただの同級生」ってだけなのよ。果たしてそれで親しいと言い切っていいものかどうかは疑問だよ。戸惑わせてごめんな。リビエール上級神官。

俺達ってタメなんだぜ、と言わんばかりに堂々と立つグウェンドルフ。何か、俺が恥ずかしい……

「ははは！　グウェンドルフ団長って面白い人なんですね！　去年はわからなかったなあ」

ミラード卿が明るく笑ってくれたので、話の方向を見失った会話がなんとなく収まった感じになった。ナイスフォローだ、卿。

彼の快活そうな笑い方には好感が持てる。俺達より数年歳上に見えるし、兄貴肌なのか頼り甲斐がありそうだ。

リビエール上級神官も俺達より歳上に見えるが、神官は魔術学院に通わないで教会にそのまま入るパターンもあるからよくわからない。グウェンドルフが敬語を使っていなくても、上級神官は気にしていないけど……。近衛騎士団長は階級が上すぎるから、偉そうにされても問題ないということか。

これ以上俺に突っかかるつもりはないようで、上級神官は大袈裟にため息をついて警備の説明を始めた。

それによると、俺達は卒業考査が始まってからもこの部屋か神殿の入り口にいて、近づいてくる人や魔物を警戒すればいいとのこと。神殿の周りには魔物避けの結界が張られているから、余程のことがない限り何も起こらずに終わるらしい。去年は全く何事もなく、暇だったみたいだ。

でも、俺は予感している。

昨日は何も起きないといいな、なんて言ったけど、多分今年は何か起きるんじゃないかと。

何故なら、ゲームの主人公が卒業考査に参加しているから。シナリオ通りのイベントが起きてもおかしくない。

昨日冷静になって考えた結果、俺は開き直ることにした。

確かに俺の悪評は完全には消えていない。でも、闇堕ちはしてないし、三年前は悪魔退治までしたし、俺は俺なりに結構頑張って生きてきたんだ。だから、ゲームのストーリーだって少しは変わっているはず。俺が悪役になって倒される未来は防げるに違いないと、いつも通り振る舞うことにしたのだ。

きっと大丈夫だよなって出がけにベルにも聞いたら、首を傾げながらも「キュン」と鳴いて送り出してくれた。本当、うちの子って愛らしすぎる天使なんだよ。

「それでは、そろそろ卒業考査が始まる頃ですし、よろしくお願いします。最後に、念のため魔除けの護符をお渡ししておきます」

上級神官が咳払いして話が終わる。

彼は俺達にそれぞれ紙に描いた魔除けの護符を配った。持った瞬間すっとしたから、聖なる力が宿っているのは間違いないらしい。部屋に残してきたベルを少し心配しながら、俺はグウェンドルフと共に神殿の入り口に向かった。


一時間ほど経った頃だろうか。

突然外がざわつき始めた。

神殿の扉を開け、外の警備に立っていた神官が飛び込んでくる。

「リビエール様！　大変です！」

「どうしたんです」

血の気の引いた顔の神官を見て、眉根を寄せたリビエール上級神官が聞く。

「バ、バジリスクが！　出現しました！」

「バ、バジリスク⁉」

ミラード卿が目を見開いて叫ぶ。

その言葉を聞いた途端、俺はグウェンドルフと目を合わせた。お互い三年前のことが頭に浮かんだはずだ。すぐに顔を引き締めて神官の方を向いた。

「君は聖堂まで退避しなさい。今、バジリスクの相手は誰がしているんです？」

リビエール上級神官が眉間に皺《しわ》を寄せながら早口で問う。

「何人かは強制帰還したと思いますが、警備の騎士と卒業考査の学生が十人ほどで戦っています。こちらに向かっているようです」

「わかりました。フォンフリーゼ団長、対処を頼めますか」

厳しい顔つきのままリビエール上級神官はグウェンドルフを振り返った。

彼はすでに扉の方に向かっていた。俺もその後に続く。

「俺も行くよ、グウェンドルフ」

「ああ」

「じゃ、じゃあ、俺は魔物避けの結界が大丈夫か見てきます！　リビエール上級神官は聖堂を守ってください」

そう言って、ミラード卿は慌てて神殿から出て裏手の方へ走っていった。バジリスクと聞いた瞬間はかなり動揺していたが、騎士団に所属しているだけあってすぐに気持ちを切り替えたらしい。

「わかりました。私は職員と共に聖堂を守ります」

上級神官が踵《きびす》を返して聖堂の方へ走っていく。

神殿の入り口から外階段を下りようとしたとき、バキバキッと木を薙《な》ぎ倒す音と、人の悲鳴が響いた。

「もうこんなすぐ傍まで来てるのか。魔物避けの結界があるのに」

俺が驚くと、グウェンドルフは目をすっと細めた。

「おそらく、何者かにいくつか破壊されているのだろう」

こんな特級レベルの魔物が出るなんて想定していないから、魔物避けの結界が壊れてもおかしくはない。だが、この卒業考査のタイミングで起こったのであれば、彼の言う通り何者かにすでに破壊されたと考える方が自然かもしれない。

瑠璃色《るりいろ》のローブを着た学生が数人、バジリスクに追われながら――いや、バジリスクの進行を止めようと追いながらなのか、こちらに走ってくる。

「君達！　こっちに上がってこい！」

俺がそう叫ぶと同時に、グウェンドルフが剣の先をバジリスクに向けて構えた。

ズドンと雷が落ち、バジリスクがビクッと動きを止める。

その強烈な攻撃に驚いてぽかんと立ち止まってしまった学生達に、俺はもう一度呼びかけた。

「おーい。今のうちに早くこっちに来て！　それ、またすぐ目覚めるから！」

そう言うと、慌てて四人の学生が神殿の外階段に向かって走り出した。

他の学生と警備の騎士は皆強制帰還したのだろうか。バジリスクに睨まれると一瞬で命を落とすからな。形代《かたしろ》があって本当によかった。

彼らよりも先に、神殿の裏手から血相を変えたミラード卿が外階段を上ってきた。

「グウェンドルフ団長！　大変です！　魔物避けの結界が破壊されています！」

「やっぱり壊されてたか」

俺がそう呟《つぶや》くと、ミラード卿が神殿の方を指差した。

「しかもヤバいです!! いるんです！ まだ！ バジリスクがもう一体！」

そう叫んだ瞬間、神殿の裏手の方から何かが破られるような大きな音が轟《とどろ》いた。

俺とグウェンドルフは同時に神殿の方を振り返る。

まさか、今のは聖堂のステンドグラスが割られた音か。

人の叫び声が微《かす》かに聞こえる気がする。ドーンと何かを打ちつけるような音も響いてきて、俺とグウェンドルフはまた視線を合わせた。

「グウェンドルフ、行ってくれ」

「ここは大丈夫か」

「ああ。問題ない。ミラード卿もグウェンドルフと一緒に聖堂へ」

「わかりました！」

グウェンドルフが来た道を風のように走り去っていく。ミラード卿が慌てて追いかけるのを見送ってから、俺は階段を上りきって傍まで来た四人の学生を振り返った。俺達のやり取りを見ていた彼らを前にして尋ねる。

「さて、もしかして君達の中に光属性の魔法が使える子はいるかな？」

彼らは顔を見合わせると、その中から紅一点の女の子が手を上げた。

「私、使えます」

俺が突然話しかけて驚いたのか、彼女は質問に答えながらも大きく見開いた目を数回瞬《またた》かせる。

透き通るような白い肌に、紫色の艶《つや》のある髪。瞳は濃いブルーで金色の虹彩《こうさい》が散っている。瑠璃《るり》色《いろ》のローブと光沢のある白いロングスカートがよく似合っているが、襟元の木彫りのブローチだけが少し浮いて見えた。

文句なくかわいい少女の姿に、俺は内心で深く頷いた。

そうだろう。君は主人公だもんな。

この四人が、昨日ファネル総帥が言及していた学生達で間違いない。

ルウェインの弟のユーリスは久しぶりに見たけれど、懐かない猫みたいな目は昔のままだ。もっとも、彼は兄と親しい者に対しては誰にでもそうなる重度のブラコンなので仕方がない。

背が高い青色の髪の少年はグウェンドルフの弟だろう。顔つきが少し彼に似ている。

明るい金髪にサックスブルーの瞳の派手なイケメンは第三王子に違いない。

三人は少女を守るように囲んで立っている。いや、よく見るとユーリスの立ち位置が少し離れているか。関わり合いにはなりたくなかったが、緊急事態なのでやむを得ない。

俺は麻痺が治ってビクビクと動き始めたバジリスクを見ながら、主人公の少女に聞いた。

「じゃあ君、えーと」

「ルシアです」

「ルシアさん。光属性の攻撃魔法、撃てるかな？　バジリスクの目を狙ってほしい。威力は強くなくても、光属性なら十分目眩《めくら》ましになるはずだから」

できれば目は真っ先に潰したいので、それをお願いしてみる。無理なら、面倒だが俺が魔法陣を展開するしかない。

「やってみます」

ルシアが頷いて、杖を構えた。

まだグウェンドルフの落とした強烈な雷撃の効果が残っているのか、バジリスクの動きは緩慢だった。こちらに視線を向けられる前に、ルシアが詠唱文を唱えて光属性の砲撃を飛ばした。四発目で片目に当たり、バジリスクが唸《うな》り声を上げて暴れ出す。

「君達の中で遠距離攻撃できる人がいたら、目を潰してくれるとありがたい。ルシアさんはもう片方の目にも当てられないか挑戦して」

「わかりました」

素直に頷いたルシアに追従して、躊躇《ためら》っていた少年達も詠唱を始めながら杖を構える。ユーリス以外は俺の顔を見ても「誰？」って感じだろうし、急に指示されて躊躇《ためら》う気持ちはわかる。説得力のある宮廷魔法士の白いローブを着ていてよかった。

というか、ユーリスがフォローしてくれればいいんだけどな！　一応俺達顔見知りだぞ！

俺は他人のふりを決め込んでいるユーリスに心の中で突っ込んだ。

皆総帥から優秀と言われるだけあり、順調にバジリスクの目を潰していく。睨まれそうになったらその前に防御壁を展開するなど、臨機応変な対応も素晴らしい。グウェンドルフの弟はさすがの腕前で、兄ほどの威力ではないが雷撃を飛ばしている。第三王子は火の加護があるのか、炎の槍だ。

ユーリスは防御魔法でルシアのサポートに徹していた。

このまま四人に任せてもいいんじゃないか？　と一瞬考えたが、もう一体のバジリスクが聖堂で暴れているし、結界の様子を早急に確認する必要がある。申し訳ないが、早いところ片をつけよう。

ちょうど四人が協力してバジリスクの両目が潰れた。バジリスクは目を潰されたことで怒り狂って周りの木々を薙《な》ぎ倒し、神殿の外階段に尾を叩きつけて半分以上破壊した。階段の上にいる俺達の方にも粉々になった瓦礫《がれき》が飛んでくる。暴れ回ってはいるが、目が潰れたならもう睨まれる心配はない。

「ありがとう。じゃあ後は俺に任せてもらうね」

「え？」

バジリスクが暴れる様《さま》を恐る恐る見ていたルシアが戸惑ったように俺を見た。

少年達がとどめを刺そうと階段を下りようとしていたので、それよりも先に走り出て一息に飛び下りる。驚く少年達を尻目に、風の精霊の力を借りて難なく地面に着地した。

俺は暴れるバジリスクを避けながら接近し、程よい広さの乾いた地面に軽く手をつく。空にパリッと一筋の光が灯《とも》った瞬間、揺れを感じるほどの轟音《ごうおん》と共に雷柱が地表から立ち昇り、バジリスクを貫いた。

一瞬で絶命したバジリスクが、ドーンという地響きを上げながら地面に倒れ伏す。

プスプスと死体から煙が立つ様子を見て、俺はよしと頷いた。

「終わり」

倒したことを確認して背びれに埋まったバジリスクの魔石をさくっと取り出す。その身体が崩れていくのを最後まで見届けることなく軽く跳躍すると、もう一度風の力を借りて神殿の入り口までふわりと戻った。こちらを見る四人の顔が呆けているので、とりあえず一番やんごとなき身分の第三王子にバジリスクの魔石を握らせておく。

「多分特別に追試できるはずですけど、これ一応殿下が持っててください」

「えっ」

戸惑った顔をする王子に「いいからいいから」と無理やり押しつける。

特に深い意味はなく、身分の高い人間に全力で取り入ろうとしているだけである。何かあったときに王子に借りを作っておくと役に立ちそうだから。

「というか、今の魔法が使えるならあんただけで何とかできたんじゃないのか」

ライネルが訝《いぶか》しげな目でこちらを見てくるので、俺は慌てて首を横に振った。

「そんなわけないだろう。目を潰してくれなかったらバジリスクの傍まで行けなかったわけだし。地面に触れないと雷撃を放てないから助かったよ」

本当かよ、と言わんばかりの目でこちらを探ろうとするグウェンドルフの弟。

反対に、第三王子はキラキラした目で俺を見つめてくる。

「今のはどのような魔法だったのですか？　フォンフリーゼ団長の雷撃とは違い、空と地面から立ち昇るような見事な雷柱でした。私にも同じことができますか？　無詠唱であれだけの威力を出せるのは何か秘訣が？」

「えっと、あのですね、私には風と土の加護があるので、空気と土の中にある雷の素を一時的に一点に集めました。殿下の場合は、魔法陣を使えばできると思いますが……」

「本当ですか？　今度教えていただけますか？」

キラキラした顔のイケメンが詰め寄ってくる。怖い。

王子は素直で向上心高めのキャラなんだな。真面目で人当たりがよさそうで、それでいて三男であるからこそ醸《かも》し出される弟感。なるほど、正統派攻略キャラだ。

雷の落ちる仕組みは前世の科学の知識で何となく知っていたから、それを理論として組み立てて使っているが、この世界の人に説明するのは難しい。

それに、詠唱を完全に省略できるようになったのはベルを助けた後だ。精霊師の場合、自然界に宿る精霊の力を媒介にして術を行使するから、力を吸い上げるパイプが太いほど使える力も強い。俺はもともとパイプはそこそこ太い方だったが、ベルを助けて以降更に太くなった。身体の中に常に精霊力が満ちている状態だから、わざわざ詠唱して力を吸い上げる必要がないのだ。

しかし、そんなことを王子に説明するわけにはいかない。

何とか適当な理由をつけて誤魔化そうとしたとき、今度は神殿の内部から轟音《ごうおん》が響いた。

俺は神殿を振り返り、四人の学生達を見回す。

「俺は中に戻るけど、君達はどうする？　緊急事態だから帰還して構わないけど」

できれば素直に帰ってほしいのだが、シナリオではどうなっているのか気になり聞いてみた。

「一緒に行きます！　まだバジリスクがいるんですよね」

ルシアが前に出てきっぱりと言った。

「ルシア、しかし君は貴重な聖女候補だろう。帰還した方が……」

「いいえ。怪我してる人がいるかもしれないし、光属性の魔法が必要かも。私は行くよ」

ライネルが止めようと発した言葉を遮《さえぎ》って、ルシアは宣言する。

「ルシアが行くと言うなら、僕も一緒に行くよ。防御魔法は得意だからね。君は危なっかしいから、僕がサポートする」

すかさず第三王子がルシアをフォローした。自分をアピールするようなセリフをさりげなく挟んでくるなんて、さすがロマンスゲームの攻略対象者だな。

「俺も帰還するべきだと思いますが、聖堂の中を確認してからにしましょう。ファネル総帥に報告するにしても、状況を説明できる方がいいと思います」

ユーリスが冷静な声で中立の意見を出したので、ライネルも渋々中に入ることに同意した。ユーリスはルシアに対しても態度が変わらないように見えるが、攻略対象者としてはそれでいいんだろうか。ルシアの意見に同調するか、ライネルみたいに気遣う発言をした方が好感度は上がると思うんだが。

ちらりと俺と目が合ったユーリスは、苦虫を噛み潰したような顔をしてふんと視線を逸らす。相変わらず俺に厳しい。

結局行く、という選択になったので、やはりストーリー上は四人で力を合わせて解決するって流れなのかもしれない。そうすると、さっき俺が手を出したのは間違いだったか。いや、こっちも緊急事態だから、ゲームの進行に大人しく付き合ってる場合じゃない。申し訳ないけど迅速に解決させてもらおう。

「じゃあ、みんなついてきて」

四人を引き連れて、俺は神殿の中に戻った。

何かが暴れ回っている破壊音と、魔法が飛び交うような音がだんだんと近づいてくる。三年前にも見た聖堂の重たい扉は開け放たれていて、外にまで聖堂の椅子や石像が吹き飛ばされていた。

瓦礫《がれき》の間から聖堂の中を覗き込む。聖堂の奥のステンドグラスは粉々に砕け、天井と壁の一部が崩壊している。祭壇や石像がバラバラになって散乱し、石造りの柱も何本か折れていた。

「結界は無事なのか……？」

封印結界は聖堂の中心にあるが、石柱や祭壇が倒れていてよく見えない。何かが上に乗ったくらいで掻き消えるものではないので大丈夫だと思うが、早急に復旧する必要がある。

中の様子だけで言えば、三年前よりも惨憺《さんたん》たる有様だった。身体のあちこちから血を流して怒りの咆哮《ほうこう》を上げるバジリスクは、すでに目が潰されている。中で動いているのはグウェンドルフとリビエール上級神官、満身創痍《まんしんそうい》のミラード卿だけだった。他の職員達は皆形代《かたしろ》を使って帰還したんだろう。

バジリスクに一番近いところにいるグウェンドルフが、最後の雷撃を放った。

それが直撃したバジリスクはステンドグラスのあった壁まで吹き飛ばされ、胴の真ん中で真っ二つになった。尾だけが壁に引っかかり、身体は聖堂の外に投げ出される。

バジリスクを外まで吹き飛ばしたのは賢明な判断だ。あちこちから流れていた血がもし結界に飛んだら大変なことになる。

「グウェンドルフ！」

俺はルシア達と一緒に、床に散らばる瓦礫《がれき》を避けながら中に入っていった。

俺の声にグウェンドルフが振り向く。

「無事か」

心なしかほっとしたような顔をした彼に頷く。

「ああ。外のバジリスクも倒したから大丈夫だ」

聖堂の隅に退避していたリビエール上級神官が俺達の方へ歩いてきた。

まだバジリスクの死骸の傍に立っているグウェンドルフに駆け寄る途中で、俺は結界の方をちらりと振り返った。その先で、祭壇の方から入り口に向かって歩いてきたミラード卿が、引きずった足をもつれさせて倒れる。慌てて彼に駆け寄って肩を貸し、上級神官を呼んだ。

「リビエール上級神官、ミラード卿の手当てをお願いします」

「わかりました」

怪我をしているミラード卿の傍にしゃがみ、リビエール上級神官が治癒魔法をかけた。

「グウェンドルフ団長、すみませんでした。かえって足を引っ張ってしまって」

治療を受けながら、ミラード卿が申し訳なさそうにグウェンドルフに謝る。

彼は特に気にした様子もなく「問題ない」と返した。

「確かに我々がいない方が、フォンフリーゼ団長はもっと早くバジリスクを退治できましたね。私達を守りながら戦わせてしまいすみませんでした」

上級神官もそう言って、治癒魔法が終わると結界の方へ走っていった。

「君達は大丈夫かい？」

ミラード卿が俺の後ろについてきた学生達に声をかけた。

「はい。私達はたいしたことはしてないので……」

ルシアはそう言った後、何か思い出したようにミラード卿の顔をじっと見た。

「あの、もしかしてクリスさんですか？　二、三年ほど前に王都の三角路地でお会いした……」

ルシアの言葉に、ミラード卿が驚いて彼女の顔をまじまじと見返す。

まさかミラード卿も攻略対象者なのか？　単なる偶然？

思い当たることがあったのか、彼は目を大きく見開いて頷いた。

「そうです。やぁ、お久しぶりですね。お元気そうで……」

「皆さん！」

ミラード卿の声を遮《さえぎ》って、リビエール上級神官の鋭い声が大きく響いた。

上級神官の方へ目を向けると、彼は聖堂の中央付近に立ち、床の一点を見つめて固まっている。

その視線を追うと、結界の上に重なった瓦礫《がれき》の隙間から微《かす》かに赤黒い染みが見えた。

その瞬間、俺は手をかざして風を起こす。結界の上の瓦礫《がれき》を全て吹き飛ばした。

「グウェン！　水だ！」

俺の鋭い声に素早く反応したグウェンドルフが剣を構え、瞬時に湧き出した水が水泡を噴き上げながら結界に流れ込む。

何の血だ？

まさか、バジリスクか。

身体のあちこちから血を流していたさっきのバジリスクを思い出す。中央の結界には近づいていないように見えたから油断していたが、わずかに血が飛んでいたとしても不思議ではない。すぐに確認するべきだった。

ルシア達をその場に残し、俺は封印結界に走り寄る。

血は洗い流されたが、すでに結界の一部が溶け始めていた。

やはり、バジリスクの血だったか。

三年前の光景が頭をよぎる。

俺の傍に一息で飛んで着地したグウェンドルフが、静かに息を呑むのがわかった。

「リビエール上級神官、今すぐ帰還して総帥と神官長に報告してください」

「っ、ですが」

「急を要します。結界の修復ができる神官をすぐ連れてきてください！」

「わかりました。ここはお願いします」

俺の言葉に従い、上級神官が帰還の呪文を唱えていなくなる。代わりに転送されてきた人形がぽとりと床に落ちた。

「グウェンドルフ団長？　どうしたんですか？」

ミラード卿が怪訝《けげん》そうな声で聞いてくるが、まだ事の重大さがわかっていないようだ。

結界の線がじわじわと溶けるように消えていく。隙間からまた、あの何の色ともつかない闇のような空間が微《かす》かに見え始める。

「結界の一部が破損した。バジリスクの血がかかったのだろう」

「ええ!?」

急いで近づいてこようとするミラード卿と学生達を、俺は慌てて手で制した。

「そこにいて！　危険だ」

「レイナルド、来るぞ」

結界から視線を離さないままグウェンドルフが静かな声で言った。

同時にぞくりとした冷気と、この世のものではない悍《おぞ》ましさを感じる。

結界の裂け目を見ると、三年前に戦った悪魔と同じ黒い爪の先がじわじわと現れ始めていた。

「宝剣は？　また祭壇の中か」

「おそらく」

「しまった。上級神官に場所を聞いておくんだった」

完全に失態だ。動転していて忘れていた。

散乱した祭壇からすぐに宝剣を探さなければならない。

「どうしたんです？　まさか結界が崩壊して……？」

第三王子が困惑した様子でこちらに足を踏み出そうとする。

「ダメよ！　レオン、危ない！」

光属性を持っているからか、魔の気配を敏感に察知したらしいルシアが王子を止めた。

「何が起こっている？　説明してくれ」

苛《いら》立った声を上げたのはグウェンドルフの弟で、その目は兄の方へ向けられていた。

そういえば弟が同じ空間にいるにもかかわらず、グウェンドルフに全く気にした様子がないので彼らが兄弟だということを忘れていた。

「君達は危険だから帰還しなさい」

「は!?」

淡々とした口調で返したグウェンドルフは、悪魔の爪の先から視線を逸らさないまま魔法を操り、散らばった祭壇を素早く結界の周りに集め始めた。

「どういうことだよ！　結界が壊れたのか？」

黙って祭壇を集めているグウェンドルフに痺《しび》れを切らした弟が怒鳴る。

「結界の一部がさっきのバジリスクの血で溶けたんだ。三年前にも同じことが起きた。そのときの話を少しは聞いているだろう」

詳細に答える気がないグウェンドルフに代わって俺がそう付け加えると、三年前の事件はさすがに知っていたのか四人とも青い顔になった。

「来るぞ」

グウェンドルフの声で結界を見ると、狭間《はざま》から黒い爪を持つ指が一本現れた。魔力を感じたのか、その指がこちらに爪の先を向ける。

突然、横から伸びてきた力強い腕に引き寄せられた。

一瞬驚いたが素直にグウェンドルフの腕に掴まると、ローブの上からがっちりと抱えられ一気に石柱の陰まで飛んだ。バキッと音がして、俺達がいた辺りの床が悪魔の指先から放たれた黒い雷撃で吹き飛ぶ。

「みんな気をつけろ!!」

大声で叫んで入り口の辺りにいたルシア達を見た。

悪魔の攻撃はまだそちらには伸びていなかったが、結界から謎の攻撃があると知ったルシア達は慌てて石像の陰に待避していく。ちゃんと身を隠したことを確認して、俺はほっと息を吐いた。

グウェンドルフは結界の隙間に向かって巨大な氷の槍を次々と放ち始めた。結界が凍りつき爪の動きが鈍るが、すぐに氷を溶かしてまたじわじわと結界をこじ開けようとしてくる。それを見てもグウェンドルフは顔色ひとつ変えず、休む間もなく氷の槍撃を続けた。同時に集めた祭壇を空中で分解し、宝剣を探している。

俺は何故かグウェンドルフに片腕で抱えられたままだった。

大丈夫だから離していいって言いたいんだけど、集中しているグウェンドルフの邪魔をしちゃいけないような気がして、大人しく腕の中で小さくなる。咄嗟《とっさ》に自分の近くにいる人間を守ろうとするなんて、相変わらず責任感の強い奴だ。

ルシア達とミラード卿の様子をうかがうと、まだ状況についてこれないのか皆戸惑った表情をしている。猛烈な勢いで攻撃を続けるグウェンドルフと黒い雷撃を放つ指の攻防を、ルシアは不安そうな顔で見比べていた。

「君達！　ここは大丈夫だから、もう叡智の塔に帰還してくれ！」

俺がそう叫ぶと、こちらを向いたルシアが戸惑った目を向ける。

「でも、あれは悪魔ですよね。なんとかしないと……」

この見るからにヤバい状況でも一緒に戦おうとするなんて、君は主人公の鑑《かがみ》だな。

「いや、ルシアさんは帰るべきだ。貴重な光属性の聖女候補を危険な場所に置いてはおけない」

俺の言葉にユーリスと第三王子が頷いた。

「そうだ、ルシア。ここは騎士団長と宮廷魔法士の彼に任せて、僕達は帰還しよう」

「えっ、でも……」

「彼の実力をさっき見ただろう。きっと大丈夫さ」

本格的に狼狽《うろた》えている主人公が気の毒になってくる。ゲームではここで力を合わせて悪魔を食い止めるんだろうか。でも正直、彼らの実力では結構マズイ感じになると思う。

シナリオではどうやって悪魔を倒すんだ？　今みたいにグウェンドルフが登場するから大丈夫ってことなんだろうか。

とはいえ、四人も守りながら戦うのは骨が折れる。悪いけど、今の状況では退避してもらうのが最善の策だと思う。

「気にしないで。この団長めっちゃ強いから。逆に君達は今退避しないと、巻き添えを食って危なくなるかもしれない」

王子の言葉にそう付け加えると、今度はムッとした顔でライネルがルシアに言った。

「ルシア、帰ろう。どうやらあいつには俺達の助力なんて必要ないらしい」

若干不満そうな顔のライネル。

今あいつって言った？　兄に対してその態度はどうなんだ。ルシアにいいところを見せたかったのかもしれないけど、もう少しこう、言い方っていうものがあるだろう。

「でも……」

帰還を躊躇《ためら》うルシアを見て、俺はあることを思いついた。

「ルシアさん！　協力してくれるならひとつだけお願い！　この聖堂の中に結界を閉じる宝剣があるはずなんだ。光属性の君ならどこにあるのか感じ取れる？」

そう聞くと、ルシアはきょろきょろと辺りを見回した。

「宝剣は……多分、あそこに」

彼女が指さしたのは、ルシア達からほど近い場所に転がっていた白樺《しらかば》の祭壇だった。

「ありがとう！」

ルシアちゃんファインプレー《主人公》。

と、心の中で称賛し、俺は風の精霊術でその祭壇を浮かせた。そのままこちらへ移動させようとしたが、悪魔の指先が気配を察したのか祭壇に向けて雷撃を放った。

「あ！」

木っ端微塵《こっぱみじん》に吹き飛んだ祭壇から、金色に輝く宝剣がこぼれ落ちる。

そのとき、突然ルシアが石像の陰から走り出した。俺は驚愕して大声を上げる。

「ダメだ！　戻れ!!」

剣に向かって走るルシアに、悪魔の爪から黒い雷撃が連続して放たれる。

彼女の周りで最初に動いたのは、実戦経験のあるミラード卿だった。

俺は咄嗟《とっさ》にグウェンドルフの腕から離れて床に手をついた。ルシアの前にゴーレムを作り出そうとしたが間に合わない。

雷撃がルシアに迫る。

「危ない！」

ルシアに雷が直撃する瞬間、ミラード卿がその間に滑り込み、彼女を庇《かば》った。雷撃に打たれたミラード卿の身体がびくりと硬直する。その直後に彼の身体は消え、代わりに焼け焦げた小さな人形がぽとりと地面に転がった。

驚いて棒立ちになったルシアの前に俺が作ったゴーレムが立ち塞がり、続けて放たれる黒い雷撃を受け止めた。ルシアは蒼白な顔になってその場にへたり込んでしまう。

「ルシア！」

第三王子とライネルがゴーレムの陰に駆け込んだ。

「私……」

震える手で口を覆ったルシアは、呆然とミラード卿の形代《かたしろ》の人形を見つめている。

放心したように黙り込んでしまったルシアの肩に、第三王子がそっと手を置いた。

「大丈夫だ。形代《かたしろ》があったおかげで彼は無事だよ」

「……」

「ルシア、危険だということがわかっただろう。退避しよう」

第三王子がルシアの顔を覗き込んでそう言った。

さすが曲がりなりにもこの国の王子。緊急事態の際に身を守るための引き際をちゃんと見定めている。自分達の力量を把握して退避を選択する潔《いさぎよ》さに俺は感心した。

王子の言葉にルシアは黙って頷いた。

目の前でミラード卿が強制帰還させられたのは怖かっただろう。もう少し早くゴーレムが立ち上がっていれば二人とも助けられたんだが、不甲斐ない。

「ルシアさん、宝剣をありがとう。神官が来るまでここは俺達で何とかするから、君達は安全なところへ退避してください」

俺がもう一度声をかけると、ルシアは俺の方を見てこくりと頷いた。

ルシアと三人が帰還の呪文を唱えて、形代《かたしろ》の人形と入れ替わる。四人の学生達が消え、人形がぽとぽとと床に散らばった。

ゲームの進行とは食い違ってしまったら申し訳ないが、ここは仕方がない。事は一刻を争う。まだ結界の損傷が軽いうちに、速やかに悪魔にはお帰り願わなくては。

俺はゴーレムを操って宝剣を拾わせると、こちらへ持って来させた。途中、何度も悪魔の雷撃に砕かれて脚を修復したが、なんとか剣を死守する。

「グウェンドルフ、宝剣手に入れたぞ」

俺がルシア達と会話する間も悪魔への攻撃を続けていたグウェンドルフに、剣を掲げて見せる。

ちらりとこちらを向いて軽く頷いた彼は何か呟《つぶや》いた。

「ん？　何？」

聞き返すと、グウェンドルフは躊躇《ためら》うように口を開いてから一度閉じて、もう一度開いて俺を見た。

「グウェンでいい」

何か重要なことを言われるのかと待ち構えていた俺は、思わず「え？」と聞き返す。

軽く咳払いしたグウェンドルフは、結界の方へ視線を戻した。

「グウェン、と呼んでくれればいい」

えっ？

ええ？

この重大な局面で、言うのそれ？

思わずぽかんとしてしまった俺は、次の瞬間喉の奥から笑いが込み上げてきた。グウェンドルフを見上げると、彼は前を向いたまますました顔をしているが、俺の反応を気にしているのがわかる。

こいつのこういう天然にかわいらしい思考回路が、俺は全然嫌いじゃない。

「うん。わかった。じゃあグウェン、だな」

「ああ」

俺の返事を聞いて表情を緩《ゆる》めたグウェンドルフを見たら、再会した後にもっと早くそう言ってくれればよかったのに、と何故か俺の方が今までの時間を惜しく感じた。

「レイナルド」

また改まってグウェンドルフが言う。

「今度はどうした？」

そう答える俺に、グウェンドルフは真剣な色を帯びた漆黒の瞳を向ける。

「色々あって確認するのが遅くなったが……あれを止めるのを手伝ってくれるか」

言われた瞬間、俺は軽く目を見開いた。

あの卒業考査のとき、同じ場所で同じ悪魔を前にして、逃げろと言った彼に俺は説教した。

こういうときに言うことは、逃げろじゃなくて、手伝ってくれ。

覚えてたんだな。

何か温かいものが身体の底から湧き上がって心臓を伝っていく。

緩《ゆる》んでしまう口元をそのままに、俺はグウェンドルフを見上げてウインクした。

「もちろんだよ」

そう言うと、グウェンドルフもふわっと薄く笑った。

彼が微笑む顔なんてこれまで拝んだことがないので、珍しくてつい凝視してしまう。すぐにその笑みは消えてしまったが、グウェンドルフのコンディションはすこぶる良好なようで、結界の隙間に浴びせる攻撃魔法がえげつない。悪魔も雷撃で防ぐ前に撃ち込まれる連撃によって、結界の中に押し込まれそうになっている。

三年前と比べて、彼の魔法のレベルは数段上がっているらしい。そのときでも化け物級だったのに、更に強くなってるのか。今回、本当に俺は必要か？

とはいえ、以前とは違い負け戦《いくさ》をするつもりは全くない。悪魔の指も、まだ出てきているのは三本だけ。六本の指と手のひらが出ていたあのときとは違う。

「さて、俺達とあいつのリベンジマッチってところだな」

「ああ」

俺は宝剣をグウェンドルフに渡すと、腕を組んで不敵に笑った。

「魔界へお帰り願おう」

悪魔への反撃を開始するにあたり、頭の中で素早く考えを巡らせた。

俺もこの三年の間に魔法士としてはそこそこ研鑽《けんさん》を積んでいる。さらにベルのおかげで精霊力のパイプがチート並みにでかくなったので、精霊力はほぼ無限に使える。エネルギー切れを気にして術を出し惜しみする必要がない。

「グウェン。ちょっと魔法陣描くから、その間頼むな」

「ああ」

俺はしゃがんで杖を取り出すと、床に素早く魔法陣を描いていく。同時に片手を床の大理石について土の精霊の力を借り、ゴーレムを三体同時に組み上げた。

「よし。行け」

ある程度の物理攻撃が効くことはわかっているから、物量で押し戻せないかやってみよう。

先ほどのゴーレムも含めて四体のゴーレムが結界に向かっていき、悪魔の指先が出ている結界の端を踏みつける。悪魔を押し戻して、捲《めく》れてしまっている結界を元の形に上手く戻せないだろうかと試してみたが、雲行きは怪しい。

無理矢理押し込まれそうになった悪魔の指は苛《いら》立ちを露《あら》わにして床に爪を立てた。バリッと指に黒い電気が走り、一瞬で凄《すさ》まじい量の電撃と黒焔が放出される。爆音と共に結界を踏みつけていたゴーレムは四体とも粉々に砕け散った。爆発の衝撃波と共に、石礫《せきれき》が聖堂中に撒《ま》き散らされる。

「駄目だったか」

折れた石柱の陰にグウェンドルフと身を寄せて飛んでくる石を避け、俺は完成した魔法陣から槍を召喚した。三年前と同じ光属性の武器である。今回も精霊達は緊急事態なのがよくわかっているようで、できる限り協力して攻撃力の高い武器を供与してくれたようだ。助かる。

今は精霊力が腐るほどあるから、この槍を出そうと思えば何本でも出せる気がする。

「レイナルド、こっちに」

グウェンドルフはそう言うと、俺の腰に腕を回した。掬《すく》い上げるように力を入れられたので、俺は落ちないように彼の肩を掴む。ふわりと身体が浮いて石柱の陰から飛び上がった。

バリッという音と共に、さっきまで俺達がいた場所に鋭い電撃が弾けた。石柱は粉々になって焦げ落ちる。

今度は遮《さえぎ》るものがない開けた床に下り立ち、グウェンドルフが直接防御シールドを展開した。

「おお、すごい」

精霊師にはほとんどできない芸当。羨ましい。

悪魔から放たれる雷撃はシールドに弾かれて、聖堂のあちこちに飛んでいく。この戦闘で柱が何本も折れているから、そろそろ聖堂の屋根が落ちてくるかもしれない。

「グウェン、早いとこ片付けよう。この聖堂長くもたないぞ」

「ああ」

俺は腕を組んで作戦を練る。

「よし。じゃあまず、このシールドって俺達を覆うようにかけられるか？　お椀型っていうのかな。できれば床にも」

「……やってみよう」

グウェンドルフは少し考える素振りをした後、シールドの形を変形させた。俺の言う通りにドーム型のシールドができ上がる。さすが天才。応用力もある。

「上出来だな。じゃあ次は、あの悪魔の指をできる限り強力な魔法で氷漬けにしてみてくれないか。俺達以外に人はいないし、この神殿はもう駄目だから気にしなくていいだろう」

今グウェンドルフが放っている魔法は、多分フルパワーではないと思う。力の限りやったら多分この神殿と森が吹っ飛ぶだろう。結界が傍にある以上そこまで無茶できないのがネックだが、俺達がシールドに入ればこの神殿が凍りつくくらいの威力は出してもらっても構わないはずだ。

俺が言った意味を理解して、グウェンドルフは頷いた。

「動きを一定時間止めるだけの氷漬けにはできるかもしれない。寒かったら言ってくれ」

「了解」

グウェンドルフが剣を構えて結界の方へ向ける。さあっと風が吹いて彼の長い髪がふわりと浮いた。俺のローブも風ではためく。

剣の先に青い光が灯《とも》った瞬間、圧縮された水が噴き出すようにして青白い光が一直線に発射された。

強い風圧を受けて一歩下がった俺の身体を、グウェンドルフが片手で支えてくれる。

ゴオッという音と、結界を中心にして巻き上げられた砂埃《すなぼこり》と共に、青白い光が悪魔に向かった。その途中、光が当たった場所が分厚い氷で覆われていく。ビキビキと音を立てて聖堂の壁や床が凍りついた。

「すげ」

思わず声に出ていた。

急激に温度が下がったようで周囲が真っ白になる。シールドの中にいても、吐いた息が若干白い。

しばらくしてグウェンドルフが魔法を止めた。そのまま真っ白な冷気が落ち着くのをじっと二人で待つ。グウェンドルフに支えられている背中が温かいので、暖を取るために俺はこっそり身を寄せた。

「どうだ？　奴は凍ったか？」

冷気の靄《もや》に目を凝らすと、次第に結界の端が見えてくる。

分厚い氷が張りついた悪魔の三本の指は、完全に動きを止めていた。

結界の捲《めく》れた部分も氷で覆われ、今のところ次の指が出てくる様子はない。

「やったな。じゃあ次は槍を刺してみよう。それでも奴が動けないようだったら、砕いたり切り落としたりできないか試してみるってことで」

俺は槍を風の精霊術でふわりと浮かせて、パチンと指を鳴らした。

弾丸のような勢いで発射された槍が氷漬けの黒い指に突き刺さる。ドス、という音がした。ビシッと氷の中にわずかな亀裂が入ったが、割れることはない。

「グウェン、近づいてみよう」

「ああ」

グウェンドルフがシールドを解除した。途端に肌を刺すような冷気に包まれるが、ローブのおかげで耐えられる。いつだったか、この分厚くて重いローブについて文句を言った覚えがあるが、訂正する。ごく稀《まれ》に役に立つ。

二人で結界の傍まで慎重に近づいた。悪魔の指が動く様子はなく、攻撃が飛んでくることもない。

どうやら勝利が見えてきた。

「この状態だと指を向こう側に押し込む方が難しそうだよな……。この指、結界からはみ出てるところから切り落とせるか？　そしたらそのまま宝剣で結界を閉じて、修復できるんじゃないかと思ったんだけど」

「切り落とそうと思えば、おそらくできるだろう。しかし、残された指がどうなるか予想がつかない。魔物と同じように消滅すればいいが……」

確かに。

グウェンドルフが口に出した懸念に俺は頷く。

残った指が意思を持って動いたりするなんてことがあるだろうか？

しかし、議論を尽くしている時間は残念ながらなさそうだった。氷の内側に細かい亀裂が増えていく。破られるのは時間の問題だろう。

「やってみよう。結界さえ修復できれば、たとえ指が動いても俺がなんとかするし、後から神官達も来る」

少しの間思案したグウェンドルフは、宝剣を構えた。

「わかった。やってみよう」

彼は結界に近づくと、両手で構えた宝剣を悪魔の指に振り下ろした。

ガキンという大きな音がして、はたして本当に悪魔の指は切り落とされた。氷に包まれた三本の指がバラバラになって地面に転がっていく。切られた本体の方は、驚いたかのように大きく震えた。

結界の上に張った氷にバキバキと波打つように亀裂が走り砕ける。

指を切断されて慄《おのの》いたのか、悪魔の手は結界から一度引っ込んだ。

「今だ！」

俺が叫んだと同時に、グウェンドルフが宝剣を結界の裂け目に突き刺した。間髪《かんはつ》を容《い》れず、注ぎ込まれた魔力によって結界の魔法陣がブンと白い光を放つ。

ぶわりと風が舞い上がった。冷気が結界の上に渦を巻き、砂礫《されき》を巻き上げて吹き抜けていく。はためいたグウェンドルフのマントの下で、黒く変色した結界に光が灯《とも》る。その黒ずみはだんだんと元の金色に戻っていった。

「案外、あっけなく終わったな」

俺はほっと息をついて結界が修復されていくのを眺めた。

しばらく待って、問題なく結界の裂け目が閉じたことを確認する。その後で床に散らばった悪魔の指の様子を見に行った。氷漬けになっているからか、指は塵《ちり》になって消えたりはせず、まだ形が保たれている。

とりあえず、刺したままだった槍を指から引き抜いた。少し亀裂が大きくなったが、特に動きはなく、指はそのまま床に転がっている。消滅はしないが、意思を持って動く様子もない。

指をじっと観察してから俺は安堵の息を吐いた。

結界の方へ歩いて戻ると、宝剣に魔力を注ぎながらこちらを見ていたグウェンドルフが突然険しい顔で叫んだ。

「後ろだ！　避けろ！」

俺はバッと後ろを振り返り、咄嗟《とっさ》に持っていた槍を大きく振り回した。

目の前に飛んできた何かが槍に衝突して弾かれる。

それは、床に転がっていたはずの悪魔の指だった。

バリンと音がして、床に叩きつけられた指を覆っていた氷が砕けた。俺が槍を抜いた部分から黒い紐状の何かが出てきて床をのたうつ。それはミミズのような動きをしながら、ねっとりと床に広がっていく。

やがて、氷が取れた指の全体がパリパリと黒い電気のようなものを纏《まと》い始めた。それがぎゅっと収縮するような動きを見せたので、俺は素早く結界の傍に戻った。

宝剣を握ったままのグウェンドルフの隣にしゃがみ、床に手をつける。床の大理石を変形させて、魔法陣を覆うようにドーム状のシェルターを生成した。

そして、シールドを展開しようと手を上げかけたグウェンドルフを止める。

「お前は結界の修復に集中しろ。こっちは俺が守るから」

床から組み上がるシェルターが七割方でき上がったとき、バチバチッという音を立てながら黒い電流が溶けた指から床の上を走った。

俺は聖堂の中をざっと見回して、床に残された二つの指の欠片《かけら》を見つけた。

少し離れた場所に転がっているあれを、一旦確保したほうがいいんじゃないだろうか。あっちに飛び火したら絶対大変なことになる。

そう思いシェルターの上部から飛び出そうとしたとき、腕を掴まれてつんのめった。

「ん？」

振り返ると、グウェンドルフが俺の腕をぎゅっと掴んでいた。

「グウェン？　離して。残りの指を拾ってくる」

無言で俺を見つめるグウェンドルフが、何故か苦しそうな顔で唇を噛んだ。

その後、ゆっくりと首を横に振る。

「え？」

まさか拒否されるなんて思いもしなかったので、俺は呆気に取られてしまった。

そうするうちにシェルターの上部が閉じてしまい、内部は完全に暗闇になった。グウェンドルフの顔が見えなくなる。

すぐに耳をつんざくような轟音《ごうおん》と爆発音が同時に鳴り響き、思わず肩をすくめて身構えた。凄《すさ》まじい衝撃がシェルターの壁を揺らす。上からパラパラと細かい石が降ってくるが、ドームはなんとか持ち堪えてくれている。危なかった。外に出ていたら、防御が間に合わずに巻き込まれていたかもしれない。

詰めていた息を吐いて、床の封印結界を確認した。結界は問題なく守られている。

淡い光を放つ魔法陣に魔力を注ぎ続けているグウェンドルフの顔は、下から白い光に照らされて口元だけが薄《うっす》らと見える。まだ俺の腕を掴んだままの彼の口元は硬く結ばれていた。

しばらくして外の音が何も聞こえなくなってから、俺は石の壁に触れて覗き穴を開けた。

悪魔の指は爆散したのか、さっきまでの場所にはない。

「もう大丈夫そうだな。解術するぞ」

ドームを作っていた石を崩すと、聖堂の中は綺麗さっぱり何もなくなっていた。もはや聖堂だったのかすら怪しい有様になっている。転がっていた石柱の残骸や祭壇もみんな吹き飛ばされて残っていない。高い天井は跡形もなく吹き飛んで、清々《すがすが》しいほどの青空が見えていた。

「こりゃ……再建は大変そうだな……」

つい、呆然とした声で呟《つぶや》いてしまう。

俺達は怒られるんだろうか。

今回は気を失っていないから、神殿関係者からめちゃくちゃ怒られるかもしれない。

俺から腕を離したグウェンドルフは、辺りの空気を確認して眉を顰《ひそ》めた。一度離した俺の腕を再度掴んでくる。

「まだ何かいるか？」

「いや、先ほどの残滓《ざんし》が辺りに散っているようだ。空気が澱《よど》んでいる。結界の近くにいた方がいいだろう」

「ああ。そういえば、なんだか視界が煙《けむ》ってるような」

微細な魔素でも散っているのか、確かにどこか澱《よど》んだ空気を感じる。結界の近くは空気が浄化されているようで、気分は悪くない。そういえば、リビエール上級神官に魔除けの護符をもらっていたから、もしかしたらその効果もあるのかもしれない。

「この魔除けって案外効き目があったのか」

俺はポケットにしまっていた護符を取り出してじっと見つめた。

「悪魔には何の役にも立たなかったけどなぁ。まぁ、相手が相手だから仕方ないか。グウェンも護符まだ持ってるよな？」

もしなくしていたら瘴気《しょうき》に影響されるかもしれないと心配して聞くと、彼は「ああ」と頷いた。

「よかった。疲れてないか？　魔法陣の修復の方は大丈夫？」

「問題ない」

さすがです。

あれだけの魔法を使って結界の修復もしているのに、まだ余力がありそうだな。本当に半端ない魔力量。俺がシェルターを作って守るまでもなかった気がする。

「残りの二つはどっか飛んでったのかな……。今の指と一緒に爆発したのかもしれないけど」

床に転がっていた残りの悪魔の指も跡形もなく消えたならいいが、神殿の外に吹き飛ばされたという可能性もある。仮にそうだとしても、グウェンドルフの魔法で氷漬けになっているから割れたりしない限り大丈夫だと思うが、魔物に取り込まれたりすると危険だろう。

「もし飛んでったなら、早く回収しないとまずいよな」

「ここを神官に引き渡した後、すぐに捜索する」

「うん。俺も手伝うよ」

穴の空いた天井を見上げながら俺がそう言うと、グウェンドルフは「いや……」と言いかけて止まった。グウェンドルフの方へ顔を向けると、彼は剣の柄《つか》を握った自分の手を見つめている。

「どうした？　魔力切れか？」

「いや、違う。……さっきは、君の行動を制限してすまなかった。私が魔法陣から離れられない状況で、あのまま君だけが外に出ては危険だと思った」

「さっき？　ああ」

腕を掴んできたのは、俺のことが心配だったのか。

相変わらず真面目な奴だな。

確かに俺がやられたらグウェンドルフを守る人間がいなくなるから、止めるのは当然だろう。

「気にしてないよ。俺がもし強制帰還になったら戦力ダウンするしな。神官達が来るまでは結界を優先して命大事に、ってことだろ」

「いや、そうではなく……」

「ん？」

なんだか歯切れが悪い。首を傾げながらグウェンドルフを見つめると、彼は自分の手から視線を外して俺を見た。綺麗な黒い瞳が、少し戸惑いの色味を帯びると微《かす》かに紫色が滲《にじ》む。

素直に綺麗だな、なんて思っていたら、穴の空いた天井で何かが動く気配を感じた。はっと上を見ると、小さな生き物のようなものが天井の縁《ふち》から俺達を覗き込んでいた。

魔物かと思い杖を構えた俺は、その後現れた見慣れた聖獣を見て仰天した。

「ベル!?」

ベルは天井の穴から軽やかに駆け下りてきて床に着地し、とことことこちらに走ってきた。俺を見つけて安心したのか、結界に入ってくるとクンクン鳴きながら足元に擦り寄ってくる。

「え、なにこれかわいい……。ベル、どうしたんだ？」

「結界に異変が起きたから、何らかの気配を察したのではないか」

「そうか。お前聖獣だもんな。心配してきてくれたのか」

首元の毛を優しく撫でると、ベルはうんうんと頷いてから俺に頭を擦りつけた。

——戻して
「魔法を解いてくれって言ってるのか？」

ベルが頷いたので、グウェンドルフに頼んでベルにかけた魔法を解いてもらった。すぐに茶色の毛並みが美しい白銀に変わる。

ベルは辺りをくりんと見回して、俺の手に角をくっつけた。

——使って
「使って？」

目的語がないので最初は意味がわからなかったが、そのうち何となくのイメージがベルから伝わってくる。

曰《いわ》く、ベルの魔力には浄化の力があるから、この場の澱《よど》みを祓《はら》えるという。

マジかよ。

チーリンって癒しの聖獣って言われてるけど、つまり光属性の魔力があるってことなのか。

しかし、まだ子供のベルは広範囲の魔法を展開することはできないので、それは俺がやるようにということらしい。

「チーリンはどうした」

「なんか、ベルの魔力を使えばここの空気を浄化できるらしいんだよね。やるのは俺みたいなんだけど」

そう言うと、グウェンドルフも驚いた顔をしていた。光属性って人間でも珍しいもんな。

とりあえずやってみようの心境で、ベルの角にそっと触れた。馴染《なじ》みのない魔法だから、力を安定させるために腰に差した杖を取り出して構える。

やがて身体の中に温かい魔力が溢れてきた。これが光属性の魔力なのか。心地いい。あったかい風呂に入ったときのような感覚。

俺は風の精霊術を操るときと同じく、なるべく空気の流れをイメージして聖堂の中にベルの魔力を解放した。

キラキラと光る細かな粒子が杖の先から流れ出て、聖堂の澱《よど》んだ空気を浄化していく。薄暗く見えていた聖堂の中は、清涼な透明感のある空気に入れ替わった。空から差し込む光が床に反射して、廃墟となった聖堂の中を明るく照らし出す。

「すごいな」

「ああ。瘴気《しょうき》が浄化されたようだ。もう大丈夫だろう」

「ありがとな、ベル。助かったよ」

俺はベルに感謝を伝えて、頭をいい子いい子と撫でた。ふんすと鼻を鳴らしたベルは、得意げな顔で俺の手に頭を擦りつけてくる。

今日もベルたんが最高にかわいすぎて疲れが吹き飛ぶな……

——いつでも使えるよ
ベルが伝えてきたメッセージによると、ベルの光の魔力は俺ならばいつでも使えるとのこと。俺とベルには魔力を授受するパイプがあるからな。でもこの事実がルロイ神官長にバレたらまた厄介なことになりそうだから、隠しとこ。

「とにかく、これで終わりだな。今回は俺達の勝ちだ」

「ああ」

さすがに少し疲れて、グウェンドルフの足元に座り込んで足を伸ばした。ベルも俺の隣にお座りしている。

「レイナルド、ありがとう」

急にグウェンドルフが呟《つぶや》くように言ったので、俺は彼を見上げて破顔した。

一緒に戦ってくれて、なのか、聖堂を浄化してくれて、なのかはよくわからないが、グウェンドルフのその律儀な謝意が気恥ずかしくもあり、嬉しくもある。再会するまでは、俺って避けられてるのかもと思っていたけど、案外違ったのかもしれない。

「うん。お疲れさん。俺の方こそ、有言実行で守ってもらっちゃってありがとな」

俺を見下ろすグウェンドルフの目元が少し緩《ゆる》んだ。

ずっと見つめ合っているのも面映《おもは》ゆいので、俺は目を逸らしてベルの背中を撫でた。気が抜けると口が軽くなり、ふと思いついたことを声に出していた。

「そういえば、グウェンって騎士団長にならなかったら何をしたかったんだ？」

随分前に思った質問を、この際だから聞いてみようと思った。まさか本人に直接聞く日が来るなんて想像していなかったが、三年ぶりの卒業考査で話す話題としては、案外ふさわしいんじゃないだろうか。

グウェンドルフは俺の問いに瞬《まばた》きをして、微《かす》かに首を傾けた。

「何を、とは……。君はどうなんだ」

「俺？　俺はね、そうだなぁ。どうせなら外国に行ってみたいな。帝国以外の国の魔法を見てみたい。大陸にある国では、精霊力じゃなくて神聖力っていう力で魔法を使うところもあるみたいだし。実際に目の前で見たい」

俺が思いついたことを口に出すと、グウェンドルフは「そうか」と頷いた。

「グウェンは？　やりたかったことってないの？」

そう聞くと、グウェンドルフはしばらく黙って思案する顔になった。

そして、ぽつりと呟《つぶや》くように言う。

「私は……多分、星を探しに」

「星？」

予想外にロマンチックな返事に驚いて、俺はまじまじとグウェンドルフを見つめた。

「昔、母から聞いたことがある。世界には、帝国の空では見られない星が輝く場所があると」

「ふーん。……いいね。見たことのない星を探す旅か。どんなところだろうなぁ」

堅物のグウェンドルフに意外な一面があることを知って、なんだか嬉しい。

帝国では見えない星座が見えるってことは、それって多分南半球とか北半球とかの概念だよな。

この世界って球体なんだな、と別の意味でも感心していると、少し黙ったグウェンドルフが俺に視線を向けたまま言葉を続けた。

「母が言うには、その星が見える場所では兎《うさぎ》のお面を被った逞《たくま》しい獣人達が、降霊のために踊ったり、巨大な玉ねぎを玄関に吊るしたりするらしい」

「…………ん？」

ちょっとお母さん？？

急に訳のわからない世界観が展開してきて困惑した。

ウサギのお面を被った獣人と玉ねぎって、何から突っ込んだらいいんだ。

「……ユニークなお母さんだね」

「……そうだな」

ふ、と微《かす》かに笑ったグウェンドルフが考えるように目を伏せたので、俺はその綺麗な顔をぼんやり眺めた。

こんな話をグウェンドルフとできる日が来るなんてな。

人生ってわからないものだ。

それからしばらくの間、宝剣に魔力を注ぎ続けているグウェンドルフと取り留めのない会話をしていると、遠くから複数の足音と話し声が聞こえてきた。

「ようやく神官達が来たみたいだな」

俺は大きく伸びをして足を伸ばしていた床に視線を落とす。すると、ちょうど穴が開いてへこんだ窪《くぼ》みに何かが嵌《は》まっているのを見つけた。

「これは……ブローチ？」

木彫りの小さな飾りのようなものが石の割れ目に入っている。爆風で飛ばされたのか、どこから飛んできたのかはわからないが、一応拾っておく。ピンがついているブローチは、よく見ると花の模様が彫られている。結構上手だ。

どこかで見たような気もするな、と思いながら眺めていると、神官達がバタバタと聖堂に駆け込んできたので俺はそれをポケットにしまった。

「レイナルド」

「ん？」

見上げると、剣を持ったままのグウェンドルフが、もう片方の手を俺に差し出してくる。俺が疲《ひ》労困憊《ろうこんぱい》で動けないと思ったのだろう、立ち上がるのに手を貸してくれるらしい。

自然と口元が綻《ほころ》ぶ。

彼のそんな振る舞いを見ても、俺はもう意外だなんて思わない。

「ありがと」

彼らしい真面目な気遣いに笑みを浮かべて、俺は迷わずにその手を取った。

第三章　疑惑の悪役令息、近衛騎士団長の秘密を共有する

神官達が駆けつけた後、俺とグウェンドルフは転移魔法陣を使って速やかに叡智の塔に戻り、総帥と神官長に事の次第を報告した。

その後、グウェンドルフはすぐに近衛騎士団を召集してトロン樹林の捜索と魔物の調査に向かった。聖堂から漏れ出た瘴気《しょうき》によって魔物が凶暴化していたら、森から出る前に駆除する必要がある。

俺も悪魔の指の捜索に加わりたかったが、魔法をかけ直したベルを連れ、総帥と神官長と一緒に王都に向かった。事件が事件なので、陛下に直接報告するためだ。

王都では心配して駆けつけてくれていた家族とウィルに会い、ベルを実家に連れ帰ってもらうことができた。

ついでにどこから情報を得たのか、呆れ顔のルウェインも現れた。悪友は会うなり埃《ほこり》だらけの俺の格好を見て舌打ちした後、頭を叩いてきた。こんなに頑張ったのに何故。解せない、と思ったが、多分ルウェインなりに心配してくれたんだろう。

悪魔の指の欠片《かけら》はというと、幸いにも一つは神殿の傍ですぐに見つかり、ルロイ公爵領にある教会本部で封印の魔法をかけ直し、厳重に保管されることになった。

もう一つの欠片《かけら》はまだ見つからず、夕方になった今も捜索が続いている。

ちなみに今回関わったリビエール上級神官、ミラード卿、ルシアとその攻略対象者達も無事に帰還して、怪我もないらしい。ミラード卿だけが強制帰還になってしまったが、彼も形代《かたしろ》があったおかげで無事だ。

ゲームのイベントを主人公不在で乗っ取ってしまったが、今のところ目に見える範囲で悪影響は表れていない。手を出さなかったら結界がヤバかったんだし、世界のためにも必要な横槍だったと考えることにしよう。

「では、封印結界が損傷したのは、何者かの故意であると？」

陛下が重い声を発する。

今、俺はまたしても御前に参上していた。

夕方の遅い時間、事件が起きたその日のうちに陛下の執務室に緊急召集されたのは、ファネル総帥とルロイ神官長、バレンダール公爵、父さんと俺、そして初めて会う壮年の男性だった。

白髪の混じった青い髪を持ち、神経質そうな顔をしたその男性は、話の流れからして北領のフォンフリーゼ公爵だ。つまりグウェンドルフの父親である。

この場に帝国の四方を治める四公爵が揃った。錚々《そうそう》たるメンバーだ。俺がいていいのか若干不安だが、一応事件の当事者で、宮廷魔法士の肩書きもあるから大丈夫なんだろうと思うことにする。

「その場にいた我が孫とレイナルド卿の話を聞いた限り、そうとしかお答えができませんな。バジリスクが二体も現れたことを考えても、なんらかの作意を疑わずにはおれませんでしょう。この不自然さはリビエール上級神官も認めておる」

「トロンの森を有する東領を預かる身としましても、バジリスクのような巨大で凶暴な魔物が今まで討伐もされずあの森にいたとは考えられません。何者かが召喚したのでしょう」

ルロイ神官長が総帥のあとに続けて意見を言った。

「バジリスクの血が結界の魔法陣に落ちたのが偶然だったとしても、何者かがバジリスクをけしかけたとみて間違いないでしょうな」

ファネル総帥の言葉に重い沈黙が流れた。

陛下も険しい顔をして総帥を見ている。

「しかし、不思議ですね。結界を破壊して悪魔が召喚されてしまえば、帝国中が危機に瀕する。その何者かは、何故誰の利にもならないことを企《たくら》んでいるのでしょうか」

穏やかな声で発言したのはバレンダール公爵だ。一族から神官を輩出することもある、光属性に縁のある血筋で、優しげな目元が印象的な壮年の紳士である。俺も幼い頃から父さんと何度も会ったことがあるが、いつも親切にしてもらっている。バレンダール公爵は俺と目が合うと、にっこり微笑んでくれた。

「国内の者ではないという可能性もあるでしょう」

素気ない声を出したのはフォンフリーゼ公爵だ。一貫してこの会議に何の興味もないような、他人事な態度。人間関係はともかく、仕事に対しては常に真面目なグウェンドルフとは明らかにタイプが異なるようで、俺は内心で首を捻《ひね》った。

フォンフリーゼ公爵のその指摘には、バレンダール公爵が再び口を開いて疑問を表明する。

「他国の仕業であったとしても、リスクが大きすぎると思いませんか。悪魔が帝国を滅ぼした後は、次は自分達の番だとわかっているはずです。それに、悪魔を封じることのできる光属性を持つ魔法士は、我々の国には存在しますが、他国にはほとんどいないと聞きます。封印が解かれたら防ぐ術《すべ》がないでしょう」

「それなら、犯人は事の重大さがわかっていない愚か者だ、というだけのことではないですか？」

「フォンフリーゼ公爵、そんな理屈で片付く問題ではないと思いますが」

「待て。何者なのか、ということについては今は議論を控えよう。犯人を特定する材料が少ない。それよりも、まずこれからの防衛について話し合わなければ」

フォンフリーゼ公爵とバレンダール公爵の言い合いを、陛下がもっともな言い分で遮《さえぎ》った。

「各公爵領については、封印結界の警備を強化せよ。また、隣接する森に対しては近衛騎士団の巡回頻度を上げる。公爵領の直属騎士団も巡回に当たらせるように。場合によっては王宮の騎士団も派遣する。ルロイ神官長には、封印結界のある神殿に常駐する司祭と上級神官を増やすように調整してほしい。ただし、聖堂に立ち入る際はお互いに持ち物を確かめるよう」

「神官達をお疑いですか？」

「私もできればしたくないが、犯人が誰か推測できない今は慎重にならざるを得まい。警備の騎士達も同様に、聖堂に立ち入る際は神官に確認させるように」

ルロイ神官長の不満そうな顔を横目に、陛下は有無を言わさず命じる。

「各自、神殿に不審なことがあれば、すぐに神官長か私に報告せよ」

「御意」

皆が頭を下げて返事をした。

「話を蒸し返すようで申し訳ありませんが、そもそもバジリスクに神殿を襲わせるなんてことが実際に可能なんでしょうか？　ファネル様はどう思いますか」

バレンダール公爵がのんびりした口調で総帥に話しかけた。

爺《じい》さんは髭《ひげ》を撫でて、少し考える素振りをして首を縦に振った。

「バジリスクを生きたまま眠らせておくことができれば、あるいは可能でしょうな。トロン樹林の神殿には、転移魔法陣で運んでしまえばいい」

「しかし、そんな魔法を使えるような魔法士は限られるでしょう」

バレンダール公爵の言葉に、総帥は頷く。

「魔物を眠らせるには光属性の魔法が必要でしょうが、神殿の護符などを組み合わせれば代用できるやもしれませんな。転移魔法は風か土の魔法に長《た》けた者なら、さして問題はありますまい」

爺《じい》さんの考察を聞いた父さん以外の公爵達が、何故か一斉に俺の方を見た。

え？　なんで？

「そういえば、レイナルド卿は三年前の騒動のときも神殿に居合わせておりますね」

ルロイ神官長が険しい表情で俺を睨んでくる。

初めて会ったときもそうだったけど、この人は俺に対してやけに当たりが厳しい。

いや、まぁ神官達には要所要所で迷惑はかけているんだけれども。

それにしても、ここに来てまさかダメナルドバイアスがかかるとは。

確かに俺は風と土の加護持ちだ。でも、二回とも身体を張って結界を守ってるんだが。

一回目なんて死んでるんだからな！

「聞けば、数年前から各地を回って度々魔物も倒しているとか。バジリスクに遭遇することも不可能ではないのでは」

ルロイ神官長の疑いの眼差《まなざ》しを受けて、俺が反論しようと口を開いたとき、隣に座っていた父さんがトンと指で机を叩いた。

それは軽く爪の先で叩いただけの音だったが、その後ボキッという音がして、机を見ると筆記用に置かれていたペンが真っ二つに折れていた。

あっ。まずい。

公爵達が俺の隣にいる父さんに注目する。

「確かに我が息子は風と土の加護を持っており、宮廷魔法士を拝命してからは各地を巡回しているようです。そういえば、それ以前から息子はルロイ公爵領とは個人的に事業の取引をしているようですが、愚息が公爵に疑念を持たれるような振る舞いをしているのであれば、今後の信用問題に関わるでしょう。即刻取引は中止させるべきかと」

淡々とした声で言い放った父さんに、ルロイ神官長は気圧《けお》されたように黙った。今回の件に全く関係ない事業の話を持ち出されるのは予想外だっただろう。

「……いえ、そこまでのことでは」

神官長が言いかけた言葉を、父さんはもう一度机を指で叩いて遮《さえぎ》った。今度は残ったペン軸を鷲《わし》掴《づか》みにして、結構硬さのあるそれを両手でベキッとへし折る。

「それとも、公爵は息子の振る舞いに疑念を持たれているのではなく、我がエリス公爵家の帝国への忠誠をお疑いということだろうか。帝国の窮地を身を挺《てい》して救った我が息子に、いわれのない嫌疑をかけるということは」

しん、と執務室内が静まり返る。

キレてますね。

これは父さん、相当怒ってるな。

俺はさりげなく自分の机にあったペンを引き寄せて、父さんの手の届かないところに置いた。目の前にあると怒りのままに折られてしまう気がする。

会議でキレちゃって大丈夫かなと思いながらも、胸の内側がほっこりした。俺の父さんは真面目で厳しく、たまに平気で子供を谷底に突き落とそうとするが、こんなときには無条件で子供を信頼してくれる。痺《しび》れるくらいカッコいい。

普段比較的温厚な父さんの冷酷な表情を見て、顔を強張《こわば》らせたルロイ神官長は軽く頭を下げた。

「軽率な発言でした。御家の忠誠を疑うほど我が公爵家は耄碌《もうろく》しておりませんよ」

「まあまあ、エリス公爵も落ち着いて。私も議論を蒸し返して申し訳なかったですね。風の加護なら私にもありますし、魔力持ちのフォンフリーゼ公爵であれば転移魔法など簡単に使えるでしょう。

一定の階級以上の貴族ならみんな容疑者になりえます」

バレンダール公爵も慌てて会話に入ってきた。一方で名前を出されたフォンフリーゼ公爵は素知らぬ顔をしていたが。

「公爵の言う通り、魔力か精霊力を持つ貴族なら複数人集まれば誰でも可能といえる。不用意な犯人探しは混乱を招くだろう。まずは備えを万全にし、今回と三年前の件を詳細に調査することとする」

陛下がそう言って締めくくり、公爵達と総帥は一斉に頷いたのだった。


「ところで、フォンフリーゼ公爵領は大丈夫でしょうか。グウェンドルフ卿が近衛騎士団長として各地に出ると、北領は手薄になりそうな気がしますが。確か、公爵領の騎士団もグウェンドルフ卿が率いておいででしょう」

散会になる間際、バレンダール公爵が気遣う素振りでフォンフリーゼ公爵に話しかけた。バレンダール公爵領とフォンフリーゼ公爵領は隣り合っているので気になるのだろう。

話しかけられた方は何の関心もなさそうに無表情で告げた。

「我が公爵領の防衛は、あれに任せておりますので、問題があれば自分で動くでしょう」

「はあ、そうですか」

「ランドルフ、以前から言っておるが、グウェンドルフに公爵領の騎士団を任せきりにするのはやめよ。自領の防衛を領主が把握しなくてどうする。己《おのれ》で騎士団の状態を把握し、今後はライネルにも手伝わせなさい」

話を聞いていた総帥が、厳しい顔をしてフォンフリーゼ公爵に強い口調で告げた。フォンフリーゼ公爵は途端に表情を固くして視線を逸らす。

ランドルフというのは、多分フォンフリーゼ公爵の名前だろう。

似てないから忘れていたが、そういえばこの二人は実の親子なんだったか。その割にはどこかよそよそしいが。

「ライネルは私の後継者として、公爵領の運営を覚えなくてはいけませんので」

ぼそぼそと呟《つぶや》くような声で言い返すフォンフリーゼ公爵に、俺はまた内心でもやもやする何かを感じていた。

弟の方は名前で呼ぶのか？

グウェンドルフのことは「あれ」と言うのに？

それに、公爵の後継者は弟のライネルなのか？　普通に考えたら長男が家督を継ぐはずだけど、グウェンドルフが近衛騎士団の団長だからだろうか。

フォンフリーゼ公爵家は一体どうなってるんだ、と思いながら眉を寄せると、総帥が諦めたようにため息をついた。

「もうよい。儂がグウェンドルフと直接話そう」

会議が散会になると、公爵達はすぐにそれぞれの領地に戻っていく。

俺はここにいる意味があったんだろうか、と思わずにはいられなかったが、当事者として出席する必要があったので仕方ない。バジリスクを放った犯人の濡れ衣を着せられることもなかったし、よしとしよう。

「レイナルド、しっかりやりなさい」

「うん。父さんも気をつけて」

軽く肩を叩いて去っていく父さんを見送る。俺もトロン樹林の様子を見に行こうかと考えていたら、ファネル総帥に呼び止められた。

「レイナルド、お主《ぬし》には頼みたいことがある」

「はいはい、今度はなんでしょう」

「数日かけて各地の公爵領にある封印結界を見回ってほしい。儂はしばらく議会への説明で王宮を離れられんからの」

「トロン樹林の捜索はいいんですか？」

「あっちはグウェンドルフに任せておけば問題なかろう」

「了解です。戻ったら一度報告します。議会の貴族達、荒れますかね」

「そうじゃなあ。すぐに犯人を探せと喚《わめ》く輩《やから》が出るだろうな」

うわ、面倒そう。

俺は議会に出なくていいらしいから安心だ。でも、ルロイ神官長みたいに俺の仕業じゃないかと難癖つける奴は出てくるだろうな。このまま行くと、俺はゲームのように吊し上げられて、犯人にされる展開が待っているんじゃないだろうか。それは回避したい。

「それから、これは儂の個人的な頼みじゃが、グウェンドルフのことをよろしく頼む」

「……グウェンドルフですか？」

「我が孫ながら仕事に真面目すぎるきらいがある。無理をして倒れかねん。グウェンドルフの父親は先ほど見ての通り、頼りにならないのでな」

ため息をつく総帥に、俺はフォンフリーゼ公爵の顔を思い出して微妙な笑みで頷いた。

「なんか、色々と癖のありそうな方でしたね」

「うむ……。あれは儂のせいでもある。レティシアが亡くなったとき、あの家族にもっと介入せねばならなかった。儂が王都に篭《こ》もりきりだったゆえに、グウェンドルフには辛い思いをさせてしまった」

爺《じい》さんが珍しく沈んだ声でそう言ったので、俺は片眉を上げた。

レティシア、というのはグウェンドルフの家族だろうか？

なんだかこの一家には込み入った事情がありそうだ。

「そういえば、フォンフリーゼ公爵家を継ぐのはライネル卿なんですね？」

「儂は以前からグウェンドルフにも後継者教育を受けさせるように言っておるのだが、公爵が頑なでな……」

総帥が言いづらそうに言葉を濁した。

つまり、グウェンドルフは公爵家の跡取りとして育てられていないってことなんだろうか。

あんなに実力があるのに、もったいないな。

事情はよくわからないが、俺は総帥にグウェンドルフの友人認定されているようだ。まぁ、二度も命を預け合った仲だからな。単なる同級生から、信頼できる仲間くらいの関係になったともいえる。

「とりあえず、わかりました。またグウェンドルフに会うことがあれば、飯にでも誘います」

グウェンドルフと一緒にご飯を食べている光景など想像もつかないが、誘ったら案外来るのかもしれない。

俺がそう答えると、爺《じい》さんは「よろしく頼む」と言って陛下のいる方へ歩いていった。

＊＊＊

それから数日かけて、俺は各公爵領にある封印結界の様子を見て回った。今回事件のあったルロイ公爵領を除く、北西南三ヶ所の神殿と周りの森をぐるっと確認したのだ。三年前のように一時的に魔物が凶暴化する可能性もあるということだったが、各公爵領の直属騎士団が動員されているから問題ないだろう。

ちなみに、今回はこっそりベルを一緒に連れていき、念のため魔物の住む森に浄化魔法をかけておいた。子馬にしか見えないから大丈夫だろうと勝手に動いたけど、神官長が知ったら多分ビンタされる。

ベルと共に各地の転移魔法陣とその周囲の森を渡り歩き、数日後へとへとになって実家に戻った。

「レイナルド様……大丈夫ですか？」

夕方、自室のソファにひっくり返っていたら、お茶を持ってきたウィルが気遣うような顔で声をかけてきた。ローテーブルにお盆を置いて、俺の顔を控えめに覗き込んでくる。

俺と目が合うと、ウィルの丸くて大きな茶色の目がぱちりと瞬《まばた》きした。ふんわりとしたチョコレート色のショートヘアが、襟足のあたりでひとつまみだけぴょこんと跳ねている。それを見つけて、ほわっと癒やされた。

普段俺のご用聞きとして甲斐甲斐しく世話を焼いてくれるウィルは、俺好みの紅茶を完璧に淹れられるし、俺が疲れていたらさりげなく菓子を持ってきて休ませてくれる。まだ十一歳なのに落ち着きがあって空気を読むのも上手い。同じ歳の子供と比べたら小柄だが、すらっとした体型で顔立ちも整っているし、将来は絶対美形になるだろうと確信している。

「ありがとう。ベルのお水もお願いしていい？」

「一緒に持ってきています。レイナルド様、無理しないでくださいね。最近お疲れみたいなので、倒れてしまわれないか心配です」

どうしてこんなにいい子なんだろう。

俺の育て方がよかったのか。いや、そんなおこがましいことは思わないよ。ウィルは六歳でうちの屋敷に来たときから、もう十分いい子でおりこうさんだった。

「ウィルも座ってお茶飲んでって。そんで後でベルをお風呂に入れてあげてくれない？　長旅で結構汚れたからさ」

「わかりました」

ウィルは素直に頷いて、向かいのソファに腰を下ろす。そして、毎日着ているお仕着せの黒いベストのポケットからメモを取り出した。

「先ほどオルタンシア様から、次に商会に来るのはいつかとご連絡がありました。ソフィア様が依頼されている魔法陣はできたのかと」

「あー、うん。あれね。わかった。あいつは本当にソフィアちゃんのためなら仕事熱心だな」

オルタンシアというのは、ルウェインの奥さんであるソフィアの秘書だ。貴族でもあるソフィアの実家はエリス公爵領の中でも指折りの商会で、ルウェインは叡智の塔を卒業した後、ソフィアと一緒にその商会を切り盛りしている。話に出てきたオルタンシアは子爵家の箱入り令嬢だが、ソフィアを姉と慕っており、公私ともに彼女をサポートすることに心血を注いでいるらしい。

俺は時々ルウェインとソフィアから頼まれて、魔道具の商品開発なんかを一緒にやっている。だからオルタンシアともよく顔を合わせるが、俺がサボったり脱線していたりすると目ざとく見つけて小言を言ってくるのが彼女だ。今回も俺の進行が遅れていることを察しているらしい。

「オルタンシアには後で連絡しておくよ。ありがとう」

俺の返事を聞いてウィルは頷き、絨毯《じゅうたん》に寝そべって水を飲んでいるベルの背中をそっと撫でた。毛並みの荒れ具合を確認しているんだろう。ベルがふわふわの被毛を維持しているのは、ウィルがちゃんとメンテナンスしてくれているからだ。本人もベルの艶々《つやつや》サラサラの毛触りが好きで、なでなでしながらこっそり微笑んでいるのを俺は知っている。

「ちなみに、ベルはいつまでこのままなんでしょう？」

「そうだなぁ。今度グウェンドルフに会ったら一回魔法を解いてもらうよ。今回連れ出せたのは、ベルにとってはいい経験だった。だんだん外の世界にも触れさせてあげないとだな」

「グウェンドルフ様に教えていただいて、レイナルド様も同じ魔法を使えるようになるといいですね」

「確かに。俺でもやれるか聞いてみるよ。精霊力と相性いい魔法だといいんだけど……。もし魔力の方が合うんだったら、ウィルに教えてもらえないか頼んでみようかな」

腕組みをして天井を見上げながら言ったら、ウィルが慌てて首を横に振った。

「とんでもない。近衛騎士団の団長をされている方ですよ。僕のような側仕えのために貴重な時間を割いていただくなんて、おこがましいです」

「そうかなぁ。ウィルなら多分あいつもいいって言うと思うけど……」

俺は目を閉じてグウェンドルフの無表情を思い浮かべた。真面目でしっかり者のウィルと気が合いそうだし、あいつは側仕えや平民だからって差別したりしない気がする。案外子供には優しかったりして。

目を閉じて寝そべっていると数日間の疲れが押し寄せてきて、一瞬で意識を持っていかれそうになる。

俺の様子を見たウィルはそっと立ち上がり、ベルを促《うなが》して部屋の外に連れ出した。

本当に気遣いが完璧な、できた子だ。目が覚めたらお兄ちゃんがお小遣いあげるからね。

俺はありがたく目を閉じて、そのまま眠りの世界に誘《いざな》われようとした。

まさにそのとき――

急に身体が下の方へ引っ張られる感覚があり、ぎょっとして飛び起きた。

一瞬の浮遊感のあと、突如視界が暗闇に呑まれる。

「えっ……え!?」

驚きすぎて声がほとんど出なかった。

周りを見回すと、暗いのはどうやら部屋の明かりが消えているからだとわかる。

カーテンも閉まっているのか、部屋が真っ暗だ。そして座っている椅子にも違和感。俺の部屋の革張りのソファじゃなくて、手触りがビロードみたいだ。

よくよく目を凝らしてみたが、どうやらここは俺の部屋ではないらしい。家具の配置が違うし、家の中が静まり返っているのか、人の話し声やざわめきも全く聞こえない。

え？

どういうこと？

もしかして、急にどこか知らない場所に召喚された？　そんなことある？

呆然としてきょろきょろしていると、離れたところから微《かす》かに人の息遣いが聞こえる。気配を殺して、そうっとそちらの方を振り返った。

部屋の奥の方にベッドがあり、その傍に誰かが膝をついて蹲《うずくま》っているらしかった。

え、誰……？

怖。

相手はまだ俺に気づいていないようだ。何やら苦しそうに呼吸をしている。

俺は息を潜《ひそ》めてじっとその相手を見つめた。

ん……？

ちょっと待て。

「グウェン、ドルフ……？」

俺の口から漏れた声は僅《わず》かだったが、聞こえるには十分な声量だったらしい。

弾かれたように顔を上げた彼と、暗闇の中だが確かに目が合った気がした。

「レイナルド……？」

動揺したような小さな声が聞こえた。

それを聞いて、相手が間違いなくグウェンドルフであることを確信する。

「なぜ……」

呆然としたような彼の呟《つぶや》きが聞こえたが、それは俺も知りたい。

しかし相手がグウェンドルフだとわかって、俺はほっと息をついた。

状況は把握できていないが、ここはグウェンドルフがいる部屋だから危険な場所ではないんだろう。

「あのさぁ、なんか気づいたらここにいたんだけど――」

「すぐにここから出ていけ」

俺の言葉を遮《さえぎ》ってグウェンドルフが強い口調で言った。

その剣幕に俺は面食らって黙る。

グウェンドルフを見ると、彼は床に膝をついたまま苦しげに胸を押さえていた。何かを堪えるようにじっと蹲《うずくま》っている様子が明らかに普通ではない。俺は彼の言葉を無視して椅子から立ち上がり、ベッドの傍へ駆け寄った。

「お前、大丈夫か」

「……来っ」

何か言おうとしたグウェンドルフが言葉を呑み込み、身体を硬直させる。

その瞬間、グウェンドルフの周囲からボッと強い風が巻き上がった。凄《すさ》まじい圧の風が四方に噴き出される。

「うわっ」

俺は精霊術で素早く風の軌道を変えて、その圧を受け流す。強すぎる風は部屋のカーテンを巻き上げてガラスを破り、けたたましい音を上げて外へ吹き抜けていった。

部屋の中に傾き始めた日の光が射し込み、急に視界が明瞭になる。結構広い部屋だ。今の風で家具が倒れたり壁際に吹き飛ばされたりしたが、見る限りこの部屋は寝室のようだった。

グウェンドルフが未だに胸を押さえて蹲《うずくま》っているので、俺は慌てて傍で膝をついた。

ここまで見れば、俺にも何が起こっているのかわかる。

魔力暴走だ。

叡智の塔に入った頃、ルウェインがグウェンドルフについてそう言及していたことを思い出す。確か、グウェンドルフは魔力量が多すぎて、定期的に大量の魔力を消費しないと魔力暴走を起こすことがあるって言ってたな。この前の卒業考査の事件のせいで普段よりも魔力を消費したはずなのに、それでも魔力暴走するのか。すごい保有量だ。

もしかしたら、この様子だと定期的な発作みたいになっているのかもしれない。

「大丈夫か。俺のことは気にしないで魔力を解放していいぞ」

「駄目だ。そんなことをしたら、君が」

グウェンドルフは胸を押さえて俯《うつむ》いたまま、絞り出すような声で呟《つぶや》いた。

どうしてこの部屋に召喚されたのかは後で考えることにして、今は目の前のグウェンドルフをどうにかするのが先だ。魔力暴走なんだから魔力を身体の外に出させてやればいいわけなんだが、いっそのこと外に出て地面に深い穴でも掘ってみようか。でも、グウェンドルフが本気出したら山とか平気で吹っ飛びそうだよな。

少しずつ魔力を放出しようとしているのか、グウェンドルフは吐く息すらも押し込めるように全身に力を入れているように見える。

ぐっとその肩が強張《こわば》ったように震えた瞬間、二回目の衝撃波が放出された。

押し寄せる風圧を避けてかわすと、続けざまに氷の矢がグウェンドルフをぐるりと取り囲むように出現した。それが周囲に向けて無作為に発射される。

「うわ」

「避けろ！」

咄嗟《とっさ》に部屋の隅に吹き飛んでいたテーブルの陰に滑り込んで、板面を盾にした。と同時に、氷の矢がドスドスと天板に突き刺さっていく。

矢の追撃が終わってそっと前方の様子をうかがうと、グウェンドルフは胸を押さえながら蒼白な顔で俺の方を見ていた。大丈夫だと手だけ出して軽く振ったら、小さく息をついたグウェンドルフがまた眉間に皺《しわ》を寄せる。

今みたいに手当たり次第グウェンドルフの魔法が出てくると、俺には少し分が悪い。ここでは土の力を使えないのでガードするのに限界がある。

さすがに、どこかもわからない部屋の床をぶち抜くわけにはいかないしな。

なんて考えながらテーブルの陰に隠れていたら、グウェンドルフの方からバチッと音がした。何だろうと顔を出そうとしたとき、ドォンと轟音《ごうおん》と共に放たれた雷撃によってテーブルが木《こ》っ端微塵《ぱみじん》に吹き飛んだ。

「わお」

思わず感嘆の声が出る。

すごい威力だ。

「いや、感心してる場合じゃない」

目の前が開けてグウェンドルフの姿がよく見えるようになった。

彼が膝をついている床の周りから、突如ゴオッと音を立てて炎が立ち昇る。それがたちまち龍のようにうねって部屋の中を暴れ始めた。当然本やカーテンなどに燃え移り、黒煙を上げながら部屋の中に燃え広がっていく。炎の龍を跳んで避けながら、俺は眉を顰《ひそ》めた。

「火はちょっと……対処が難しいな」

魔法陣を悠長に描いている時間はなさそうだし、ここは思い切って外に出た方が得策か。このままだと火事になるけど、グウェンドルフが元に戻って魔法を思う通りに使えればすぐに鎮火はできる。

不思議なことに、こんな騒ぎになっているのに部屋には誰も来ないし、外も静かだ。

執事や使用人はどこにいるんだろう。

首を捻《ひね》りながら窓に近寄って、外を覗いてみる。

二階の部屋だったらしく、外は木に囲まれた普通の屋敷の庭という感じだった。雑草が茂っているが、これなら飛び下りても問題はない。

「グウェンドルフ」

外に出るよ、と言おうとして部屋の中を振り向いたとき、思いの外近くにいた炎龍が俺の方に真っ直ぐに飛んで来ていた。髪が焼けそうなほどの熱気が顔にかかる。

近すぎて、避けるには間に合わない。

外に弾き落とされても問題はないが、多少の火傷《やけど》は覚悟したほうがいいだろう。

そう考えて、急いで腕で顔をガードした。

「レイナルド！」

突然、俺と炎龍の間にグウェンドルフが割って入った。炎から守るように強く抱きしめられ、その勢いのまま二人とも窓の外へ投げ出される。

熱風と赤い炎に一瞬包まれたが、すぐに炎のうねりは消滅した。グウェンドルフに抱きしめられたまま落下する。

そこで不思議なことが起きた。

グウェンドルフの魔力が俺の中に流れてきたのだ。

「え？」

グウェンドルフも何かおかしいと感じたようだった。しかし落下している最中だったため、彼は俺を抱えたまま、くるりと上手く体勢を立て直して脚の力だけで地面に下り立つ。

「これは……」

呆然とした顔で呟《つぶや》いたグウェンドルフに、そっと地面に足を下ろしてもらう。

この感覚は、ベルに精霊力を流したり逆に魔力をもらったりするときと同じだ。多分、グウェンドルフの魔力が俺に流れてきている。それも大量に。

「俺、吸い取ってるよな」

首を捻《ひね》りながら言うと、グウェンドルフは無言で頷いた。

グウェンドルフが俺を離すと、流れていた魔力はぴたりと止まった。手を離してから十秒ほど経ったとき、彼の表情が険しくなったので、俺は慌ててその手を取る。

「掴んどけって」

手を繋《つな》ぐと、またグウェンドルフから魔力が流れてくる。

彼の表情が和《やわ》らいだのを見て安心してから、これは一体何なんだろうと俺はまた首を捻《ひね》った。

「君は辛くないのか」

「全然。ベルに精霊力をあげたり、魔力をもらったりするのと同じ感覚だよ。グウェンから魔力が流れてくるな、って。ただそれだけ」

「私も身体の中で暴走していた魔力が流れ出ていくのを感じる」

そういえば、ベルを助けたときにかなり太いラインが俺の中にできたみたいなんだよな。あれから、魔法を使っていて精霊力が切れそうだなって思ったことないし。チーリン以外の魔力を通すのは初めてだけど、問題なく受け取っているみたいだ。いつの間にこんなことができるようになったんだろう。

「なんかよくわからないけど、グウェンドルフが苦しくなくなったんならよかったわ」

「本当に辛くないのか。かなりの量が流れ込んでいると思うが」

心配そうな顔で俺を見下ろすグウェンドルフに、俺は問題ないと頷いた。

「俺、ベルを助けたときに親チーリンに身体の中に巨大な貯蔵庫作られたっぽいんだよね。そう考えると、チーリンの角に溜め込める魔力もかなりの量なんだな。とにかく、俺は問題ないから大丈夫だよ」

そう言うと、グウェンドルフはほっとしたように表情を緩《ゆる》めた。

先ほどの張り詰めていた空気が消えて、彼の全身から余計な力が抜けたように見える。グウェンドルフは片手で肩に散らばる髪を無造作に払った。

汗ばんだ首筋がちらりと見えて、なんか色っぽいな。さすが攻略対象者の兄、と妙なところで感心していると、グウェンドルフが辺りを見回してから俺に顔を戻す。

「君は、何故あの部屋に現れたんだ」

「それは俺も疑問なんだけど。俺、何もしてないよ？」

俺が首を傾げると、彼も少し考え込んで二階を見上げた。

「あの部屋大丈夫だったのか？　盛大に燃えてたけど」

「壁や床は燃えたり壊れたりすることがないよう魔法がかかっているから、問題ない。魔力は消失したので、もう鎮火しているだろう」

「そっか。ベッドとか無事だといいな」

グウェンドルフが今夜寝るところは大丈夫なんだろうか、と余計な心配をしていると、彼が俺に視線を戻した。

「とりあえず、中へ入ろう。……君がよければだが」

「いいよ。いいに決まってる。俺も色々聞きたいし。そもそもなんだけど、ここどこ？」

俺の疑問にグウェンドルフは瞬《まばた》きしてから答えた。

「私の家だ」

そんなわけでグウェンドルフの家にお邪魔することになったのだが、彼が家と呼んだ屋敷に入ってからも俺は首を捻《ひね》り続けた。

屋敷は一人で住むには十分な広さで、廊下も広いし部屋数も多い。

実家じゃなくて、グウェンドルフが王都に一人で住んでる別邸なのか？　近衛騎士団の宿舎でもなさそうだし。そして、やはり使用人は一人も出てこない。

「ここって、フォンフリーゼ公爵家の別荘？」

「いや、離れだ」

じゃあ近くに本邸があるってことか。

「魔力暴走しそうだから一人で篭《こ》もってたってこと？」

「普段から私はここに一人で住んでいる。通いで来ていた使用人は、魔力暴走の気配を感じた際に本邸に向かわせたが」

ん？

普段からここに一人で住んでんの？　本邸もあるって？

色々突っ込みたいことが増えたが、話の途中で応接室のような部屋に着いた。

中に入ってとりあえずソファに座る。ちなみにグウェンドルフと繋《つな》いだ手は離せないので、ソファに並んで座ってもそのままだ。使用人もいないなら誰に見られることもないので、グウェンドルフも恥ずかしくないだろう。

「じゃあ、ここってフォンフリーゼ公爵領なんだよな」

「ああ。君はどこにいたんだ」

「俺の部屋だよ。エリス公爵邸の」

そう言うと、グウェンドルフは訝《いぶか》しげな顔をした。

「君は今日何をしていたんだ？　何か複雑な術を展開していたのではないのか」

「うーん。今日は朝バレンダール公爵領とエリス公爵領の封印結界を見に行って、森を巡回して魔物の様子を確認した。その後王都に行って総帥に報告してから家に帰ったけど、途中王都の転移魔法陣を使ったくらいで特別な術は使ってないしなぁ。そういえば、グウェンの方はどうなったんだ。悪魔の指は見つかった？」

「いや、まだ見つかっていない。範囲を広げて引き続き捜索を続けてはいるが……。神官長は一つ目の爆発のとき、引火してすでに焼失したのではないかと言っていた。総帥は、ないのであれば何者かが収奪したのではないかと怪しんでいるが」

まだ見つかってないのか。

神官長の言う通り、あの爆発のときに一緒に消失したんだったらまだいい。誰かに拾われているとしたら、そっちの方が問題だな。

無意識に顎に手をやろうとした俺は、まだ繋《つな》がれていた手を思い出して考え込むのを止め、会話を軌道修正することにした。

「ごめん、話逸れたな。それで、グウェンの方は何かきっかけはなかったのか？　そもそも魔力が暴走してたんだから、何らかの召喚魔法が発動しててもおかしくない気がするけど」

「私は、魔力暴走の気配を感じて今日の捜索を打ち切り帰ってきたところだった。君が現れたときはすでに魔力暴走が始まっていたが、召喚魔法のような複雑な魔法を発動させたことはこれまで一度もなかったはずだ」

「……あのさ、また話が逸れて悪いんだけど、そんなに頻繁に魔力暴走してんの？」

淡々としているグウェンドルフに恐る恐る聞いてみると、彼は少し考える素振りをしてから表情を変えずに答えた。

「おそらく、月に一度あるかないかくらいだろう。年々魔力量が増えているためか、頻度は以前よりも増えてきているが」

「月に一度!?」

それはめちゃくちゃ多いんじゃないか？

どうりで、あんなに苦しそうにしていた割には冷静だし慣れた態度だと思った。

「毎回あんな感じなのか？」

引《ひ》き攣《つ》った顔で俺が聞くと、グウェンドルフはまた淡々とした調子で頷いた。

「そうだ。一度に魔力を放出すると、屋敷と周囲の樹林を吹き飛ばしてしまう恐れがある。だから、できるだけ抑え込んでから少しずつ解放するようにしている」

「いや……確かに、毎月家が吹き飛ぶのは厄介だけど……お前、かなり辛そうだったぞ。もしかして、夜中ずっとあれが続くのか？」

「時により変わるが……短くて三時間程度だろう」

三時間!?

俺は驚愕しすぎて引《ひ》き攣《つ》った顔のまま顎が外れるかと思った。

最低三時間も床に蹲《うずくま》って苦しみ続けるのか？　それを月一で？

「なんとかならないのか、それ……。総帥はなんて？」

俺の方が余程悲壮な表情をしているのか、グウェンドルフは少し不思議そうな顔をして言った。

「以前総帥からは、多少の損壊は仕方ないと割り切り、人のいない山や谷に行って放出してきたらどうかと言われた。……しかし、私はこれでいいんだ」

「なんで？」

純粋に疑問に思い聞いてみると、グウェンドルフは硬い表情のまま首を横に振った。

「私には償《つぐな》うべきことがある。それに、人のいない山や谷にも野生動物はいるだろう。放出するのが炎や水だったら、付近の村に災害を招く恐れもある」

「うーん……」

前半言っていることはよくわからないが、後半の自然災害云々《うんぬん》はまぁわからなくもない。

総帥も一応はアドバイスしていたようだけど、グウェンドルフ任せにするんじゃなくて、直接介入してあげられなかったのか？

あんなに苦しんでる姿を見たら普通は気になるだろ。こいつは、自然の動物を傷つけないように自分が苦しむことを選ぶような性格の人間だぞ。そんなこと、ファネル総帥ならずっと前からわかってるはずなのに。一体こいつの家庭環境はどうなってんだ。

だんだんと、グウェンドルフの周りの人間に腹が立ってきた。

俺が今日ここに来なかったら、グウェンドルフはいつまで一人で耐えるつもりだったんだろう。叡智の塔にいたときも、彼はきっと時々魔力暴走していたんだろう。全然知らなかったし、ルウェインに話を聞いたときも深く考えなかった。でも、今はなんだか胸がざわざわする。あの頃知っていたら、俺はもう少しグウェンドルフの力になれたんじゃないだろうか。同じ学舎にいたのに、雑談ばかりじゃなくてもっと彼と向き合って話せばよかった。

きっと、本当に腹が立っているのは俺自身に対してだ。グウェンドルフの強さに慣れきって、今まで魔力暴走の実態を深く考えもしなかった。

「レイナルド？　大丈夫か」

黙った俺を、グウェンドルフが心配そうな顔で覗き込んできた。

「やはり何か問題があるのでは」

そう言って手を離そうとした彼を、俺は慌てて止めた。

「いや、大丈夫。問題ない。ちょっと考え事してただけだから。グウェンド……いや、グウェン。いいか。これからは魔力暴走のときは俺を呼べよ」

まだ無意識に名前を呼んでしまうのを言い直して、俺はグウェンドルフにそう言った。

彼はオニキスのような綺麗な瞳に驚きの色を浮かべる。

「何故」

「何故って、お前こそなんでだよ。今日わかっただろ。俺はお前の魔力を吸い出せるんだから、もう毎回苦しい思いをして魔力暴走に耐える必要はない。俺を呼べばいいんだよ。そしたら屋敷が吹き飛ぶ心配もせずに済むじゃないか」

俺の言葉を聞いたグウェンドルフは、呆然としているような、信じられないものを見ているような表情をする。

そこまで驚くのが何となく癇《かん》に障《さわ》り、俺は唇を尖らせて眉を吊り上げた。

「なんだよ。俺が本当に毎回フォンフリーゼ公爵領に来るのか疑わしいって思ってるのか？　確かに俺は普段はふらふらしてるけど、お前が三時間も苦しんでるような状況で約束をすっぽかすほど野放図な人間じゃない」

「それはわかっている」

グウェンドルフがやけにきっぱりと頷いたので俺は瞬《まばた》きして、それから少し気分がよくなって立ち上がった。当然、手を繋《つな》いでいるグウェンドルフも引っ張られて一緒に立ち上がる。

「よし。じゃあ約束の証《あかし》を作っておこう。この屋敷の中に使用人がほとんど入らないような部屋ってある？　書斎とか、物置とか」

グウェンドルフは俺の勢いに押されたまま少し考えて、頷いた。

「じゃあ連れてって」

笑顔の俺に逆らえないと思ったのか、グウェンドルフは応接室を出ると俺を二階に連れていった。着いたのは書庫のような小さな部屋で、壁の両側が本棚で埋まっている。古い魔術書のようでどの本も興味をくすぐるタイトルだが、とりあえず今用事があるのはこの部屋の床だ。

「んじゃ、失礼するな」

俺はしゃがみ込み、板張りの床に杖で魔法陣を描いていく。手を繋《つな》いだままのグウェンドルフが、俺の動きに合わせてよたよたついて来るのが何となくかわいい。しかも、ちゃんと魔法陣を踏まないように注意深く歩いている。

やがてでき上がった魔法陣を見て、グウェンドルフが口を開いた。

「これは……」

「俺の家とグウェンの家を繋《つな》ぐ転移魔法陣だよ。念のため、俺かお前がいるときしか使えないようにしといたから。俺も自分の家に帰ったら適当な場所に描いとくよ」

「君の家に……」

小さな声でそう呟《つぶや》いたグウェンドルフが、漆黒の瞳でぼんやりと俺を見つめる。

「魔力暴走が起こりそうになったら、知らせてくれれば俺がこっちに来るから。知らせは……手紙蝶がいいかな。うん、ウィルに特急便を何枚か作ってもらうから、それを飛ばしてくれ」

杖で魔法陣を軽くつつきながらそう言い、俺はさっそく試しに魔法陣に精霊力を流し込んでみた。この場合、グウェンドルフから流れ込んだものもあるから魔力になるのかもしれないが。

「おお。いつもより回りが早い気がする。さすがグウェンの魔力」

すうっと吸い込まれるように精霊力が身体から抜けていく。結構遠い場所との転移魔法陣だから膨大な量が必要だが、俺の中の精霊力が枯渇する気配は全くない。

「君は、それで構わないのか」

「ん？　うん。知っちゃった以上、これから毎月グウェン大丈夫かなって考えてもやもやするだろうし、それならむしろ呼んでくれた方が俺もすっきりするよ」

精霊力を流しながらそう言うと、グウェンドルフはしばらく黙った後頷いた。

「そうだな。君は、そういう人間だ」

微《かす》かに笑みを浮かべたグウェンドルフは、どことなく寂しげに見えた。

俺は首を傾げて彼を見上げる。

「グウェンは迷惑か？」

「いや、そんなことはない。君の気遣いに感謝する」

グウェンドルフが真っ直ぐな目で俺を見つめる。彼がいつもの無表情に戻ったことに安心して、俺も頷く。

「じゃ、そうしような。……ん？　噂をすれば」

ひらひらと俺の前に赤い蝶が舞い込んできた。ウィルの特急便だ。優れた魔法の手紙蝶は、相手がどこにいるのかわからなくても本人のもとに飛んでくる。さっき割れた窓から入ってきたんだろう。

ちょうど魔法陣に精霊力を流し終わった俺は、立ち上がって片手で手紙蝶を開いた。

『レイナルド様
どちらにいらっしゃるのですか？

至急返信してください』

ウィルの几帳面な字で書かれた内容を見る限り、かなり驚かせてしまったらしい。

そりゃそうだよな。ソファで寝てると思った俺が急にいなくなってるんだもんな。

少し考えてから、俺は事実を伝えることにした。

浮いたままの手紙蝶の返信欄に杖でさらさらと返事を綴《つづ》る。『今、訳あってグウェンドルフの家にいる。無事だから家族には伝達不要』と書いて手紙蝶を閉じると、ふっと息を吹きかけた。

ふわりと浮かんだ赤い蝶は、来たときと同じくひらひらと飛んでいった。

「大丈夫か」

「うん。ウィルが心配して確認してきただけだよ。俺がソファから消えてるからびっくりしたんだろう」

グウェンドルフに答えながら、そういえばと、ここに召喚されたときのことを思い出す。

「俺、ここに来たときグウェンがいた部屋のソファに座ってたよ。ビロードの。あそこに何か置いてなかった？」

もしかしたら魔道具か何かが置いてあって、それがグウェンドルフの暴走した魔力に反応して作動した可能性もある。

俺がそう聞くと、グウェンドルフは少し考える表情をした後、急に顔を強張《こわば》らせた。

「え？　どうした？」

「いや……」

「何か置いてあったのか？」

歯切れの悪いグウェンドルフを見て首を傾げると、彼は俺から目を逸らして床に視線を落とした。

「君の……」

ボソボソと何か言っているが聞こえず、俺は焦《じ》れてグウェンドルフの顔を下から覗き込むようにして目線を合わせた。

「何？　もっとはっきり言えよ」

「……君の、形代《かたしろ》の人形が」

「形代《かたしろ》？」

予想外の言葉に、俺はぽかんと口を開けた。

形代《かたしろ》の人形って、この前の卒業考査のときファネル総帥からもらったやつか？

あれってどうしたんだっけ。確か、精霊力をこめた後に俺は気分が悪いってことになって、グウェンドルフが回収してくれたんだったか。

結局俺もグウェンドルフも死なずに生還したから、形代《かたしろ》の人形は使われないまま残ったはずだな。

「あー、あれかぁ。グウェンがそのまま持ってたんだな」

思い出した俺がうんうんと頷くと、グウェンドルフはきまりが悪そうに視線を泳がせる。

別に、捨ててなかったからって責めたりしないけど。爺《じい》さんの魔法がかかったままだったわけだし、捨てるに捨てられなかったんだろう。それにしても、あの形代《かたしろ》人形はすごいよな。どういう理論で作られているのか研究したい。

「じゃあ、こういうことかな。あの形代《かたしろ》人形には俺の精霊力が入ってたから、術が完成すれば俺と入れ替わることが可能だった。グウェンの魔力暴走であの人形に大量の魔力が流れて、意図せず術が発動した結果、逆に俺をこっちに呼び寄せたのかも」

総帥でさえ魔法陣を使わないと起動できないのに、場所と時間の制約も全部無視して無理矢理術を逆噴射させたんだとしたら、グウェンドルフの魔力は相変わらず化け物じみている。

召喚された謎がなんとなく解けてすっきりした。グウェンドルフを見上げると、彼は押し黙ったまま、まだ視線を彷徨《さまよ》わせていた。よくよく見ると顔が少し赤い気がする。魔力暴走で熱でも出たのか。ベッドで休ませた方がいいかもしれない。

こうして偶然グウェンドルフの魔力暴走に付き合うことになった俺は、手を繋《つな》いだままソファに並んで座り、書庫の本を片手に残りの二時間あまりをそこで過ごした。

グウェンドルフは熱と疲れが出たのか急に無口になってしまったが、俺の手をしっかり握っていたから、多分大丈夫なんだろう。

偶然生まれたこの奇妙な協力関係に、俺はなんとなくほっとした。グウェンドルフとはまたしばらく会わない日々が続きそうだったから、会いに来るきっかけができてよかったと思ったのだ。

グウェンドルフと一緒にいる時間が存外に心地よくて、いつの間にかもう少し彼と仲良くなってもいいと考えるようになっていたらしい。

第四章　奔走する悪役令息、友人宅を家庭訪問する

「結局、悪魔の指の行方《ゆくえ》はわからないままってことですか」

俺は王宮にある総帥の部屋で顔を顰《しか》めた。

グウェンドルフの魔力暴走事件から一週間後、俺は呼び出しに応じていつかのように王宮の中にある爺《じい》さんの部屋を訪れていた。

「うむ。神官長が言うように、すでに爆散しているのならいいが……レイナルドはどう思う」

「もう片方が爆発せずに外に弾き飛ばされたのを考えると、消失しないで残ってると考えたくなりますけどねぇ」

俺のセリフに爺《じい》さんも難しい顔で頷いた。

「あのときお主《ぬし》達と一緒にいたクリス・ミラード卿の証言の通り、神殿の周りにある魔物避けの結界は全て破壊されていた。裏手の結界には護符が落ちていたが、これはミラード卿が確認に走った後で置いていったものらしい。護符程度ではバジリスクに効果はなかったがの。犯人はバジリスクを召喚したのだろうと思われるが、聖堂が破壊されたゆえ、痕跡も残っておらぬ」

それを聞いて俺は唇を噛んだ。バジリスクを倒した後、すぐに封印結界を確認しなかったのは俺の落ち度だ。そうしていたらもっと被害は小さかったかもしれない。

「神殿の周辺に怪しい人物がいたという目撃情報はないんですか？」

「うむ。卒業考査ということで、関係者以外はトロン樹林には近づかないというのが暗黙のルールじゃからな。学生に扮《ふん》していれば紛れ込めたじゃろう。叡智の塔の転移魔法陣には部外者が通った形跡はないゆえ、おそらく自《みずか》らの魔法であの森に現れたと見える」

「つまり、犯人はやっぱり、それなりの魔法士っていうことですね」

「そのようじゃ。今後は森の内部にも部外者が入れぬよう、何らかの策を講じる必要がある。三年前に神殿への侵入を許してしまった後、神殿の警備は見直したが、まさかバジリスクを直接けしかけて攻撃してくるとは思わなんだ」

そう言って総帥が顔を顰《しか》める。

森に立ち入った人物の目撃情報がないのは厳しいな。

それとも、あの場にいた誰かが犯人の協力者なんだろうか。転移魔法に精通していて、バジリスクを眠らせておけるような魔法を使える術者は限られるはずだ。しかも、魔物を生きたまま眠らせるのであれば、神殿から魔物封じの護符を大量にもらうか、光属性の魔法で眠らせる必要がある。どちらも、やろうとすればそれなりに痕跡が残りそうなものだが。

もっとも、教会関係者が犯人なのであれば、今回の事件も簡単に説明できてしまう。しかし結界を守ることが使命である神官達が、何の利益にもならないのにそんなことをするだろうか。

「議会では、早く犯人を捕まえるようにと貴族達が騒いでおる。陛下が今は隙を見せずに守りを固めるべきと取りなしてくださったからいいものの、犯人探しが過熱するのも時間の問題じゃの」

総帥がため息をついて髭《ひげ》を撫でた。

このまま犯人が捕まらないと、ゲームの展開的には俺に容疑者疑惑が回ってくるだろうから、なんとかしなくちゃいけないな。

俺もアンニュイな気持ちでこっそりため息をつくと、爺《じい》さんが何かを思い出したように杖を指で叩いた。

「そういえば、あの日神殿にいたルシア・ファゴット嬢から問い合わせがあっての。聖堂の中で木彫りのブローチを見なかったかと。覚えはあるか？」

「ああ、そういえば……拾いましたよ。木彫りの小さい飾り」

言われて気づいたが、あれはルシアが襟元に留めていたブローチだったのか。どうりで見たことがあると思った。

「うちにあるので、彼女に送ります。いや、総帥から渡してもらった方がいいのかな？ところでルシアさんは卒業してからどこにいるんですか」

主人公は叡智の塔を出てからどうなったんだろう。俺にはゲームのシナリオが今どの段階なのかもわからない。悪魔召喚の断罪イベントが終わっていないということは、まだ続いているんだろうか。それなら下手に顔を合わせない方がいい。

「ルシア嬢はそろそろ王宮の聖女修練宮に入る。他にも神殿側から推薦された数人と一緒に、しばらくは聖女の勤めと光魔法の勉強をすることになるじゃろう。本来ならルロイ公爵領にある教会本部にて行うのじゃが、今回は次期聖女がまだ認定されていないからの。王宮の結界を守るために王都の中で行うそうじゃ」

「へえ。じゃあルシアさんは聖女ルートに進んだのかな」

「るーと？」

「あ、すみません。こっちの話なんで気にしないでください」

爺《じい》さんが訝《いぶか》しげな顔をしたので慌てて誤魔化しておく。

うーん。じゃあルシアは、誰ともカップリングが成立しなかったってことなのか？　それとも叡智の塔は卒業したけど、これから王宮で第二幕、みたいな感じなんだろうか。いかんせんストーリーを知らないから、ルシアが聖女ルートに入ったのがグッドエンドなのかどうかもわからない。

「ルシアさんが聖女に選ばれたら子爵家にとっては名誉なことでしょうけど、そうなったらあまり街には出られなくなりますね。この前俺が会ったルロイ神官長の娘さんみたいに」

多分、聖女になったら王宮の封印結界を守るために外出は難しくなるだろう。そう考えると、やっぱりカップリングが成立しなかったから聖女になるっていうルートなんだろうか。

俺がなんとなくそう口に出して言うと、総帥は少し黙った。

「そうじゃな」

やけに沈んだような声だったので、少し気になって総帥の顔を見返す。総帥は頭を軽く振って、

「そうなると寂しくなるの」と俺に笑ってから頷いた。

なんだろう。鬼神とはいえ、年を取ったら感傷的になるんだろうか。

「ちなみに、あのとき一緒にいた他の三人はどうなったんです？　ルウェインの弟とか」

湿っぽい話題を変えるために興味本位という顔をして聞いてみると、爺《じい》さんはすぐに教えてくれる。

「ユーリス・プリムローズは、宰相殿の補佐をしながら政務官の見習いとしてすでに王宮に入っておる。レオンハルト第三王子殿下は、これから第二王子殿下と公務を分担していく予定じゃ。しばらくは王都にいらっしゃるじゃろう。ライネルは……フォンフリーゼ公爵による跡継ぎ教育があるため領地に戻っている」

なるほど。

つまりルシアの傍から物理的に離れたのはグウェンドルフの弟だけで、他はまだ王宮内にいるってことか。それなら攻略対象者とルシアとの接点はまだありそうだな。

「そうだったんですか。みんな将来有望な魔法士だったから、これからも頑張ってほしいなぁ」

先輩風を吹かせてうんうんと大袈裟に頷いてみせると、爺《じい》さんが乾いた目でこちらを見ていた。

「お主《ぬし》は人のことより自分の心配をせい。まだ先日の事件の犯人がお主《ぬし》だと言う輩《やから》がおるんじゃぞ」

「あ、やっぱりですか」

「この前の御前会議のように、二回とも現場に居合わせているお主《ぬし》を疑う声があることは確かじゃ。命を懸けて帝国を救った恩人に、恩を仇《あだ》で返す痴《し》れ者どもじゃな」

俺を疑っているのがどこの誰かは知らないが、爺《じい》さんが冷たく吐き捨てるのを聞いて、俺は少し溜飲を下げた。

二度も居合わせたのはグウェンドルフも同じだが、犯人像にグウェンドルフのグの字も出ないところは、やはり日頃の行いってやつなんだろうか。いや、俺だって悪事を働いたことなんてないんだけど。

少し遠い目になっていると、総帥がトンと杖をついた。

「レイナルド、これからお主《ぬし》には内密に犯人の痕跡を辿ってもらいたい。儂はしばらく議会と今回の件の後処理で身動きが取れぬ。陛下も口ではああ言っておられるが、早くこの件を解決したいとお思いじゃろう。今後も封印結界を狙われるとなると、帝国としては由々《ゆゆ》しき事態じゃ。とはいえ、今のところ有力な手がかりはないゆえ、まずはバジリスクの目撃情報を当たるところからじゃな」

総帥が憂慮する気持ちはわかる。二度とも偶然俺とグウェンドルフが居合わせたから何とかなったけど、次はどうかわからない。三回目が起きる前に早急に解決した方がいいだろう。

最初の事件も結局犯人は見つからずじまいだった。シナリオに巻き込まれるのが嫌で以前は積極的に関わらなかったが、今回は自分のためにも犯人探しに協力した方がよさそうだ。

「わかりました。やってみます。でも一応、総帥の名前で一筆書いてくださいよ」

悲しいことに、俺がこそこそ動き回ってると何故か怪しまれるんだよな。

そう念を押して頼むと総帥は頷いた。

「グウェンドルフにも、魔物の討伐がある程度落ち着いたら手伝わせよう」

話がまとまったところで、爺《じい》さんは話題を変えた。

「ところで、グウェンドルフとはあれから連絡を取ったか」

そう聞かれて、俺は少し返事を考える。一週間前の魔力暴走の件はまだ総帥に伝えていない。

俺が人の魔力を吸収できるなんて、それこそ外聞が悪いと思い、グウェンドルフと相談した結果秘密にすることにしたのだ。魔力を吸い取るって、何か悪魔っぽいし。グウェンドルフの方も頻繁に魔力暴走していると知られたら、議会のおっさん達や他の騎士団に不安がられるから得策じゃないんだとか。だからこれまで秘密にしていたらしい。

総帥にはこの前の件を言ったって別に構わないが、今はまだいいか。

グウェンドルフの家に爺《じい》さんが入って、書庫の床を見れば一発でわかるだろう。

「手紙蝶で何回かやり取りはしてますけど、俺もあいつも忙しくて直接は会ってないですね」

「そうか。グウェンドルフにも話しておくから、あやつのこともよろしく頼む」

「えーと、はい」

爺《じい》さんの中で、俺はグウェンドルフの親友ポジションになっているんだろうか。まあいいけど。

こうして俺は事件の犯人を追うことになったのだが、調査の結果は芳《かんば》しくなかった。バジリスクの出現は、この一年間どの公爵領にもなかったのである。

もう少し昔まで遡《さかのぼ》って調べる必要があるな、と考えていた頃、その人が訪ねてきた。

＊＊＊

バジリスクの目撃情報を集め始めてから二週間後のことだった。

各地を巡回して疲れ果てた俺は、昼食が終わってから家の広い庭の隅にあるガゼボで、ベルのブラッシングをしながらうたた寝しようとしていた。

「レイナルド様、すみません。お客様が見えています」

「お客？　俺に？」

俺は瞬《まばた》きして、呼びに来たウィルを座ったまま見上げた。

俺に客なんて、ルウェイン以外ほとんど訪ねてきたことなんてないぞ。というか、ここ数年ゼロじゃないか？　加えて、先触れもなく訪ねてくるような知り合いに心当たりはない。

「はい。レイナルド様にお話ししたいことがあるそうですが」

「誰？」

「それが……」

ウィルから名前を聞いてきょとんとした俺は、とりあえずその客人に会いに屋敷の中に戻った。

「突然の訪問をお許しください。私はカシス・フォンドレイクと申します」

応接間に入ると、わざわざ立って待っていた長身の男性が綺麗な騎士の礼をした。

長く明るい金髪を後ろで結び、俺をじっと見つめる瞳はオレンジの強い茶色で、目の形は少し垂れ気味。清潔感のある、穏やかで人受けしそうな人相だ。グウェンドルフと同じくらいの長身だが彼は細身で、温厚な雰囲気を纏《まと》った優しそうなイケメンである。歳は少し離れているようだ。三十代くらいだろうか。双剣使いなのか、腰に差した剣は細く鞘《さや》の短いものが二本。近衛騎士団の金色のマントから少し見えている。濃い紫色の詰め襟の騎士服に胸当てをつけていた。

「エリス公爵家のレイナルドです。初めまして」

俺も挨拶《あいさつ》して相手に椅子を勧める。

「突然のご無礼を失礼します。レイナルド様、ファネル様よりお噂はかねがねうかがっております。お会いできまして大変光栄です」

「はい、こちらこそ……。あの、近衛騎士団の副団長様が俺にどんなご用で？」

挨拶《あいさつ》もそこそこに、俺から用件を聞いた。

だって気になるじゃないか。

フォンドレイクといえば、北領でフォンフリーゼ公爵家に次ぐ歴史のある家門だ。空間制御に秀でた魔法士を多く輩出している家系だと聞いている。

カシス副団長は、グウェンドルフが就任する前に近衛騎士団の団長だった人で、今は副団長としてグウェンドルフを補佐しているらしい。俺は初めて会うので、それくらいしか知らない。なんで急にうちに現れたんだろう。

にこやかで、よくない噂の多い俺に対しても彼は礼儀正しいし、爽《さわ》やかな話し方をする。でも、多分敵に回すと厄介な人なんだろうな。全く歪まない笑顔が怖いし、俺のこと見定めてる感じがする。

「先触れもなく申し訳ありません。ファネル様より、グウェンドルフ団長のことで何かあったとき、ご自身が不在の折にはレイナルド様を訪ねるようにと言《こと》づかっておりましたので」

「え？　俺？　というか、グウェンドルフに何かあったんですか？」

驚いて聞き返しながら、心の中で爺《じい》さんにツッコミを入れた。

総帥。俺はあいつの友人ではあるが、駆け込み寺ではないぞ。一体副団長に何を吹き込んだんだ。

とりあえず俺は応接室の扉を開け、お茶を持って戻ってきたウィルからお盆を受け取った。

「ウィル、なんか話が混み合うかもしれないから待ってなくていいよ」

「いえ、お話は聞きませんので廊下にいます。お茶のお代わりとか……」

「大丈夫だよ。それよりベルのブラッシングやっといてくれない？　途中になっちゃっててさ」

ウィルの肩を叩いてくるりと身体を回し、背中を軽く押す。

「大丈夫でしょうか」

「うん、大丈夫」

その短い言葉だけで、ウィルにはカシス副団長が怪しい人間じゃないと伝わったらしい。小さく頷いた後、素直にその場を去っていった。

俺は部屋に戻ってお茶をテーブルに置くと、副団長は少し口元を緩《ゆる》めてこちらを見ていた。なんだ。もしかしてウィルと同じ年頃の弟でもいるのか。

「途中ですみません。それで、グウェンドルフに何かあったんですか？」

「はい。それが、私も団長の使用人から知らせを聞いて動いているので、詳しくお伝えするのが難しいのですが……どうやら団長の弟君が、急に近衛騎士団の団長職を譲れとおっしゃっているようなのです」

「…………はあ？」

思わず大きな声が出てしまった。

俺は慌てて軽く微笑んで取り繕《つくろ》う。

「団長の弟のライネル卿は、確かフォンフリーゼ公爵家を継ぐために領地に戻ったのでは？」

「ええ。その通りです。ですが最近、グウェンドルフ団長に騎士団長の職位を譲るよう訴えているようでして。なんでも王都に留まりたい理由があるからとか」

「王都に留まりたい……？」

それを聞いて、俺は嫌な予感がした。

さすがに、「ルシアに会いたいから」とかそんな馬鹿げた理由ではないと思いたい。だがライネルは攻略対象者だし、卒業考査のときの血気盛んそうな人となりを見ていると、あながち違うとは言い切れない。

何かコメントした方がいいのか悩んでいると、カシス副団長の眉間が小さく震え始めた。

「レイナルド様は、ルシア・ファゴット子爵令嬢をご存知でしょうか」

あ。これ、副団長知っちゃってるやつ。

俺は乾いた笑いを浮かべて、「ええ、まあ」と曖昧《あいまい》に頷いておいた。

「聞くところによると、ライネル卿は叡智の塔に在学中、ファゴット子爵令嬢と親しくされていたとか。彼女が聖女候補者として訓練を始めるのを知り、傍で支えたいと思われているそうです」

「ああ……なるほど……」

それ以外に何を言えるだろうか。

カシス副団長は穏やかな笑顔を保ちつつ、眉間に皺《しわ》を寄せるという高度な顔芸を披露している。初対面でもわかる。彼はブチギレている。

「お聞き及びかもしれませんが、我がフォンドレイク家は祖父の代まではそこまで武芸に秀でた家門ではございませんでした。しかし、ファネル様が近衛騎士団の団長として就任されてから、父を副団長として抜擢してくださったのです。ファネル様が団長職を退かれた後も、父はいつお戻りになられてもいいようにと、騎士団と団長の職を守り続けてまいりました。私も、父から団長の職位を受け継いだとき、いつかファネル様にお返しするのだと思ってきたのです。結果としてファネル様はお戻りになりませんでしたが、後継者としてグウェンドルフ団長を騎士団にお送りくださいました。私は、グウェンドルフ団長の才気と人柄に敬服し、団長職を退《しりぞ》いたのです。それをケツの青いガキのクソみたいな理由でひっくり返されては、騎士団を守り続けていた父が浮かばれません」

おいおい。副団長、最後にめちゃくちゃ言っちゃってるけどいいのか。

まぁ、惚れた女の子の傍にいたいから団長やりますなんて言われたら、ちゃぶ台ひっくり返したくなる気持ちはわかるけど。

実際相当キているらしく、息継ぎもそこそこに捲《まく》し立てたカシス副団長はすっくと立ち上がった。

そして俺に向かって、突然深く頭を下げる。

「ちょっとフォンドレイク副団長！」

慌てて俺も立ち上がったが、カシス副団長は姿勢を変えず言葉を続けた。

「このまま団長のご家族に振り回されていては、騎士団の皆も到底納得できません。団長が毅然と断るという確信が持てればいいのですが、彼はご家族にはめっぽう弱いので、万が一ということも考えられます」

二代にわたって付き合いがあるからか、グウェンドルフの家族事情もよく知っているみたいだ。俺はまだグウェンドルフの家族関係がわかっていないんだが、よくはなさそうということはこの前の御前会議でなんとなく察している。グウェンドルフの魔力暴走を放置してる家族だしな。

「ファネル様が議会の最中でお会いできないので、どうかレイナルド様にグウェンドルフ団長を叱《しっ》咤《た》してほしいのです。貴方以外に団長職は担《にな》えないと」

なるほど、つまり副団長はグウェンドルフの方を説得してほしくて俺のところに来たわけか。見た目は爽《さわ》やかなのに、結構熱いところがある人なんだな。

「あの、わかりました。とりあえず、グウェンドルフに話を聞きに行くことにしますから」

ライネルの実力はよく知らないけど、卒業考査での動きを見る限り、グウェンドルフにはまだ遠く及ばない。団長職なんて、彼には荷が重すぎるだろう。

俺が答えると、カシス副団長はぱっと頭を上げてにっこり微笑んだ。

「ありがとうございます。では、さっそくお願いします」

「え？　さっそく？」

言葉がおかしくない？　と思って首を捻《ひね》ったときには、カシス副団長は懐《ふところ》から羊皮紙《ようひし》を取り出して手早く床に敷き、俺の腕を掴んでその上に乗っていた。

床に広げられた羊皮紙《ようひし》を見ると、そこに描かれていたのは魔法陣。

ああ、フォンドレイク侯爵家って、空間制御系の魔法が得意なんだっけ？　つまり、転移魔法陣もお手のものってこと？

そこまで考えた瞬間、魔法陣が光を放って作動した。

……才能ある魔法士の皆さん。

頼むから、転移魔法陣で強行突破しようとするの、やめようよ。

「突然ですみませんでした。大丈夫ですか？」

カシス副団長の声で、突然変わった景色に目をパチパチさせていた俺は手を振って頷いた。

「大丈夫です。ここはどこです？」

俺とカシス副団長は、どこかの森の傍にある舗装された道に立っていた。

地面を見ると薄《うっす》らと魔法陣が光っている。どうやら、あらかじめ描かれていた転移魔法陣のようだ。

「団長の家の門の近くです。さ、こちらについてきてください」

さっさと歩き始めるカシス副団長についていくと、遠くに見覚えのある建物の屋根が見えた。

「さっきの今で本当にすみません。しかしマーサ……グウェンドルフ団長の使用人ですが、彼女によると今日はやけに揉めているとのことでしたので、この問題を早急に解決した方がいいと判断しました」

「揉めてるって、グウェンドルフとライネル卿がですか？」

「はい。フォンフリーゼ公爵も同席なさっているとのことです。全く、ここまで愚かしいと公爵の親バカも目に余りますね」

もうカシス副団長は俺の前で取り繕《つくろ》うことやめたのかな？

いつの間に仲間認定されたのかわからないけど、早々に猫を脱いで毒を吐きまくるカシス副団長を止めればいいのか窘《たしな》めればいいのか、どっちなんだ。

「フォンドレイク副団長はグウェンドルフの家庭事情に詳しいんですね。すみません。俺はよく知らないので、本当に役に立つかどうか……」

話を変えるためにそう言うと、副団長は首を横に振った。

「我が家はファネル様と懇意にしていただいておりましたから、グウェンドルフ団長のことをよろしくと頼まれていたのです。それで私も少しは事情を知っています。ですが、そうですね……団長のことですから、きっと自分からはご自身のことを深く語られないかもしれません。屋敷に着くまでに私が簡単にご説明します」

「あ、はい。お願いします」

いいのかな、と思いながらも、確かにグウェンドルフの家族関係は以前から気になっていたからちょうどいい。お願いしてしまおう。

「フォンフリーゼ公爵が団長に対して冷たい態度を取るのは、今に始まったことではありません。グウェンドルフ団長が幼少の頃からです。理由は聞いたことがないので憶測になりますが、私は団長の生まれ持った才能があまりに大きかったからではないかと思っています。団長の魔力量は、それこそ稀代《きだい》の天才と称されたファネル様を凌《しの》ぐと言われていますから。彼はわずか五歳ですでに簡単な浮遊魔法を操っていたと聞いています」

「五歳？　それはすごいですね」

俺が驚いて声を上げると、カシス副団長は真面目な顔で頷いた。

「しかし、一方で公爵は、偉大な騎士団長であったファネル様の嫡男としてはかなり平凡でした。それでも人よりは恵まれているはずですが、皆がファネル様と比べるので、公爵は幼少期から比較されるたびに落胆されてきたそうです。そして生まれた息子はファネル様に似て天賦《てんぷ》の才を持っている。自分の父に似たグウェンドルフ様のことを、かなり早い時期から嫌厭《けんえん》していたと聞いています。けれど、決定的に公爵が団長を突き放すようになったのは、レティシア様が亡くなられてからでした」

「レティシア様？　それはどなたですか？」

確か、前に総帥もその名前を口にしていた気がする。

カシス副団長は前を向いて歩きながら俺の質問に答えた。

「団長の母君です」

「……ああ」

薄々気がついていたけど、やっぱりそうだったのか。

グウェンドルフのお母さん、亡くなっていたんだな。

カシス副団長は目線を落としながら、淡々と続ける。

「グウェンドルフ団長が七歳で初めて魔力暴走を起こしたとき、その場にいたレティシア様が巻き込まれて不幸にも命を落としました。レティシア様は団長をとても可愛がっておられましたが、一緒にいたマーサとライネル卿を魔力暴走から守ろうとして、犠牲に。それからフォンフリーゼ公爵は、団長を徹底的に冷遇するようになりました。魔力暴走の恐れがあるからと離れに隔離して、自分によく似た次男のライネル卿にだけ目をかけるようになったのです」

一通り話を聞いた俺の感想は、クソ親父じゃねぇか、だった。

天才と言われた父親と比べられる人生は苦痛だっただろう。長男の魔力暴走で愛する妻を失ったのは辛かっただろう。

しかしそれを知ってもなお、俺はその同情を上回る怒りの気持ちで、グウェンドルフの親父、絶対シバく、と思った。

ようやく、グウェンドルフが魔力暴走を起こしたときに言っていた言葉の意味がわかった。償《つぐな》いをする必要があるというのは、「母親を死なせてしまった償《つぐな》い」という意味だったのか。あのとき彼はどんな気持ちでその言葉を口にしていたんだろう。息子が魔力暴走のたびにそうやって自分を追い込んでいることを、公爵は知っているんだろうか。

思い返せば、グウェンドルフは昔から黒い服しか着ない。それが何よりも彼の心中を表しているような気がした。母親を失った子供が、たった一人で暗闇に取り残されているのを見つけたような、切なくて、苦しいような感情が胸に込み上げる。

砂粒でも呑み込んだみたいだ。胸に上手く空気が入らないような息苦しさに、俺は唇を噛んだ。

「私が覚えているのは、父と時々訪れた離れの屋敷で、魔法と剣の訓練をしているか、ファネル様の魔術書を読んでいるグウェンドルフ団長の姿です。とても静かで、幼い頃から子供とは思えない立ち振る舞いでした」

カシス副団長が静かに告げる言葉を聞いて、俺は魔法陣を描いた書庫に並んだ本を思い出した。

あれはグウェンドルフが読んでいた総帥の本だったんだな。

「長々と申し訳ありません。ですが、ファネル様からグウェンドルフ様のご友人だと初めて聞いたのが貴方の名前だったのです。それで、レイナルド様には知っておいていただきたいと思いました」

「ありがとうございます。俺も、今聞けてよかったと思います」

俺はカシス副団長に感謝した。

これで、フォンフリーゼ公爵と対峙したときも、俺は遠慮なく話ができる。

「それに、団長は以前から貴方のことを気にかけておられますし」

副団長が最後に付け足した思いがけないセリフに、俺はきょとんとした。

俺の顔を見たカシス副団長は、それまでの沈痛そうな表情を崩して笑みを浮かべた。

「三年前、卒業考査で何があったのかは大体知っています。あれから、グウェンドルフ団長は変わりました。それまでは自身の強大な力をもってひたすら単身で魔物を駆逐していくような戦闘スタイルだったのですが、あの事件以降、周りの団員を気にしてくれるようになりました。騎士団が隊として機能することを考慮し、必要に応じて他の騎士の手を借りるようになったのです。それで少しずつ、私達とも言葉を交わしてくれました。私は当時団長でしたが、彼の変化を見て、これならば団長職を任せられると安心したのです」

「へえ。そんなことがあったんですね」

なるほど、どうりで昔よりは喋《しゃべ》るようになったなと思っていた。

あれからグウェンドルフは、ちゃんと周りを頼ることを覚えたのか。

彼と聖堂でしたやり取りを思い出してほっこりしていたら、副団長は俺を見て目を眇《すが》めた。

「この三年、もう誰も敵《かな》う者はいないのに、団長は時間があればひたすら剣と魔法の訓練を重ねていました。何故そうまでして強くなろうとするのか、言葉で説明されたことはありませんが……。きっと、三年前貴方を守り切れなかったことを悔やんでいたのだと思います」

そう言われて、俺は驚きと共に胸の奥にじわりと滲《にじ》むような悔恨を覚えた。

「そう……だったんですね」

あいつのせいじゃないのに、グウェンドルフはあのとき俺が死にかけたことにそこまで責任を感じていたのか。そんな風に思わせていたなら、一度くらい会いに行って大丈夫だと言ってやればよかった。

内心反省していると、そのうち見覚えのある屋敷の庭が見えてきた。

ほとんど樹木と雑草しかない庭を眺めながら、俺はグウェンドルフの幼い頃の姿を想像した。

カシス副団長に彼の子供の頃の話を聞いたせいで、その庭を見ているとなんとなく切なくなる。

もし幼い頃の彼に会いに行けるなら、俺は自分が兄さんとした子供らしい遊びをいっぱい教えてやりたい。それからお前は優しくて天才で、その上いい奴だって何度も繰り返し言い聞かせてやる。へとへとになるまで街中引っ張り回して遊んだら、あいつはきっと、今よりも少しは笑うんじゃないだろうか。

そんなやり場のない思いを抱きながら、俺はグウェンドルフの住む屋敷の門をくぐった。


建物の前に着くと、カシス副団長は勝手に玄関の扉を開けた。

「副団長、誰かが出てくるのを待たなくていいんですか？」

俺が驚いて聞くと、彼はこちらを振り返らずに頷く。

「この屋敷には、普段グウェンドルフ団長と使用人のマーサしかいません。マーサは今公爵とライネル卿の対応で出てこられないでしょうから、勝手に入るしかありません。大丈夫です。不審者だったら警報が鳴りますから」

「え⁉」

警報が鳴る？

「魔法がかかってるってことですか？」

「ええ。団長が許可した人間以外は入れないんです。警報が鳴って、一定時間それを止めなかった場合、不審者撃退用の攻撃魔法が発動するようになっています」

「いや危なくないですか⁉」

何度も来ているらしいカシス副団長が扉を通れるのは当然として、俺は通れるのか？　この屋敷に来るのは二回目とはいえ、あの多忙なグウェンドルフが俺も通れるように術をかけ直しているだろうか？　そもそも玄関から来る予定なんてなかったし。

扉の前で立ち止まると、先に中に入った副団長が振り返って小さく微笑んだ。

「試してみましょう」

「え？」

カシス副団長の腕がにゅっと伸びてきて俺の手を掴む。

そのままぐいっと引っ張られて、俺はバランスを崩してたたらを踏み、屋敷の中に入ってしまった。肩を縮こまらせて身構えたが、いつまで待っても警報音が鳴る気配はない。

カシス副団長が得意げな顔で俺を見下ろしていた。

「ね？　大丈夫だったでしょう」

「あ、はい」

どうやら、グウェンドルフは俺が玄関から来ても大丈夫なようにしてくれていたみたいだ。

思わず大きく息をついてほっとする。いやそれにしても、もし警報が鳴ってたらどうするつもりだったんだこの人。食えない笑顔で恐ろしいことするな。

内心で突っ込みながら副団長に続いて屋敷の中に入る。

カシス副団長は勝手知ったる様子で足早に廊下を進んでいく。しばらくすると、前回来たときに通された応接室の前で誰かがおろおろとしているのが見えた。

「ああ。フォンドレイク様、来てくださったのですね」

小柄な中年くらいの女性が、俺と副団長に気づいてほっとした顔を見せた。お仕着せのような服を着ているところを見ると、この人がさっき話に出たグウェンドルフの使用人だろう。

「今日は公爵まで押しかけておられるとか。まだ二人とも中にいらっしゃいますか？」

「ええ。グウェンドルフ様は連日の討伐でお疲れですから、日を改めてはと申し上げたのですが……」

「仕方ありませんね。ああ、こちら、団長のご友人のレイナルド様です」

カシス副団長に紹介されたので、勝手にお邪魔してます、という意味を込めて俺はぺこっと頭を下げた。その女性は俺の顔を見ると、驚いたように手を口に当てる。

「まぁ。あなたが」

そう言った後、微笑んで丁寧なお辞儀を返してくれた。

「使用人のマーサと申します。グウェンドルフ様が幼い頃にはナニーとしても勤めさせていただいておりました。レイナルド様、お会いできまして光栄でございます」

とても優雅な礼をするので、もしかしたら貴族出身の方なのかもしれない。そう思っていたら、カシス副団長が横から口を挟んだ。

「マーサはもともとレティシア様の侍女だったんです。レティシア様のご実家と懇意にしていた男爵家の出身で」

「ああ、なるほど」

納得して頷いたとき、部屋の中から大きな怒鳴り声が聞こえてきた。

ぎょっとして扉を見つめる。確かこの声はライネルのものだ。

カシス副団長がため息をついてマーサを見た。

「ずっとこんな調子ですか？」

「ええ。ご兄弟でこんなに揉めていらっしゃるのは初めてのことで、私も驚いています」

「やれやれ。じゃあレイナルド様、よろしくお願いしますね」

「あ、はい………え？」

よろしくお願いします？

カシス副団長は扉に近づくと、躊躇《ためら》うことなくノブを掴んで一気に押し開けた。

副団長の不穏な言葉は気になるが、勝手に家主のいる部屋の中に入っていくなんて、鋼鉄のメンタルだな。

部屋の中には、この前俺とグウェンドルフが座ったソファにフォンフリーゼ公爵が腰掛けていて、ライネルがその傍に立っていた。グウェンドルフは向かいの椅子には座らずに、少し離れた窓の辺りに立っている。

扉を開けた瞬間、中にいた三人が一斉にこちらを見た。驚きの表情を見せるライネルと、眉を寄せてカシス副団長を睨むフォンフリーゼ公爵。こうして見ると、髪と瞳の色といい、顔立ちといい、やはりライネルの方が公爵によく似ている。

グウェンドルフは俺と目が合うと、そのまま固まった。これは表情には出ていないが、かなり驚いている顔だ。

「は？　急に何なんだ、あんたら」

ライネルが不機嫌そうに俺達に向かって大声を上げると、後ろにいたマーサを睨んだ。

「何で勝手に部屋に通した」

「申し訳ありません。副団長様がご用事とのことでしたので」

深く頭を下げるマーサを庇《かば》ってカシス副団長が前に出る。

「団長と連絡が取れなかったので、直接うかがいました。お話し中にすみません」

「今取り込み中だ。話が終わるまで部外者は入って来るな」

「お話の内容としては私も当事者なので、部外者ではないですよね」

「は？」

ライネルが苛《いら》ついた表情でカシス副団長を睨むと、彼はにっこり微笑んだ。

「近衛騎士団の団長を代われだなんて、副団長の私も話し合いに入れていただかないと困るじゃないですか」

カシス副団長が内容を知っていたことに驚いたのか、ライネルが一瞬気まずそうな顔をした。そして今度は副団長の隣にいた俺を睨みつけてくる。

「じゃあ隣にいるエリス公爵家の人間は何の用だ？」

俺はライネルの言葉に軽く目を見開いた。

ちゃんと俺のことを認識していたのか。

フォンフリーゼ公爵にはこの前会ったけど、ライネルには自己紹介すらしなかった。だから、エリス公爵家の人間だと知られていないと思っていただけに、ちょっと感心した。

「レイナルド卿は、ファネル様もお認めになっているグウェンドルフ団長の親友です。ご家族の仲裁をしに来てくださったんですよ」

「………んっ？」

思わず小さい声が出ちゃったよ。

え？　カシス副団長の勢いについてきちゃったけど、俺が仲裁すんの？　この家族を？

ライネルはその言葉を聞いて訝《いぶか》しげな顔をした。

「兄貴の親友……？」

胡散臭《うさんくさ》いな、というような顔をして俺を見た後、ライネルはグウェンドルフを振り返った。

ライネルに釣られて彼の方を見たら、まだ俺をじっと見つめているグウェンドルフと目が合う。

黙って見つめ合ってしまった俺達を見比べて、ライネルが舌打ちした。

「レイナルド様、それではよろしくお願いします」

カシス副団長が身体を寄せて、こそっと俺の耳元で囁《ささや》いてくる。

この状況で俺に全部丸投げするなんて、副団長は相当な曲者《くせもの》だな。

「えーっと、エリス公爵家のレイナルドです。よろしくお願いします」

挨拶《あいさつ》してみたけど、ライネルからもフォンフリーゼ公爵からも氷の視線を送られただけだった。

頼まれてしまった手前、何もしないわけにはいかず、軽く咳払いしてとりあえず話してみることにする。

「カシス副団長から、ライネル卿が騎士団の団長を希望しているって聞いたんですけど、本当なんですか？」

「ああ。公爵家の後継者教育は引き続き父から受けるつもりだが、あと数年は王都に拠点を据えるつもりだ。公爵家の後継者が理由もなく王都に逗留しているのは外聞が悪いだろう。だから、兄に騎士団長の肩書きをしばらく貸してくれと言っている」

涼しい顔で言ってるけど、なんか、色々、突っ込みたいことが……

仮にも公爵家の令息である俺と、職位としては公爵家と同等くらいの副団長に対して、この中で一番歳下のライネルが敬語を使わないのは気になるが、まぁ俺達も前触れなく現れたという無礼を働いているわけだから、それには目を瞑《つぶ》ろう。

「では、そもそもライネル卿はどうして王都に逗留するおつもりなんですか」

そう聞くと、ライネルは一瞬気まずげに黙ってから口を開いた。

「友人のためだ。平民出身で、まだ貴族社会に慣れていないのに、聖女候補に選ばれて王都で修練を始めることになった。色々不安があるだろうから、俺がサポートするつもりだ」

言ってることはマジでめちゃくちゃだけど、嘘をついたりしない点だけは好感を持った。直球を投げてくるところはまだ若者らしい。ほんと、若者らしい暴走だよ。

「それは別に、騎士団長の肩書きがなくても可能なのでは？　世間の目が気になるなら、フォンフリーゼ公爵領から転移魔法陣を使って通えばいいじゃないですか」

「それは……」

「それに、数年とおっしゃいましたけど、その間グウェンドルフにはどうしろとおっしゃるんですか？　無職でふらふらしてろと？」

まぁ、グウェンドルフは学生の頃から働きすぎだったから、数年休むくらいが実はちょうどいいのかも。俺が今出しゃばってるのは余計なお世話かもしれないが、揉めてたってことはグウェンドルフも抵抗してたんだろうし、多分止める方向でいいんだよな。

「兄貴は、どうせお祖父様《じいさま》から声がかかるだろう。宮廷魔法士にでもなって、今の騎士団の職務を続ければいい」

「ん？　……いや、ちょっと待ってくださいね。じゃああなたは騎士団長の肩書きだけもらって、仕事はグウェンドルフに押しつける気でいるってことですか？」

ライネルの言い分に驚いて聞くと、彼はむっとした顔になった。

「そんな無責任なことは言っていないだろう。俺にとって初めての職務だから、足りないところは補ってくれればいいという話だ」

「そうなると、魔物の討伐なんかのときにはグウェンドルフに後ろからついてきてくれってことですか？　それならライネル卿が最初から素直に騎士団に入団されては？」

「だから、騎士団に入っても数年で公爵領に帰るんだ。見習いから入ったって意味ないだろう」

涼しい顔でライネルがとんでもないことを言い放つ。

カシス副団長の方からガリッて音が聞こえた。

ちらっと見た副団長は相変わらず穏やかな笑顔だ。でもめっちゃ目が怖いんだけど。

「うーんと、ちょっと待って。ライネル卿は、騎士団長としての職務をどうお考えなんです？　数年の腰掛けだからって言われても、グウェンドルフも騎士団の皆さんも納得できないんじゃないですかね」

「団長として騎士を率いる覚悟ならある。これでも公爵家の後継者として教育を受けてきた。帝国を守る騎士として、兄貴と同じくらいの責任感と覚悟は持っているつもりだ。それとも、能力が兄貴より劣るからって理由で騎士団長にはなれないのか？　それなら、もし兄貴が死んだら誰が騎士団長になるんだよ」

「は？」

俺は眉を寄せてライネルを窘《たしな》めた。

「君な、兄が死んだらとか口に出して言うの、マジでやめなよ。帝国の騎士道とか言う以前に道徳心を疑われるよ」

「うるさいな。あんたも副団長も、どうせ俺が兄貴よりも劣っているからって理由で団長にさせたくないんだろう。俺だって団長になればちゃんと魔物退治に行くし、悪魔とだって戦ってやる」

「いや、そういう話をしてるんじゃなくて……」

おかしな方向にムキになってしまったライネルに、俺は困って首を捻《ひね》る。

「もういいだろう」

そのとき、これまで黙っていたフォンフリーゼ公爵が初めて口を開いた。

公爵は冷たい目をしてグウェンドルフを見た。そして面倒そうにため息をつき、苛《いら》立ちを滲《にじ》ませた声で吐き捨てる。

「お前の親友とやらの言い分はもう結構だ。これは私達公爵家の問題。他人が口を挟む必要はない」

「ですが、フォンフリーゼ公爵閣下、ファネル様は承知されておりません」

カシス副団長の言葉に、公爵は冷たい視線を送って冷ややかに答えた。

「総帥は、今や近衛騎士団の団長ではない。帝国の法で定められている騎士団長の任命権を持っているのは、団長と陛下のみ。団長の推薦としてライネルの名前を陛下に申し上げておく。以上だ」

「そんな……」

カシス副団長が絶句して唇を震わせる。

有無を言わせぬ公爵のやり方に呆気に取られて、俺もつい黙ってしまった。今までのライネルとのやりとりを聞いていて、それでもライネルを騎士団長に就かせるつもりなのか？

頭大丈夫なのか、この人？

「父上」

グウェンドルフが低い声で静かに呼びかけた。フォンフリーゼ公爵が冷徹な目を彼に向ける。

グウェンドルフは無表情のまま、その黒い瞳で公爵を見つめた。

「今すぐに団長を代わることはできません。何者かが帝国の封印結界を狙っている状況ですので、騎士団の守備を強化する方が先決です」

確かにその問題もあったな。

今回の悪魔騒ぎとそれに付随する魔物の凶暴化を収めるのに、団長がライネルでは難しいだろう。

「つまり、お前ほどの実力がなければ団長には不適格と言いたいのか」

「いいえ。ライネルにはまだ経験が足りないということです。むしろ団長の職務は彼には重荷になるでしょう」

その通りだ。なんだ、グウェンドルフは俺がいなくてもしっかり自分の意見を言ってるじゃないか。

そう思ってカシス副団長の方を見ると、副団長とその傍にいたマーサは目を見開いてグウェンドルフを見ていた。

え？　そんなに珍しい光景なの？　これ。

フォンフリーゼ公爵はグウェンドルフをさらに冷めた目で見つめ、忌々《いまいま》しげに口を開いた。

「ライネルに危険が及ばぬよう、お前が対処すればいい話だ。そもそも先日の一件では悪魔の侵入を許し、しかもその断片を紛失したそうだな。近衛騎士団の団長の名が聞いて呆れる。お前が言う守備の強化とは、そこにいる副団長や親友とやらに便宜を図ることなのか？　私は以前から、お前の団長としての資質には疑問を抱いている。その上、いつまた魔力暴走を起こし犠牲が出るともわからない」

グウェンドルフの顔が微《かす》かに強張《こわば》った。

フォンフリーゼ公爵はその様子を見て皮肉げに笑う。

「封印結界のことがそんなに気になるなら、いっそのこと王都の神官になったらどうだ。そうすればレティシアの供養もできるだろう。お前も神殿で思う存分自《みずか》らの償《つぐな》いをするといい」

その言葉を聞いたグウェンドルフの黒い瞳が、柔らかいところを刺されたように、微《かす》かに、ほんの僅《わず》かに、小さく震えた。

一見して表情が変わらない彼のその小さな変化を目に留めたとき、俺の中の何かがブチギレた。

この、クソ親父。

顔を顰《しか》めて「公爵、言葉がすぎます」と諌《いさ》めるカシス副団長の声に、俺は「へえ？」と険のある声を被せる。

公爵とライネルが俺に顔を向けた瞬間、身体中の精霊力が一気に沸き上がるのを感じた。

「レイナルド」

制止するようなグウェンドルフの声が聞こえたが、怒りで支配された俺の頭には響かない。

「グウェンドルフの団長としての資質を疑っているって？　ふーん？　……まるで自分なら上手くやれるとでも言いたげなセリフだな」

腕を組んで首を傾げる俺の周りに、どこからともなく風が集まり始める。

ライネルが俺の嘲笑を見て表情を変え、公爵は警戒した様子でソファから立ち上がった。

突然バリン、と音を立てて庭に面した窓ガラスが一枚粉々に割れた。

手のひらほどの破片が空気を裂くような速さで部屋の中を駆け抜け、公爵の顔を掠《かす》めて壁に突き刺さる。ザク、と壁にガラスの破片がめり込むと同時に、公爵の頬に赤い線が走った。

「おい！」

憤然として抗議の声を上げようとしたライネルが、自分の周りに大きく円を描いて集まっているガラスの破片を見て動きを止めた。十数枚のガラスの先端は全てライネルの方を向いている。

「ライネルも、なんだっけ？　グウェンドルフと同じくらい団長になる覚悟と責任感を持ってるって言ってたか？　そうかそうか、そんなに勇ましい覚悟があるなら、一度試してみないとな」

ガタガタと激しい音を立てて窓枠が軋《きし》む。

部屋の天井にぶら下がっているシャンデリアが、巻き上がる風で大きく揺れる。

俺を鋭く睨んだ公爵が魔法で氷の矢を放ったが、俺は風で跳ね上げたテーブルでそれを弾いた。吹き飛ばされたテーブルがけたたましい音を立てて壁に衝突し、天板が真っ二つに割れて跳ね返る。紙一重でそれを避けた公爵の顔が強張《こわば》った。

一瞬ここはフォンフリーゼ公爵邸、という単語が頭に浮かんだが、怒りのあまりその言葉はあっという間に消え失せる。

どうせ俺は悪名高いダメナルド様だからな。

今更やらかし案件が増えたところで、何の問題がある？

「レイナルド！」

「お前は黙ってろ！」

グウェンドルフの制止の声を遮《さえぎ》って、俺は風の精霊術を一切の手加減なく発動させた。

強烈なつむじ風が応接室の窓ガラスを一斉に突き破り、部屋の中に押し寄せる。風がガラスの破片を巻き込みながら、猛烈な勢いでライネルとフォンフリーゼ公爵に襲いかかった。

バリバリッという大きな音を立てて舞い上がる砂塵《さじん》とガラスで、瞬《また》く間に二人の姿は見えなくなる。マーサのか細い悲鳴が聞こえ、視界の隅でカシス副団長が彼女を庇《かば》って抱き寄せるのが見えた。部屋中に広がっていく砂塵《さじん》の中心に立って、俺は思い切り息を吸い込んだ。

「黙って聞いてりゃ、このクソガキとボンクラ親父――!!」

暴風のせいで二人にちゃんと聞こえているかは不明だが、それでもいい。

「親が親ならガキもガキっていうのはこういうことを言うんだよ！　てめぇみてぇなクソ親父がいるのに何でグウェンドルフはこんなまともに育ってんだよ！　奇跡かよ！　唯一まともに育ってる方をお前の個人的な恨みでいびってんじゃねーよ！　あんた公爵家の家長だろ！　てめーの僻《ひが》みを子供で晴らすな！　弟も弟で、自己中の勘違い野郎が！　自分に実力がないのをわかってんなら甘えんな！　遊びじゃねーんだよ！　騎士団の仕事舐めんな！　いいかよく聞け！　テメェらにグウェンドルフの生き方を決める権利なんて塵《ちり》ほどもねぇんだよ!!」

思い切り罵《ののし》ってやった。

「ちょっ、レイナルド様やりすぎ……！」

後ろでカシス副団長が慌てた声を上げているが、あえて無視する。

今まで公爵がグウェンドルフの気持ちを無視してきたように、俺の言ったことでこのダメ親父が傷つこうがメンツが潰れようが、そんなことは知ったことではない。

グウェンドルフが今まで付けられてきた傷は、多分もっともっと深かったんだ。

しばらくして満足したので精霊術を止めた。風がおさまり、部屋の中の様子が見えるようになる。

反撃くらいしてくると思ったけど、微《かす》かに電撃を放たれたくらいで終わった。俺の攻撃を防ぐので精一杯だったみたいだ。思ったよりも大したことなかったな。グウェンドルフに比べれば二人ともびっくりするほど弱い。ライネルは、よくこの実力で騎士団の団長がやれると思ったな。

辺りを見回すと、俺を中心として台風が吹き荒れたように、飛ばされた家具が部屋の隅に積み上がっていた。俺の後ろにいた副団長とマーサはもちろん無事である。

ライネルとフォンフリーゼ公爵は、自分達を囲うようにして氷の盾を出していた。

ライネルが顔の前で庇《かば》っていた腕を下ろし、周りを見回してから何かに気づいたように顔を強張《こわば》らせる。

「わかったか？」

俺は低い声で淡々と言った。

顔を顰《しか》めていたフォンフリーゼ公爵も、自分で作った氷の盾の前に、それよりも大きく頑強な結晶石が出現していることに気づき目を見張った。

その透き通った結晶石は、ライネルとフォンフリーゼ公爵、マーサとカシス副団長の前で燦然《さんぜん》とした輝きを放っていた。突き刺さったガラスの破片がその硬さに負けてボロボロと落ちていく。

「これが、お前の言う団長としての覚悟の違いだよ。ライネル」

俺が冷たく言い放つと、ライネルは己《おのれ》を守る結晶石を呆然と見つめた。

あの一瞬で、この場にいる全員の前に防御の盾を形成したグウェンドルフは、すぐ傍で俺の腕を強く掴んでいた。俺が次に攻撃魔法を仕掛けようとしたら、多分彼は全力で止めるだろう。防御どころか容疑者逮捕まで終わっているんだから、素晴らしい。

自分を守ることしか考えられなかった人間に、俺は首を傾げて問う。

「お前は自分のことで精一杯で、一体どうやって騎士団を率いることができると思うんだ？」

静かにそう言って、隣にいるグウェンドルフを見上げた。

「部屋、めちゃくちゃにしてごめんな。人間の方はお前が守るってわかってたから、手加減なくやった。後で弁償するよ」

「いや、問題ない」

俺を見下ろすグウェンドルフは、いつもと同じ無表情なのにどこか苦しそうな、それでいて安堵したような、なんとも言いがたい顔をしているように見えた。

それにしても、この部屋の有様は全然問題なくはないと思うんだが。こんなときでも通常通りの彼の返事を聞いてちょっとだけ笑うと、少し気持ちが緩《ゆる》んだ。

「あんたも、わかったか。フォンフリーゼ公爵閣下」

俺はグウェンドルフから視線を外して公爵を見つめた。

「グウェンドルフに団長としての資質がないなんて、どの口が言うんだ？　この部屋の中で誰よりも団長にふさわしいのは彼だろう。あんたはさっき、グウェンドルフにレティシアさんの償《つぐな》いをしろって言ったな。それはあんたが決めることじゃねぇよ。それとも、レティシアさんは本当にグウェンドルフを恨んでたのか？　死にたくなかったって、あんたに文句でも言ったのかよ」

険しい顔のまま何も言わない公爵を睨み続けると、後ろから小さな声が聞こえた。

「お嬢様は、グウェンドルフ様を恨んではおりませんでした」

その場にいた全員が一斉にマーサを振り返る。

「私のような者が口を出して申し訳ありません。ですが、私は奥様の最期の言葉を覚えております。『グウェンドルフを助けて』と、何度も繰り返しおっしゃっておりました。駆けつけられた旦那様も、その場にいたライネル様も、その言葉をお聞きになったはずです」

唇を噛み締めたフォンフリーゼ公爵がマーサから目を逸らす。

グウェンドルフはその話を初めて聞いたのか、目を見開いて固まっていた。

沈黙が、部屋の中に流れた。

「その話は二度としないという約束だったはずだ、マーサ」

「旦那様、ですが――」

「黙れ。何を言われようと、レティシアがそれに殺されたのは事実。突然攻撃を仕掛けてくる無礼者の言うことなど、これ以上聞く必要はないだろう！」

苛《いら》立ちを抑えきれないというように声を荒らげ、フォンフリーゼ公爵が俺を睨みつける。

ここまでやっても態度が変わらない公爵に俺もカチンときて、腕を組んで睨み返した。

「まぁ、公爵は俺のことを部外者って言うけどな、残念ながらそうとも言い切れないんだよ。あんたの息子はもう俺がいないと生きていけない身体になってんだから」

その場にいた全員が、今度は俺を見た。

あ、なんかとんでもなく誤解を招く発言だったかもしれない。

グウェンドルフの魔力暴走は俺がいないと抑えられないんだからね！　っていう意味だったんだけど、言い方に語弊があったな。

「は？　お前らどういうことだ？」

ライネルが混乱したような顔で俺とグウェンドルフを見比べている。顔色が赤くなったり青くなったり忙しい。一体何を想像してるんだ。

「ちょっとタイム。説明を……」

「ライネル、もう関わり合いにならずともよい。ならばいっそ、それはエリス公爵家に引き取ってもらえばいいのだ」

訂正する言葉を遮《さえぎ》ってフォンフリーゼ公爵が吐き捨てる。

それを聞いて、いくらか冷静さを取り戻していた頭の中がまたプッツンした。

このクソ親父。

マジでシバいた方がいいんじゃないか。

「それなら本当にこいつは俺がもらうぞ。もう二度とフォンフリーゼ公爵家には返さない。あんたのところの騎士団の尻拭《ぬぐ》いだって絶対にさせねぇからな」

そう言い返し、俺は公爵の胸ぐらを掴んで張り飛ばしたい衝動を抑えて深く息を吸った。

「あのな、公爵閣下。さっきから偉そうなことを言ってるけど、あんたは今まで、父親としてグウェンドルフに何をした？　亡くなった奥さんに言われたことを守ろうともしないで、自分の感情を優先してグウェンドルフを虐《しいた》げて……こいつの気持ちを少しでも考えたことあんのか」

俺が冷たくそう言うと、公爵は苛《いら》立ちを含んだ顔で俺を睨む。その顔には、俺の言う言葉を理解しようという気持ちは見られなかった。

何を言っても、公爵には俺の言葉は響かない。

それが悔しくて、無力な自分にも腹が立つ。こんな親に厳しく当たられながら一人で耐えてきたグウェンドルフのことを思うとやりきれなくて、だんだんと目の奥が熱くなってきた。

「あれだけ言われても、グウェンドルフはあんたを守ろうとするんだよ。あんたにだってさっきそれがわかっただろう。やろうと思えばいつだって仕返しできるのに、グウェンがそれをしない理由があんたにはわかってるのか？　あんたに放置されても、なじられても、グウェンが今咄嗟《とっさ》に作った盾で一番大きいのはあんたのなんだよ！　その意味がわかるか⁉」

声を荒らげると鼻の奥がつんとして泣きそうになってしまった。

「親だからってだけで、こいつの優しさと愛情に胡座《あぐら》をかいて踏みつけておいて、自分の立場が悪くなってきたら聞こえない振りか？　どっちがガキなんだ。グウェンドルフが今までどんな気持ちであんたに従ってたか、一度でも考えたことあんのか⁉」

「もういい、レイナルド」

泣いてしまいそうな俺を、グウェンドルフが引き寄せた。

見上げると、何故か彼の方がやりきれないという顔をしている。

「もういいんだ。君がわかってくれていれば。……君がいれば、私は」

それを聞いた俺は、グウェンドルフを見上げたまま小さく頷いた。

確かに、俺がこれ以上何を言っても状況は変わらないのかもしれない。

友達《俺》にわかってもらえればそれでいいなんて、グウェンドルフの心が綺麗すぎて泣きたくなるんだけど。どうしてお前はそんなに健気なんだ。

「なんかそれ、愛の告白みたいだな」

涙が引っ込んでから、泣きそうだった気持ちを誤魔化すように軽くふざけて笑いかけると、グウェンドルフは一瞬虚をつかれたような顔で固まった。

しばらく何か考えるような間があった後、グウェンドルフの顔つきがやけに真剣になる。

黒い瞳が強い光を帯びて、こちらを見つめてくる。

そして俺の腕を掴んで引き寄せたまま、彼は囁《ささや》くような声で告げた。

「その通りだ。私は、君を好いている」

「…………………え？」

「「え？」」

俺のぽかんとした声の後、後ろから公爵を除く三人の声が重なって聞こえた。

え？

どういうこと？

グウェンドルフだけは、すっきりしたという表情で俺を見ている。

「ちょ、え？　グウェン、急にどうした？　どうしたんだ一体⁉」

「ようやく自分の感情がわかった。私は、君のことが好きだ。この世で一番大切な存在だと思っている」

「ふえ⁉」

驚きすぎて変な声が出た。

急に熱烈な告白をしてくるグウェンドルフに目が点になる。

俺の様子を見て微《かす》かに微笑んだグウェンドルフは、それから少しだけ眉尻を下げて寂しそうに口を開いた。

「いいんだ、君が私を好きでなくても。私は君を好きでいられることで救われてきた」

「ちょ、ちょ、ちょっと待って。一旦ストップ。あの、グウェン。お前、この流れで更に話を進める気か？　ある意味すごいな。あのさ、この話は後で……いや今度、二人でしない？　オーディエンスも驚いてるし、俺もちょっとテンパってて上手く話を聞けそうにないからさ」

頭が混乱して盛大に取り乱している俺は、グウェンドルフに掴まれた腕を逆に掴み返してぶんぶん振った。

こいつ、俺のこと好きだったの？

いつから？

叡智の塔に通っていたときから今までのグウェンドルフとの交友記録が、高速で頭の中を駆け抜ける。さっぱりわからない。

どうしてこんな展開になったのか全くの予想外だったが、不思議と嫌な気持ちはなかった。

だから余計混乱しているんだ。

「ね？　そうしよ？　俺、一旦冷静になってからグウェンの部屋行くから！　とりあえず、今は他にも人いるからちょっと待って」

「わかった」

素直に頷くグウェンドルフが大型犬みたいでかわいい。いや、だからかわいいって何だよ！

内心で自分に突っ込んでいたら、後ろでガタンと音がした。

振り返ると、転がっていたテーブルの脚に躓《つまず》いたのか、ライネルが床に膝をついて俺達を見上げていた。愕然とした、というような表情でグウェンドルフを凝視している。

まぁ、その気持ちはわかるけど。

「お前ら、マジでどうなってんだ？　頭イカれてんのか!?」

ライネルの言い方にイラッときた俺が、舌打ちしてもう一度つむじ風を起こそうと手を掲げたとき、急に耳をつんざくような音が鳴り響いた。

「うわっ、何!?」

思わず俺は目の前にいるグウェンドルフにしがみつく。

そっと俺の肩に手を置いた彼が扉の方を振り向いた。

「訪問者のようだ」

真っ先に反応したマーサが慌てて部屋から出ていく。不審者が侵入したら警報が鳴るってマジだったんだな。

俺は胸を撫で下ろしてグウェンドルフから手を離した。

色々なことが立て続けにありすぎて、皆黙ったままその場に留まっていると、しばらくして部屋の扉が開きマーサが一人の女性を連れてきた。

それはなんと、困惑した表情を浮かべたルシア《主人公》だったのである。

「ルシア!? 何故君がここに」

ライネルが真っ先にルシアに駆け寄る。

ルシアは、台風が通ったかのようにめちゃくちゃな有様の部屋をぽかんとした顔で見回した。そして俺と目が合う。

え？ 俺？

「レイナルド様がこちらにいるとうかがって、あの、この前のブローチのお礼に」

彼女のそのセリフを聞いた瞬間、ライネルが俺を睨みながら振り返った。

いや、そんな目で見られても、俺も来るなんて知らなかったし。

「ライネル、何かあったの？」

「いや……」

ルシアのもっともな疑問にライネルが言い淀むと、ため息を吐いたフォンフリーゼ公爵が扉に向かって歩き始めた。

「帰るぞ、ライネル」

「えっ、父上、ですが……」

ルシアを置いて帰りたくないのだろう。ライネルは後ろ髪を引かれるような表情をしつつ、フォンフリーゼ公爵の後に続く。

「閣下！　それでは騎士団長は引き続き、グウェンドルフが務めますからね！」

俺がその背中に向かって大声で言うと、公爵は立ち止まった。

「好きにしろ」

振り返らずにそれだけ言い捨てると、公爵はマーサにも副団長にも何も言わずに部屋から立ち去る。

面倒になったのか、さっきの話で少しは考えを改めたのかわからないが、無理矢理命令する気はなくなったようだ。とりあえずよかった。

「父上、そんな……」

公爵に続いて扉まで歩いていたライネルが弱々しい声でそう零す。彼は部屋の入り口に立ち止まり、俺とグウェンドルフの方を振り返った。そして苦々しい顔で兄を見据えると、こちらに聞こえるほど大きなため息を吐いた。

「兄貴は、爺《じい》さんにも可愛がられて、魔力も剣の才能も俺よりずば抜けてる。叡智の塔を首席で卒業して、その上騎士団の団長で……もう十分だろう。俺にも少し譲ってくれてもいいじゃないか」

そういじけるような声を出したライネルを、グウェンドルフは何も言わずに見つめていた。

何か声を掛けようとして迷っているのかもしれないが、俺はライネルにも腹が立っていたから横から出しゃばることにした。グウェンドルフの優しいセリフをこの甘ったれに聞かせてやる必要はない。

「あのさ、ライネルって卒業考査のとき、叡智の塔の青いローブ着てたよな。あれ、在学中に何回作り直した？」

「は？　突然何だよ。ローブ？　作り直すわけないだろ。あれがボロボロになる奴なんて余程の運動オンチか間抜けだけだ」

「そうだよな。なぁ、お前知ってる？　お前の兄貴って、入学式に着てきたローブのサイズが全然合ってなかったの」

そう聞くと、ライネルは瞬《まばた》きして黙った。

「二年間作り直すことのないローブの丈が、全然足りなかったんだよ。膝にも届いてなかった。なのにフォンフリーゼ公爵家のお前らは、グウェンドルフをそのまま送り出した。お前のときはどうだった？　丈が足りなくて困ったか？」

「いや……」

知らなかったらしく、ライネルはばつの悪そうな顔をする。

「普通、公爵家の長男が叡智の塔に入学するんだから、抜かりなく用意するだろ。実際ライネルのときはそうだったんだよな。グウェンドルフのときは誰が用意したんだ？　同じ奴か？」

「俺は、知らない……」

「申し訳ありません。私が準備を申し出ましたが、旦那様に断られました。なので、服飾を揃える本邸の使用人が用意したそうです」

　横からマーサが申し訳なさそうにそう話すのを聞いて、俺は納得した。

「なぁ、本邸の使用人はグウェンドルフのことを何だと思ってるんだ？　お前も、七歳で離れに置き去りにされたこいつのことを何だと思ってる？　なんで十年以上も、兄貴が父親にも使用人にも蔑《ないがし》ろにされてるのを放っておいたんだ？」

「それは……父上が口を出すなと」

「おかしいとは思わなかったのか？　思ってても助けようなんて気持ちにならなかったのか？　父親が兄貴の名前さえ呼ばないんだぞ。そんな異常な状況なのに、何故？　そもそも長男が後継者教育を受けないなんて、重い病気や障害がある以外に考えられないだろ。それをお前はなんで変だと思わないんだ？」

「……」

「ライネル、お前は今、グウェンに少しくらい譲れって言ったよな。頼むから、こいつが自分の力で手に入れたものまで取り上げようとするのはやめてくれ。お前は父親からの関心も、家も、爵位も、もうみんなこいつから譲られてるじゃないか」

　俺の冷たい声音と視線を受けて、ライネルは青ざめた顔で視線を逸らした。

「……それは、全部、俺のせいじゃない」

ライネルがそう声を絞り出して、俯《うつむ》いた。

「そうだ。お前のせいじゃない」

そう言葉を続けたのは、俺の腕を引いたグウェンドルフだった。

もうやめろって言われるだろうから、俺は途中で一度も彼の顔を見ずに言い切ったわけだが、それはグウェンドルフのためじゃない。俺が我慢できなかっただけだ。

彼を見上げると、グウェンドルフは固く引き締めていた口元を少し緩《ゆる》めた。

「私が幼い頃母上の命を奪い、お前を危険な目に遭わせたのは事実だ。父上が私に厳しくされるのは、お前のせいではない。……だが、今騎士団長の職位を譲ることはできない。それはわかってほしい」

グウェンドルフが静かにそう言うと、ライネルは俯《うつむ》いたまましばらく黙って、その後小さく首を縦に振った。そしてルシアの顔も見ずに、逃げるように部屋から立ち去った。


「レイナルド様、本当にありがとうございました」

部屋が静かになったらカシス副団長が走り寄ってきて、俺の手を握って何度も振った。

感極まっている。涙が滲《にじ》んでうるうるした目で、心底敬服したという表情でこちらを見るのはやめてほしい。俺もこんな結末になろうとは予想もしていなかったんだ。

「フォンドレイク副団長、レイナルドが困っている」

「すみません。私はずっと、団長がご家族に蔑《ないがし》ろにされているのを我慢して見ていたんです。公爵にいつかガツンと言ってやると思いながら、不甲斐なくもできませんでした。レイナルド様を呼んで本当によかった。本当にありがとうございます。騎士団の皆もこれで安心します」

感涙しそうな副団長の隣で、マーサもハンカチを取り出して目元に当てている。

「私からもありがとうございます、レイナルド様。奥様の思いが旦那様にも伝わるといいのですが……」

乳母だった女性が泣いているのを見て、グウェンドルフが無表情のまま狼狽《うろた》えている。マーサに近寄ろうとしては、途中で足を止めて思い悩んでいるのが見て取れた。

こんな騒ぎを引き起こして、ほんと、やりすぎたよね。狼狽《うろた》えさせてごめんね、グウェンドルフ。

俺は遠い目をして、またやらかし案件を増やしてしまったことを静かに反省していると、カシス副団長がそっと顔を寄せてきて俺に耳打ちした。

「レイナルド様、団長のことよろしくお願いしますね。先ほどのお二人のやり取り、胸にしまっておきますから」

そう言ってウインクしてくるカシス副団長に、俺はさっきの告白を思い出して赤面しそうになった。

そのとき、急にぐいっと身体を後ろに引っ張られる。驚いて振り返ると、グウェンドルフが俺の腕を掴んで自分の方へ引き寄せていた。たたらを踏んでバランスを崩した俺を、彼は腰に片手を回して支えてくれる。

「グウェン？」

体重を預けるような格好でグウェンドルフを見上げると、彼の眉間には微《かす》かに皺《しわ》が寄っていた。

「近い」

「は？」

きょとんとすると、俺達を見ていたカシス副団長が小さく噴き出した。

「あの……本当に何かあったんですか？」

ルシアが困惑した顔のまま近寄ってきて、小声で聞いてきた。

そこでようやく彼女の存在を思い出した。

俺は体勢を立て直してグウェンドルフから離れ、ルシアに向き直る。

「ルシアさん、そういえばどうやってここに？」

「私、王宮でファネル様にレイナルド様がどちらにいらっしゃるのか聞きに行ったんです。そうしたら偶然、近衛騎士団の方達が話をしているのを聞いて。レイナルド様がフォンドレイク副団長様とフォンフリーゼ公爵邸に向かったと知り、転移魔法陣を使って王都から来たんです。本邸で、皆さんは離れにいるからとこちらに案内していただいたのですが、入り口で呼びかけても誰も出ていらっしゃらなかったので、つい扉を開けてしまいました。勝手なことをして申し訳ありません」

「いや、大丈夫ですよ。この屋敷のセキュリティがちょっと異常なだけだから」

俺はグウェンドルフの代わりに、申し訳なさそうな顔をするルシアにフォローを入れた。

「わざわざこの前のお礼を言うために俺のところに？」

「いえ、他にもレイナルド様にお話ししたいことがあって……」

「あ、そうなんですね」

主人公がこのタイミングで俺に一体何の用？　と思いながらもとりあえず頷く。

とはいえ、今日は一度解散した方がいいだろう。

グウェンの屋敷もめちゃくちゃになってしまったし、色々あって俺の頭の中も混乱している。

「せっかく訪ねてきてくれたところで申し訳ないんですが、明日以降に仕切り直してもいいですか。もう夕方になってしまうし、ルシアさんの都合がいいときに時間を空けますよ。もしよければエリス公爵邸に来てもらって、そこで話しましょう」

わざわざ来てもらったのに悪いなと思いつつそう言うと、ルシアは部屋の惨状を改めて見回してから頷いた。

「はい。なんだか大変なところにお邪魔してしまったみたいですね。私は大丈夫です。今度はちゃんと事前におうかがいをするようにします。突然来てしまってすみませんでした」

「いえ、こちらこそ。午後なら大抵予定はずらせるので、また改めて会いましょう」

ルシアが神妙な表情で謝ってくるので、慌てて両手を振って大したことないアピールをする。

この前の聖堂の事件でも思ったが、主人公はやはり生真面目な性格であるらしい。安心させようと笑いかけると、ルシアは瞬《まばた》きしてから俺をじっと見つめて口元に笑みを浮かべた。

ふわ、と微笑んだ顔はさすが主人公だと思う。文句なくかわいい。

「じゃあ、そういうことでまた、うわっ」

また腕を引っ張られた。今度はすぐ近くにグウェンドルフが立っていたので転びそうになることはなかったが、驚いてもう一度彼を振り返る。

「グウェン？」

グウェンドルフを見上げて、俺は軽く首を傾げた。

さっきからどうしたんだ一体。

彼の少し固い表情を見ながら俺は考えて、そこで気がついた。グウェンドルフとも次に会う約束をしておかなければならない。告白の話の続きをすると俺が言ったんだし、きっとそれを確かめたいんだろう。

「あのさ、今日は俺、一旦うちに帰るな。ウィルに何も言わずに来てるから心配してるだろうし。それで、また来るから。あの……さっきの話の続きも聞くし。また連絡する」

深く考えると狼狽《うろた》えてしまうので早口でそう伝えると、俺をじっと見ていたグウェンドルフはふ、と表情を崩して微笑んだ。目元が緩《ゆる》んだその顔がイケメンすぎて、一瞬見惚れてしまう。

横からカシス副団長とマーサが生暖かい目で俺達を見守っていた。それに気づいた俺は、慌ててグウェンドルフから視線を逸らす。

気恥ずかしいから、さっさと撤退しよう。

ルシアを見ると、彼女もグウェンドルフの微笑を見て驚愕していた。彼女にとっても近衛騎士団長の微笑みは相当珍しいものとして映るらしい。

俺はカシス副団長とルシアと一緒にグウェンドルフの屋敷から出ると、来たときと同じように転移魔法陣でエリス公爵邸に帰った。ルシアをフォンフリーゼ公爵邸の本邸にもう一度行かせるのはかわいそうだったので、一緒にうちの実家に転移して、そこから馬車を出して帰宅してもらう。ついでにルシアと話をする日を決めた結果、来てもらうのは明後日の午後になった。

＊＊＊

「それでは、今日の午後はファゴット子爵令嬢がお見えになってお話しされた後、夕方グウェンドルフ様に会いに行かれるんですか？」

ウィルが温かく濡らしたタオルを俺に差し出しながら聞いてきた。

庭で駆け回って遊んでいたベルの脚を、俺は受け取ったタオルで丁寧に拭きながら「そうそう」と頷いた。庭から屋敷に入る扉に続く階段に腰掛けて、ベルの脚を拭き終わると、風で絡んだ鬣《たてがみ》を優しく撫でつけて毛並みを直す。

「あいつにはもう今日の夕方行くって言ってあるから、先触れは出さなくていいよ。庭の転移魔法陣からこっそり行くから」

「わかりました。それではそろそろお茶の準備をしてきますね」

「ありがとう。よろしくな」

ウィルに返事をしてから、俺は鼻先を押しつけてじゃれついてくるベルを抱きしめ、首元のふわふわの被毛に顔を埋《うず》めて吸った。お日さまの香りと一緒に、微《かす》かに香ばしいような匂いが鼻腔を通り抜ける。なんて言うんだろう、これ。できたてのポップコーン？　いや、焼きたてのベビーカステラみたいな。

「ああー……癒やされる」

「クウ？」

グウェンドルフと何を話せばいいのかまだ考えがまとまらなくて、昨日から少し緊張していたが、ベルを抱きしめると気が紛れる。

存分にベルを吸いまくって撫で回していたら、ウィルが俺を呼びに来た。ルシアが来たらしい。

自分の部屋に寄ってベルを中に入れると、走り回って疲れたのか、ベルはソファの横に置いてあるクッションの上にころんと横になった。そのまますぐに寝る体勢に入ったので、俺はよしよしと頭を撫でてからそっと部屋を出る。

応接間に行くと、ルシアがすでにソファに座って待っていた。今日は休日なのか、白いワンピースの上に淡い灰色のウールジャケットを着ている。

ウィルがさっそくルシアにお茶を出してくれる。

「ウィル、ありがとう。しばらく休憩しててていいよ。ベルも俺の部屋で寝てるから」

「はい。何かあればお呼びください」

ウィルがお辞儀をしていなくなると、俺はルシアの向かいのソファに腰掛けた。

「お待たせしてすみません」

「いえ、ちょうど今お部屋に案内していただいたところなんです」

ルシアは答えながらも俺をじっと見ている。どことなく緊張したようなその表情を見て、俺は内心で首を傾げた。

さて、ゲームの主人公が俺に一体何の話があるんだろう。

「この前は、ブローチを拾ってくださってありがとうございました」

ルシアはそう言うと、ふんわりした形の白いワンピースの襟元から、綺麗な紐についたブローチを少しだけ引き出して俺に見せた。

ピンが弱ってしまったのか、失くさないようにという用心からか、紐をつけてネックレスにしたらしい。紐は細いが、茶色と紫の飾り糸で補強されていて丈夫そうだ。

「いえいえ。見つかってよかったですね。捜してる人がいるって知ってたらもっと早く渡してあげられたのに、俺もうっかりしていて。すみません」

そう言うと、少しだけ目を見開いたルシアは俺の顔をまたじっと見つめてきた。

なんだろう。気づかないうちに俺はまた何かやらかしたのか。主人公の整った愛らしい顔に見つめられると、本能的にドキドキしてしまう。

俺は目線を下げてお茶のカップを無心で見ることにした。藍色の釉薬《ゆうやく》で描かれた春の野草が美しいなぁ。

「藤咲《ふじさき》さん、ですよね」

唐突に、ルシアが呟《つぶや》いた。

その言葉を聞いて、俺は硬直する。

心臓を、冷たい緊張がどくりと伝う。

全身の筋肉が強張《こわば》り、カップを取る前に手が震えて止まった。

何故、俺の前世の名前《そのなまえ》を。

混乱して思考が急停止する。

聞き間違いじゃない。今ルシアは前世の俺の名前を呼んだ。

まさか、彼女も転生者なのか？

だとしても、何故彼女がその名前を知っている？

得体の知れない恐れを抱いて、俺は恐々と視線を上げてルシアを見た。

黙って俺を見つめていたルシアは、俺の反応を見て表情を少し緩《ゆる》める。

「やっぱり、あなたが私を助けてくれたんですね」

こちらを見透かすような深い色合いの双眸《そうぼう》。鋭く輝く金色の虹彩《こうさい》を見ていると、彼女がこれまでとは全く別人のような印象を受ける。

「なぜ……」

息を呑んで俺がやっとそれだけ口にすると、ルシアは微《かす》かに微笑んだ。

「あなたの社員証を見たんです。ダンプカーに轢《ひ》かれる前に。首から下げていましたよね」

そう言われて俺ははっと思い出した。

前世で死ぬ直前、俺は女子高生を助けようとしていた。

「私はあの日、道に落としてしまったマスコットを捜していました。そうしたら、あなたが駆け寄ってきて私に渡してくれたんです。そのとき社員証であなたの名前を見ました。思い出しましたか？」

「……ああ」

思い出した。

俺が呆然としながら頷くと、ルシアは申し訳なさそうな顔をした。

「その直後、道にしゃがんでいた私達に、交差点を曲がりきれなかったダンプカーが突っ込んできました。あなたは逃げられる位置にいたのに、私を庇《かば》って道路から押し出してくれた。でも、残念ながら横転したダンプカーに巻き込まれて、私も死んでしまったんです」

「そうか……。君が、あのときの……」

「はい。助けようとしてくださってありがとうございました。この前の卒業考査の日、クリスさんが私を庇《かば》って前に飛び出してくれたときに、思い出したんです。前世で、事故で死んでしまったことと、この世界が私がプレイしていたゲームの世界だってことを」

突如始まった急展開に驚きすぎて、ルシアの言葉が上手く聞き取れているかどうかすら怪しい。

頭の中ではもう一人の自分が「えー!?」「嘘だろ!?」「どういうこと!?」と大声で叫んでいるが、この展開についていくために俺は必死で言葉を繋《つな》ぐ。

「じゃあ、あのとき初めて前世を思い出したってことなんですね。こっちに生まれてすぐとか、叡智の塔に入学したときじゃなくて」

「はい」

ルシアはすぐに頷く。

「私は、この十七年間、転生していることに気づかず生きてきました。なので、私もこの前突然前世の記憶を思い出して、まだ少し混乱しているんです。でも、あなたが私を助けてくれた方ではないかと気がついて、思い切ってお話ししに来ました」

ルシアは少し不安そうな、ほっとしたような表情を浮かべて言った。

俺だって十二歳で前世を思い出した当初は相当混乱していたから、彼女の困惑は理解できる。

そうか。俺はルシアよりも早く前世のことを思い出していたんだな。

「でも、よく俺だとわかりましたね」

レイナルドがシナリオ通りに動いていないのはゲームをプレイしていればわかったと思うが、それだけで俺の正体までわかるとは。

ルシアは俺の目を見てくすりと笑った。

「最初は、庇《かば》ってくれたクリスさんがもしかして藤咲さんなのかなって思いました。でもそれ以上に、ゲームとは全く違う動きをしてる怪しい人がいたので」

「……俺？」

「はい。ゲームのレイナルドは、貴族であることに対して何よりも誇りを持っています。それに、自分よりも下だと思う人間に対して興味がないんです。だから平民出身の私とは口もきかないはずなのに、あなたは自分から話しかけてきたし、その上何の関わりもない学生を助けて、悪魔まで撃退してしまった。明らかにおかしくて……私は、それがレイナルドが全くの別人になってしまったせいだと感じました。なので、直接会って確かめたかったんです」

なるほど。ゲームでの性格を聞くと、確かに俺はレイナルドっぽくはないな。

「それに、さっき私にこう言いましたよね。『捜してる人がいるって知ってたら、もっと早く渡してあげられたのに』って。それ、ダンプカーに轢《ひ》かれる前にも、あなたは同じことを私に言ったんです。それで確信が持てました」

微笑むルシアに、俺は「ああ……そういえば」と頷いた。確かに、前世で同じことを言ったような気がする。

驚きの波が少し引いた後、ガシャガシャ回り始めた頭の中でぴかーんと電球が灯《とも》った。

つまり、ルシアはこのゲームのシナリオを知っているということではないのか。

急に、空から光が射したように俺の脳内が明るく照らされた気がした。

「ルシアさん、というか、ルシアさんでいいのかな。そもそも俺は君の前世の名前を知らないんですけど」

「ルシアで構いません。私はこの世界でずっとルシアとして生きているので」

優しく頷く彼女に従って、ルシアと呼ぶことに決めた。俺も自身を指差した。

「俺のこともレイナルドでいいです。俺も、前世の名前で呼ばれてもピンと来ないので」

「わかりました。あの、私の方が歳下だし、叡智の塔の後輩でもあるので気楽にお話ししてください」

爽《さわ》やかな笑顔で話すルシアを見ていると、やっぱり主人公はかわいいなと改めて思う。

俺は彼女の気遣いにありがたく頷いてから、本題に入ることにした。

「ルシアさんは、ゲームの内容を知ってるってことだよね？　実は、俺はあのゲームをやってないからストーリーを全然知らなくて。わかってたら、これから起こることを俺にも教えてほしいんだ。今回の神殿の事件も、ゲームではきっと主人公達が解決してるんだよね？」

思い切ってそうお願いしてみると、ルシアは少し困った顔をした。

「私が知っているゲームの知識は、残念ながら今となってはもう役に立たないかもしれません。この前の封印結界の襲撃は、ゲームの中では実はレイナルドが犯人なんです」

言いづらそうに口にしたルシアに、俺は苦笑しながら頷く。

「あ、やっぱり、そうなんだ……」

「三年前と今回の結界襲撃事件は、全てレイナルドが仕組んだこととしてゲームでは最終的に断罪されます。レイナルドの陰に実は黒幕がいて、それが今私達のいる世界で起こっている事件と同一人物だったとしても、私にはそれが誰なのかわかりません。ゲームではそこまで詳しく語られていないんです」

「なるほど、そうだよな。乙女ゲームだもんな」

あくまで恋愛シミュレーションゲームだ。サスペンスとかミステリーが本筋じゃないから、黒幕がいてもゲームではそこまで明かされないか。

「それに……」

そう言って、ルシアは少し気遣うような顔で俺を見た。

「もう一つ、ゲームのストーリーと今の世界が大きく乖離《かいり》している要素があります。それが原因で、私の知っているキャラクターの人間関係が変わってしまっているので。多分、ストーリーの主軸も大きく方向転換していると思います」

「俺のせいだけじゃなくて？　なんだろう」

俺が首を傾げると、ルシアは思い切った様子で息を吸い込んだ。

俺を静かに見つめて、彼女は口を開く。

「ゲームのストーリーには、グウェンドルフ・フォンフリーゼ団長は出てきません」

ルシアの言葉を聞いた俺は、ぽかんと口を半開きにした。

どういうことだ？

「え？　グウェンドルフがゲームにはいないってこと？」

俺の疑問にルシアは首を横に振る。

「いいえ。正確には、主人公が叡智の塔に入学するときには、グウェンドルフ団長はもういないんです」

ん？

更にわからなくて、俺は眉を寄せる。

「んん？　どういうこと？」

ルシアの青い瞳が俺を真っ直ぐに見つめた。

少し強張《こわば》った顔で、彼女はすぐに言い直す。

「グウェンドルフ・フォンフリーゼ団長は、主人公が入学するときには生きていないからです」

「……え？」

ルシアの瞳から目を逸らせないまま、俺は何かが背中をぞわりと這うのを感じた。

「三年前トロンの森で起こった結界襲撃事件で、グウェンドルフ団長は亡くなっているはずなんです」


二度目の驚愕が、俺を襲った。

「グウェンドルフが、死んでる？」

「はい。ゲームの中で、ライネルが主人公に語るシーンがあります。グウェンドルフ団長は、三年前に自身の卒業考査の最中、聖堂で悪魔と戦い命を落としたと」

ルシアの淡々とした言葉が衝撃的すぎて、すぐに相槌《あいづち》が打てなかった。

からからに渇いた喉を潤《うるお》すために、無理やり口の中に溜まった唾を呑み込む。

「でも……でも、死ぬなんてあり得ないはずだ。俺も危なかったけど、ファネル総帥の形代《かたしろ》の術で助かってる」

「ゲームのライネルの話では、グウェンドルフ団長はあの日、魔力暴走を起こした翌日で体調がよくなかったらしいんです。魔力がいつもより不安定だったみたいで」

そういえば、あいつは最初弱気なことを言っていた気がする。あれは魔力暴走のせいだったのか。全然わからなかった。

「グウェンドルフ団長は、悪魔との戦いで一度は負けたそうです。そして叡智の塔に強制帰還してから、すぐにもう一度神殿に転移しました。二度目の戦いで、致命傷を負いながらも悪魔を結界の狭間《はざま》に押し返して、宝剣で封じたそうです。封印結界は守られましたが、グウェンドルフ団長は残念ながら亡くなったと」

にわかには信じ難《がた》い内容に、俺は目を見開いた。

グウェンは死んでたってことなのか。

もし俺が、あの神殿に行かなかったら。

「あの、大丈夫ですか」

ルシアにそう言われて初めて、拳《こぶし》を握りしめたまましばらく固まっていたことに気がついた。

そんな馬鹿なことがあるだろうか。

グウェンドルフが、悪魔と戦って死ぬはずだったたって？

あのグウェンドルフ・フォンフリーゼが？

動悸が激しくなる。なんだか心臓も痛くなってきた気がする。

三年前の卒業考査の事件を思い出していたとき、突然、俺は恐ろしいことに気がついた。

恐る恐る、ルシアに視線を戻す。

「ルシアさん、ゲームでは、レイナルドが結界襲撃事件の犯人なんだよね。つまり……」

つまり。

俺は、ゲームの中では間接的にグウェンドルフを殺しているのだ。

強く耳鳴りがした。

その事実に気がついた瞬間、背筋が凍りつく。

「俺は、本当ならあいつを殺していた……」

指先が冷たくなり、足の感覚が鈍くなってくる。

俺が、グウェンを殺した張本人になるところだったって？

俺を好きだと言って穏やかに笑っていた、あのグウェンを、俺が？

吐き気さえ感じ始めたとき、険しい顔をしたルシアが身を乗り出してきた。

「あの、レイナルド様、しっかりしてください。大丈夫ですか？　私が言っても説得力がないかもしれませんが、ゲームはゲームです。あなたはゲームのレイナルドとは違います。だから、シナリオの通りに動かなきゃいけないなんてことはないし、現に団長は生きてるじゃないですか」

少し強い口調ではっきりと言い切ったルシアの言葉に、はっと我に返る。

その通りだ。

今、グウェンドルフは生きてる。

俺はぐっと天井を見上げて両手で顔を覆い、大きく息を吸った。

大丈夫だ。

この世界のグウェンドルフは生きてる。

俺はゲームのレイナルド《悪役》じゃない。

いくらレイナルドが極悪非道なキャラクターだったとしても、それは俺じゃない。

息を深く吐いて手を下ろし、顔をルシアに向けると、彼女は気遣わしげな表情で俺を見ていた。

俺はルシアに頷いて、少しぎこちない笑みを浮かべる。

「ありがとう。ルシアさんの言う通りだ。今、グウェンドルフは生きてる。だからこの世界はゲームのシナリオ通りに進んでいないし、俺はゲームのレイナルドとは違う」

自分自身にも言い聞かせるようにそう言うと、ルシアはほっとしたような顔をして微笑んだ。

「そうですね。私達がいる世界は、誰かがプレイしているゲームの世界じゃありません。私も、あなたも、周りの人達も、みんなそれぞれ自分の人生を生きている人間だから。私は今の世界がシナリオと違っていて当然だと思います」

長くルシアとして生きてきたからか、彼女の言葉には説得力があった。

そうだ。ここは生きている人間の世界だ。

シナリオの通りに動かなきゃいけないなんて、考えなくたっていい。

だから、あのときグウェンドルフが死んでいたかもなんて、考えなくていい。

俺は目の前にある冷め切ったティーカップを持ち上げると、一息で飲み干す。そうして気持ちを落ち着かせると、切り替えろ、冷静になれ、と再度心の中で自分に言い聞かせた。今後のためにも、今のうちにルシアからゲームに関する情報をできるだけ多くもらわなくてはならない。

そしてこの話が終わったら、すぐにグウェンに会いに行こう。あいつの顔を見て安心したい。

「ルシアさん、前世の記憶を思い出したとき、ゲームと全然違う展開になっていて戸惑ったよね。申し訳ない。ルシアさんも本当だったらシナリオの通り、誰かと結ばれてたかもしれないのに」

思い返すと、俺は今までシナリオの設定をところどころ改変してしまったんじゃないだろうか。

前世の記憶を思い出して、ルシアは多分困惑したはずだ。彼女は安直に「ゲーム展開じゃんラッキー」ってなる子じゃないみたいだから、余計に心苦しい。せっかく主人公に生まれてきたのに。

俺がすまなそうに言うと、ルシアは両手を前に出して大きく振った。

「いえ、大丈夫です。私、思い出す前から攻略対象者には恋愛感情を抱いていなかったので」

意外な言葉に俺は目をぱちくりとする。

「え？　そうなの？　そもそも攻略対象者って、やっぱり卒業考査のときに一緒にいた三人？」

「そうです。もしかしたら無意識に、ゲームとは様子の違うライネル達に違和感を覚えていたのかもしれませんけど。そう考えると、やっぱりレイナルド様が原因ってことになるんでしょうか」

揶揄《からか》うように少し笑ったルシアが、首を軽く傾けて頬に手を置いた。

小首をかしげる様《さま》も断然愛らしい。

さっきまで張り詰めていた心が癒される。

だいぶ調子を取り戻してきた俺はひたすら頭を下げた。

「色々と申し訳ない。様子がおかしいってことは、みんなゲームとは性格が変わってるの？」

「はい。特にライネルとユーリスですね」

ルシアの言葉に、俺は一昨日フォンフリーゼ公爵邸であった出来事を思い出し、顔を顰《しか》めながら深く頷いた。

「ライネルは、攻略対象者としては今のところいまいちだよね」

ロマンスゲームの攻略対象者にしてはガキくさいなと思ってたんだよ。あれならグウェンドルフの方がよっぽど格好いいし、断然魅力的じゃないか。

俺の評価を聞いたルシアは少し困った顔になって笑った。

「ゲームのライネルは、とてもストイックでカッコいいんですよ。ちょっとグウェンドルフ団長に似ているところがあるかも。ゲームの中で彼の性格が大きく変わる原因は、グウェンドルフ団長の死です。彼は兄が亡くなることで初めてその存在の偉大さと団長職の重責を知り、今までの自分の態度を省《かえり》みるんです。そして心を入れ替えて、近衛騎士団の団長を継ぐべく血の滲《にじ》むような努力をします。そのおかげで、次期団長と期待されるほど勇壮な騎士になるんです」

「へえ。今のあいつからは全然想像できないな」

現状、俺の中でライネルに対する評価は底辺だからな。

正直、グウェンドルフが死んでから心を入れ替えるなんてゲームの設定も気に入らないし。

「はい。残念ながら今のライネルは、彼自身の魅力が全く発揮されていません。グウェンドルフ団長へのコンプレックスを拗《こじ》らせすぎて、乗り越えるどころかいつもどこか投げやりだし、かといってプライドは高いので言うことは尊大だし」

ため息を滲《にじ》ませて呟《つぶや》くルシア。

感心するほど的を射てる。ルシアにここまで辛辣《しんらつ》なことを言われているとライネルが知ったら、ショックで一ヶ月くらい寝込むかも知れないな。

思いの外辛口だったルシアの評価を聞いて俺は苦笑いし、武士の情けでライネルから話を逸らしてやることにした。

「ユーリスは？　もしかしてルウェインと上手くいってないとかいう設定？」

「そうですね。ユーリスは、ゲームではお兄さんと上手くいっていません。兄と跡取り争いをしていて、父親に認められなかったっていうコンプレックスを持つ、陰のあるキャラクターです。でも今のユーリスは陰っていうか、ただのブラコン？　でも、彼にとってはよかったんじゃないでしょうか。兄弟仲が改善されて生き生きしてるし」

すでにブラコンであることが主人公に知られているユーリスってどうなんだ。

確かに、ルウェインのおじさんは兄の忘れ形見であるルウェインを溺愛してたから、一時期どちらを跡取りにするかでプリムローズ家は揉めていた。俺もルウェインから相談されたことがあって事情は知っているが、宰相はルウェインに跡を継がせたくて少し前まで奥さんとユーリスとギクシャクしていたらしい。

結局のところ、ルウェインには伯爵家を継ぐよりも他にやりたいことがあったから、あいつは叡智の塔に入学する前には後継者争いから下りていた。ソフィアと一緒に魔道機関車を開発するという夢を追うためだ。養父の期待に応えようと最初はしばらく悩んでいたが、魔術学院の二年目くらいでおじさんに直談判したらしい。以降、ルウェインとユーリスは元の仲のいい兄弟に戻ったと聞く。戻ったというか、ユーリスはそれからとんでもないブラコンに進化した。

「ユーリスはまあ、慣れてくるとツンデレな猫みたいで可愛いところあるよね」

「ええ、まぁ。でも私は最初、お兄さんとは仲がいいのかって話を振ったら、兄に近づこうとする女狐め、みたいな目で見られましたけど」

「はは……」

乾いた笑いしか出ないわ。

あの状態のユーリスと恋愛関係になるのはおすすめできないので、俺は奴の評価になんらフォローを入れずにスルーした。

「第三王子はどう？　彼は正統派って感じで、親しみやすそうだったけど」

「そうですね。レオンハルト第三王子は、唯一ゲームとほとんど変わりがありません。でも私は彼みたいな男性ってタイプじゃないので、弟みたいに思ってます」

「なるほど」

本当に何の未練も感じさせないルシアのからりとした笑顔を見て、俺は頷いた。

つまり、あの三人には可能性はないと。ライネル、あんなに切なそうにルシアを見てたのに哀れだな。

「じゃあ、シナリオのエンディングはどうなったの？　卒業したから一旦ゲームは終わり？」

「いえ、実は叡智の塔でのストーリーは前半で、後半は今私が通っている王宮の聖女修練編なんです」

首を横に振ったルシアの説明を聞いて俺は驚いた。

なんと、シナリオはまだ続いているらしい。

「めちゃくちゃになってるとはいえ、まだ大筋のストーリーは続いているわけだ」

「はい。前半の攻略対象者はさっきの三人で、後半では三人追加されます」

「三人追加？」

「はい。一人は、一昨日お会いしたカシス・フォンドレイク副団長です。団長になるライネルとの蟠《わだかま》りを解消するのがメインストーリーですが……なんだか、私はあまりいい印象を持たれていないみたいなので、この世界では彼も少し様子が違うのかも」

「ああ……」

それはライネルのせいだと言いたいけど、これ以上あいつの評価を下げるのは哀れだからやめておいてやろう。多分ライネルが惚れてる女の子ってだけで、カシス副団長はルシアにもいい印象を持っていないと思う。でも、それも結局のところライネル自身のせいなんだよな。別に情けをかけなくていい気がしてきた。

「もう一人は、聖女修練宮で光属性魔法の指導をしてくれる、シオン・リビエール上級神官です。彼も、卒業考査のときにあの神殿にいましたね」

「ああ、あの上級神官！」

俺はぽんと手を打つ。

あのインテリ眼鏡の神官、確かにまあまあイケメンだなって思ってたけど、攻略対象者だったのか！　俺に対しては塩すぎて、彼が実際どんな性格なのかは全くわからないが。

「最後は隠しキャラの第二王子です。でも彼の場合は特殊な隠しルートなので、他の五人と全く被らないし、レイナルドはほとんど出てこないので、警戒しなくても大丈夫だと思います。変わっているといえば、悪役令嬢達も様子がおかしいんですけど、レイナルド様はご存知ですか？」

「悪役令嬢？」

俺はきょとんとして首を傾げた。

「ゲームの悪役って俺じゃないの？」

俺の素朴な疑問に、ルシアは首を横に振った。

「レイナルドはストーリー上の悪役というか、悪魔召喚を企《たくら》んで主人公達に阻止される物語のヒール役という立ち位置です。本来は乙女ゲームなので、ちゃんと恋のライバル的な存在もいます」

あ、なるほど。恋のライバルか。

「それが悪役令嬢？　達ってことは複数いるってこと？」

「はい、三名います。まずはユーリスの婚約者のオルタンシア。ゲームでは叡智の塔にいるはずなのに、入学したときからどこにいるのかわかりませんでした」

「オルタンシア……もしかして、オルタンシア・マルス子爵令嬢？」

俺の頭の中に、馴染《なじ》みのある知的な顔をしたミルクティー色の髪の少女が浮かぶ。

「そうです。ご存知ですか？」

「うん。オルタンシアは、今ルウェインの奥さんの秘書やってるよ」

そう言われれば、オルタンシアはユーリスの婚約者だ。ソフィアの秘書という印象が強すぎて忘れていた。

今度はルシアがきょとんとした顔になって俺を見た。

「ユーリスのお兄さんの奥さんの秘書、ですか?」

「そうそう。彼女は精霊力が使えるから本当なら叡智の塔に入るはずだったんだけど、ルウェインの奥さんが王都にある商業系の私立学校に行ったから、一緒についていったんだ」

「そうだったんですか。どうりで……ユーリスはオルタンシアと間違いなく婚約してるみたいなんですが、彼からは婚約者の存在を感じなかったので不思議だったんです」

ルシアのコメントに俺は納得して相槌《あいづち》を打った。

「ああ。あの二人似たもの同士っていうか、お互いの興味と嗜好が兄夫婦に全振りしてるからね。でもまぁ推しの情報交換とか頻繁にしてるらしいし、そこそこ仲良くやってるんじゃないかなぁ」

この前たまたま会ったルウェインのおじさんから聞いたところによると、『一見問題はあるが、ある意味何も問題はない』と、遠い目をしながらよくわからないことを言っていた。

「オルタンシアは、ゲームではユーリスのことが大好きすぎて、ちょっとヤンデレっぽい感じだったんです。結構陰湿なイジメをするキャラだったので、私としては遭遇しなかったことは幸運だったかも。でも、意外です。ゲームではあんなにべったりだったのに」

不思議そうな顔をしているルシアを見ながら、俺はその昔、ルウェインの実家の庭でオルタンシアと話したことを思い出した。

たまたま一人で庭を見せてもらっていたんだが、そこで女の子が泣いてたんだよな。それがオルタンシアだった。ユーリスが突然冷たくなって、優しくしてもらえないのが辛いと泣いていた彼女に、俺はなんて言ったんだったか。確か、ルウェインとユーリスが和解したすぐ後のことだったと思うけど。

「俺が昔ルウェインの家でオルタンシアに会ったとき、彼女はユーリスのことで悩んでて、なんか泣き方があまりに悲愴だったから、『ソフィアちゃんと気晴らしにお茶でも飲んだら？』って話したんだよね。ユーリスは兄の未来の奥さんであるソフィアちゃんのことは慕ってたし、義理のお姉さんと仲良くなったらユーリスと共通の話題もできるんじゃないかって」

多分、オルタンシアはプリムローズ兄弟が和解した後で、急にブラコンを発動させたユーリスに戸惑ってたんだろうな。二人が後継者争いしてたときは、当然婚約者同士の交流なんてなかっただろうから、オルタンシアはソフィアのこともあまり知らなかったはずだ。

だから俺はソフィアに連絡して、オルタンシアをよろしく頼むと伝えた上で会う約束まで取りつけたんだった。ユーリスにも一応確認したら、『好きにしろ』って一蹴されたよね。素っ気なくされて傷ついたオルタンシアの気持ちがよくわかるわ。

待てよ。よくよく考えると、ユーリスはソフィアには懐いてるのに、ルウェインの友人の俺には塩対応っていうのは納得できない気がする。まあいいか、とりあえずそれは今置いておこう。

「それで、後からソフィアちゃんに聞いたら、俺がわざわざ気晴らしって言うからただのお茶じゃ駄目だと思ったみたいでね。何でそうなったのかは全然わからないんだけど、オルタンシアを鍛冶屋に連れていって一緒に修業したらしいんだよ」

後日報告されたとき、俺は呆気に取られた。理由を聞いたら『鉄を打てば無心になる。男のことをうじうじ考えるより余程健康的な気晴らしだろう』とか堂々と言ってたな。ソフィアは一般的な貴族令嬢とは違って豪胆なところがあるというか、竹を割ったような清々《すがすが》しい性格なのは確かだが、普通初対面の箱入り令嬢を鍛冶屋に連れていくか？　彼女も大概おかしい。

「鍛冶屋……ですか？」

「そう。それをきっかけに、オルタンシアはソフィアにすっかり心酔して、ユーリスに関する悩みが吹き飛んじゃったみたいなんだよね。それから気づいたらソフィアちゃんの押しかけ弟子みたいになってて、今はちゃっかり妹分兼秘書になったんだ。その鮮やかな手腕にはユーリスもいたく感心してたよ。ヤンデレって怖いね」

「え？　そういう話ですか、これ？」

「そうだよ。つまりオルタンシアはソフィアが更生させたから問題なくなったねっていう」

「ああ……はい」

ルシアが引《ひ》き攣《つ》った顔で頷いている。

「あの、じゃあ、レオンハルトの婚約者だったリリアン・クレイドル王女については何かご存知ですか？　彼女も叡智の塔に留学してくるはずだったのに、いないんです。そもそもレオンハルトとの婚約が解消されていて、彼は今婚約者がいないっていう謎の状況なんですけど」

「クレイドルって、隣国のクレイドル王国のことだよね。さすがによその国のことは俺もわからないかなぁ」

首を捻《ひね》って答える俺と一緒に、ルシアも小首を傾げている。

「私が調べたところでは、リリアン王女とレオンハルトの婚約は、叡智の塔に入学する直前に密かに解消されてるみたいなんです。噂では、リリアン王女が駆け落ちしたらしいんですけど」

「駆け落ち……？」

その印象的なワードを聞いて、脳裏にある記憶が呼び覚まされる。

リリアン王女という名前は知らないが、二年ほど前にうちの領の港で、駆け落ちだというカップルを助けたことがあった。

「ルシアさん、それって念のために聞くけど、ピンクゴールドの珍しい髪色のめちゃくちゃ美人な女の子と、強面《こわもて》の騎士って感じの二人の駆け落ちだったりする？」

俺の言葉に、ルシアは大きな目でぱちりと瞬《まばた》きした。

「リリアン王女の髪は世にも珍しいピンクゴールドで、クレイドル王宮の真珠と称された絶世の美少女です。駆け落ちの相手は王女の護衛騎士だったと。そういう話がレオンハルトのルートで出てくるので」

「……」

俺が無言で冷や汗をかいて目を逸らすと、ルシアの真っ直ぐな視線が突き刺さる。

「レイナルド様、もしかして駆け落ちした二人に会ったんですか？」

「うん……多分。なんか可愛い女の子が港でイカつい男達に追われてたから、助けたよね。一度は俺と一緒に捕まって倉庫みたいなところに閉じ込められたけど、なんとか脱出してイケメンが待ってる船まで送り届けたよ」

「……そうですか」

ルシアが一言だけそう言った。

知らなかったから許してほしい。捕まったときは俺も色々痛い目見たし、総帥から借りてた杖はへし折れて海の藻屑《もくず》になった。あのときはたまたま通りかかった見知らぬ魔法使いが手助けしてくれたから、船が出るまでになんとか脱出して彼女を彼氏のところに送り届けることができたんだ。

実はそれがクレイドルの王女で、第三王子の婚約者だったなんて夢にも思わなかった。

「シナリオでは、駆け落ちは失敗してリリアン王女は恋を諦めるんです。それからはレオンハルトの婚約者として、自《みずか》らの役目を全《まっと》うする決意をするはずだったんですが……そうですか、駆け落ちを成功させて、リリアンを逃がしたんですね」

真面目な表情をしているルシアの前にいると肩身が狭い。

「なんか……ごめんね」

「いえ。おかげ様で悪役令嬢不在の中、私の学園生活は何の事件も起きず穏やかに過ぎました。逆にお礼を言うべきなのかもしれません」

「いや、ほんと攻略の邪魔してごめんね……」

「いいんです。もう一度言いますが、誰かを攻略する気はありませんから」

きっぱりと言うルシアに、俺はひたすら眉尻を下げる。

三人中二人の悪役令嬢《ライバル》が不在という状況を知って、残りの一人にももしや何かあるのではないかと俺は恐る恐る尋ねた。

「ちょっと気になったんだけど、ライネルにも悪役令嬢ポジションの子がいるってこと？」

「はい。ルネ・マリオールですね。彼女の場合は正式な婚約者というより、候補という立場のようですが。彼女については、やる気なしの一言です」

「やる気なし？」

「彼女は、今のライネルに魅力を感じてないみたいなんです。ルネはもともとグウェンドルフ団長の方が好きだったので」

グウェンドルフの名前を聞いた瞬間、どきっとしてしまった。

そうか。あいつも公爵家の人間なんだから、そういう話があってもおかしくないよな。あれだけ強くてイケメンなんだから、令嬢の一人や二人、いや百人くらいから想いを寄せられていてもおかしくない。

なんとなく面白くないと思ってしまうのは、多分同じ男としての嫉妬だ。

「父親がああでも、世間から見たらグウェンの方が長男だもんな。そういやあいつに婚約者なんて話、聞いたことないけどな」

「そうですね、多分フォンフリーゼ公爵にしたら、グウェンドルフ団長が結婚して魔力が強い子供が生まれたら困るんじゃないでしょうか。ライネルを自分の後継者にしようとしてるわけですし」

「なるほど。後継者問題があるから、フォンフリーゼ兄弟にはまだ正式な婚約者っていうのがいないのか」

「おそらくですけど。ルネのご両親はどちらでも、家督を継ぐ方にルネを嫁がせたいでしょうね。当の彼女はライネルに興味ないみたいで、在学中は全然関わってこなかったんですけど」

ルシアが苦笑しながら言った。

グウェンドルフの婚約者はまだ決まらないだろうという話を聞いて、俺は少しだけほっとしてしまった。

ん？　何故だろう。

俺も婚約者なんていないのに、あいつにできたらなんか嫌だなってことか。

でも待て。俺は今、その本人に告白されてるっていう妙な展開なんだった。

後で彼に会って話をしなくてはならないことを思い出して、頭の中がまたぐるぐるしてきた。

告白されたのは戸惑いが大きかっただけで、決して不快ではなかった。もう一度会いに行くのだって、全然嫌じゃない。それに、さっきルシアからゲームの中のグウェンドルフの話を聞いてしまったせいで、早く本人に会ってちゃんと生きてるってことを確認したいとも思っている。

でも、好きなのか？　と言われたら、俺にはまだよくわからない。

一緒にいたいなら、同じ気持ちを返さないと駄目なんだろうか。

今まで通りでは駄目？

いかん。考え出したら目の前の会話に集中できなくなる。一旦置いておこう。

俺は頭を軽く振ると、休憩してお茶を飲んでいるルシアに視線を戻した。そのお茶、冷めてるよね。ごめんね。

「ところで、ゲームのシナリオとしては、誰も攻略しなくてもクリアはできるの？」

俺の疑問にルシアは頷く。

「はい。六人のうちの誰かと結ばれるか、聖女になるかというエンディングです。誰かと結ばれると、主人公は聖女にはなれません。最後に愛を取るか聖女としての誉《ほま》れを取るか、主人公は選択することになります」

「なるほど。攻略する気がないって言ってたけど、ルシアさんは今のところ誰のルートも通ってないってこと？」

「そうですね。今までルシアとして生きてきた私は、そんな気持ちにならなくて。このまま聖女エンドに進もうと思っています。それに、ゲームの主人公《ルシア》は太陽みたいに天真爛漫《てんしんらんまん》な子でしたけど、私は違います。なにより、子爵家に養子に入ったときの約束を忘れたくないので」

「約束？」

不思議な言い方だったので思わず聞き返した。

ルシアは少し間を置いてから、膝に置いた自分の手に視線を落として口を開いた。

「少し昔の話になりますが……私は平民の家族のもとに生まれて、優しい両親と兄と一緒に幸せに育ちました。でも私が十歳の頃、両親は流行《はや》りの風土病が原因で亡くなりました。その後は、兄が働きながら私を育ててくれたんです。でも、二年後に兄も重い病気にかかって、莫大な治療費が必要になりました。そのとき、選定の儀で私に光属性の精霊力があることがわかったんです。兄を助けるために、私は子爵家に養子に入りました」

静かな口調で身の上話を始めたルシアを、俺は黙って見つめた。

視線を上げて俺と目を合わせた彼女は微笑する。

「ファゴット子爵は兄を王都の病院に入院させてくれて、私にもよくしてくれました。だから、養子になったことに後悔はありません。子爵と約束したのは、結婚するときは婿養子を取ること。精霊力を持つ子孫を残すのが養子を取る目的なので、当然だと思います。でも、攻略対象者はみんな婿養子になんてなれない身分の人達です。結ばれてしまえば、相手の家の力で子爵も反対はできないでしょうけど……でも、私は兄を助けてくれたことは、子爵に感謝しています。そんな恩知らずなことはしたくない」

そう言った彼女は、微《かす》かに自虐的な顔をした。

「ゲームのルシアならどうしただろうって、たまに考えます。でも、私は私が守りたいもののために生きるしかないから」

そう言うと、ルシアは先ほど見せてくれた木彫りのブローチに服の上からそっと触れた。

「このブローチ、幼い頃、木彫細工が得意な兄が作ってくれたんです。名前も変えて、慣れ親しんだ土地とも離れた私には大切な宝物です。これより大事なものが、今の私にはまだありませんから」

ルシアは目を伏せて、木彫りのブローチを愛おしそうに撫でる。

「このまま聖女候補としてしばらく修練して、そのうち子爵家に帰るのが一番かなって思っています。レイナルド様のおかげでストーリーがだいぶ変わってることだし、途中でリタイアしても多分大丈夫な気がするので。シナリオが終わってから、私好みの婿養子になってくれる人を探そうかな」

最後だけ明るい調子に戻って笑い、話を締めくくったルシアに、俺はそうだね、ともそうじゃない、とも言えなかった。

ゲームの主人公の生い立ちは、大体が不憫《ふびん》だ。そしてその逆境を乗り越えて幸せになるのがセオリーだろう。でもそれを実際に体験したら、本当に同じことができるだろうか。

俺は、ルシアの人生を実際に生きてきた彼女に、苦労をわかったような顔をして言葉だけのアドバイスをすることなんてできなかった。だから、この話はそっと終わらせる。

「そうだったんだね。ルシアさんの個人的な話だったのに、教えてくれてありがとう。……ちなみになんだけど、ゲームではバッドエンドってあるのかな。この先主人公が危険になったりすることは？」

そう話を変えると、ルシアは微笑んで首を横に振った。

「基本的に平和な乙女ゲームだったので、バッドエンドはほとんどありません。攻略対象者の誰かの好感度が上がれば、そのルートのノーマルエンドやグッドエンドに進む感じです。数少ないバッドエンドは、叡智の塔のときにほとんど回避されてますし、残りは中盤のレイナルドのイベントくらいでしょうか」

「え、俺も関わるイベントがあるってこと？」

「はい。ゲームでは、主人公に話しかけることはないはずのレイナルドが、急にお茶に誘ってくるんです。それについていくとそのまま攫《さら》われて、主人公の行方《ゆくえ》を知る者は誰もいないっていうバッドエンドになります。とはいえ、レイナルドが急に話しかけてくるなんてどう考えてもおかしいので、SNSでは『何も隠す気ない誘拐犯』とか『ダメナルド様渾身の企み《たくら》』とか色々言われてましたけど」

「ねぇ、レイナルドの扱いってやっぱりおかしいよね……」

俺が顔を引《ひ》き攣《つ》らせて言うと、ルシアはくすっと口元に手を当てて笑った。

「でも、コアなレイナルドファンからは、あえてついていって数少ないレイナルドの立ち絵を拝むってありがたがられてましたよ」

「そのファンってさ、ダメな男がかわいいお姉さん達だよね？　喜んだらいいのか引いたらいいのか戸惑うんだけど」

原作のレイナルドのファン層が謎すぎる。どんな端役にも少なからずファンはいるものだけど、ダメナルドがかわいいって、多分現実でもヒモ男に引っかかったりするタイプじゃないか？　早く目を覚ました方がいい。

「とりあえず、わかった。バッドエンドの心配はしなくても大丈夫なんだね」

内心で原作レイナルドのファンに不安を覚えつつ、俺は話の流れを元に戻す。

「はい、多分。シナリオが変わってるので、この先はどうなるかわかりませんが」

「それじゃあ、これから起きることについて、何か覚えていることはある？　レイナルドがどうやって捕まるのか、とか」

できることなら切実に詳細を教えてほしい。

俺の問いに、ルシアは思い出すように手を顎に当てて天井を見上げた。

「確か……この後レイナルドは結界襲撃事件の容疑者にされるんですが、それでやけになった彼はエリス公爵領とバレンダール公爵領の封印結界を破壊しようとします」

「え？　まだ封印結界狙いに行くの？　毎回やることが派手だなぁ」

ゲームの都合上仕方がないのかもしれないが、そこまで封印結界にこだわる必要はあるんだろうか？

俺がこめかみを押さえていると、ルシアが遠慮がちに話を続ける。

「その襲撃も、主人公達によって阻止されます。主人公はそのとき、バレンダール公爵領の封印結界の見学に来ていて、そこで事件に遭遇するんです。余談ですけど、その時点で各能力のステータスが規定値を超えている場合、主人公は『女神の加護』という特殊な保護魔法を攻略対象者の一人にかけられます。それでルートが確定するっていう流れなんです。この前の卒業考査でも、条件が揃っていれば可能だったんですけど……」

俺とグウェンドルフがイベント乗っ取っちゃったからね。重ねて申し訳ない。

「やっぱり、この前の事件って、本当はルシアさん達が力を合わせてなんとかするっていうシナリオだったんだよね？」

ルシアが首を軽く傾げて、頷いた。

「はい。先日の結界襲撃事件のときは、正しくは私達四人と、リビエール上級神官、フォンドレイク副団長、そしてレイナルド様――あなたがいて、協力して封印結界を守るはずでした」

意外な言葉に俺はきょとんとする。

「じゃあ、俺はもともとあの場にいる予定だったんだ？」

「そうです。でも、宮廷魔法士としてではなく、王宮の護衛騎士として来ていたはずです。そして後から明らかになったことですが、隙を見てバジリスクの血を撒《ま》いたということになっていました」

「あ、なるほどね……」

そうだよな、俺が犯人なんだから。結界を守る振りして破壊工作をしていたわけだ。

つまり、ゲームではグウェンドルフの穴を埋めるために、カシス副団長が登場することになるのか。そこで聖女修練編の攻略対象者と事前に顔を合わせておくっていう展開なのかな。

「そういえば、警備班にいたミラード卿はゲームには出てこないの？」

「はい。私の記憶ではクリスさんはゲームには登場していません。でも、主人公とは顔見知りだったのかも。クリスさんとは、二、三年前に王都で会ってるんです。王都の病院にクリスさんのご家族が入院されていて、そこで知り合いました」

「ああ、それであのときミラード卿と話してたのか」

聖堂の中で二人が顔見知りだったというのは記憶に新しい。

「でもさ、ちょっと待って。シナリオで俺がいたであろうポジションにミラード卿がいたってことは、彼が怪しい気がするんだけど」

「クリスさんはそんなことをする人ではありません」

ルシアは、俺の思いつきに真剣な顔をして首を横に振った。危険を顧《かえり》みず庇《かば》ってくれたミラード卿のことを信頼しているんだろう。

「妹さんを大切にして、道で困っている人に手を差し伸べるような優しい人です。卒業考査の警備をするのも、二度目だったと聞いていますし」

「そっか。確かに去年は何も起こってないんだよな」

快活に笑う彼の顔を思い浮かべる。確かに、彼が悪魔を召喚しようとするとはとても思えない。咄嗟《とっさ》に身を挺《てい》してルシアを庇《かば》ったのを見ても、悪辣な人間ではないだろう。

それに、彼は魔法が全く使えない。バジリスクを召喚するのは不可能だ。

「レイナルド様、気をつけてくださいね」

ルシアの言葉で事件のことを沈思《ちんし》しかけていた俺は、瞬《まばた》きをして会話に戻った。

「気をつけるって、何に？」

「バレンダール公爵領の封印結界を襲撃したという容疑でレイナルドは拘束されて、これまでの事件も含めて議会で裁かれることになります」

「ああ、そっか。なるほど。確かに今の俺も軽く疑われつつあるから、シナリオとしては大筋に沿ってしまってる、のかな？」

今までも大きなイベントは変わらずに起こっていることを考えると、次も何かあるかもしれない。

とりあえず、エリス公爵領とバレンダール公爵領は要注意ってことだな。それが知れただけでも、これまでの行き当たりばったりな状況とは全然違う。ルシアには深く感謝したい。

「ゲームとは犯人が変わっているので、どこまで同じイベントが起きるかわかりませんが……。レイナルドが捕まった後は、シナリオにはあまり関わって来なくなるので、その後彼がどのように処罰されたかはっきりと語られていませんでした。だから、気をつけてほしいんです。結界の襲撃犯って、多分終身刑か死刑ですよね」

「いや、そうなんだよね。ほんと、ゲームの強制力が働かないことを祈るばかりだよ。ありがとうルシアさん。ゲームの情報を聞けて本当に助かった」

心からの感謝を込めてそう言うと、ルシアはにっこり微笑んだ。

「私もレイナルド様とお話しできてすっきりしました」

笑顔を湛《たた》えるルシアを見て、俺はやっぱり彼女は文句なくかわいい主人公だなと思った。

話が終わって窓の外に視線を投げたルシアは、はっとして口に手を当てた。

「ごめんなさい、私ずっと話していて。もうこんな時間ですね。王宮に戻らなきゃ」

「本当だ。俺もうっかりしててごめんね。王都まで送るよ」


日が傾き始めていた。

俺は恐縮するルシアと共にエリス公爵家の馬車に乗り、転移魔法陣がある庁舎まで連れていく。ルシアと一緒に王都の中央庁の転移魔法陣まで飛んだら、外はもう薄暗かった。

「公共の転移魔法陣は時間がかかるから、もう日が落ちてきちゃったな。今からでも王宮入れるの？　修練宮の人達きっと心配してるよね」

転移の術は様々な自然条件を覆《くつがえ》す術でもあるので、魔法陣に入るときと転移した先で普通は時間差が生じる。エリス公爵領と王都の間だと大体二時間くらいだろうか。総帥やグウェンドルフくらいの魔法使いだとほとんどタイムラグなく移動できるんだが、役場に設置された魔法陣だとそうはいかない。

心配して聞いた俺に、ルシアは「大丈夫です」と頷いた。

「出仕してる人達が出入りする通用門がありますから。それに、一応出かけるときにレイナルド様に会いに行くって侍女には言ってあるので、騒ぎにはなっていないと思います」

ルシアが王都の庁舎を出て、大通りの方へ歩いていく。この通り沿いに進んでいけば、王宮の正面に辿り着く。俺もルシアと一緒に歩き始めた。

「ここまで来ればもう真っ直ぐ進むだけなので、大丈夫ですよ。レイナルド様も遅くなってしまうからもう帰った方が――」

「いやいや、女の子を一人で帰せるわけないでしょ。ただでさえルシアさんは次期聖女候補なんだから、そんなことしたら今度こそ神官長から何言われるか」

「今度こそ？」

ルシアが首を傾げたが、正直に話すと俺のやらかし話を披露するだけになるので、笑って誤魔化した。

「でも、この後グウェンドルフ団長とお話があるのでは？」

「大丈夫。あいつのところには庁舎の転移魔法陣使わなくてもこっそり行けるから。グウェンも、俺が遅くなってもちゃんと来るってわかってるだろうし」

「それならなおのこと、団長が遅くまでレイナルド様のこと待っていらっしゃるのは気の毒ですよ」

ここに来るまでの間に、雑談の中でこれからグウェンドルフのところに行くと話したから、ルシアは俺が戻る時間を気にしてくれたらしい。

一昨日告白されたとき、ルシアはあの場にいなかったはずなのに何か察しているのかもしれない。勘が鋭い子は嫌いじゃないけど、ここでそれを発揮されると俺の方が恥ずかしくなってそわそわしてしまう。とにかくこれも笑って話を流そう。

「まあまあ、一、二時間変わったところで今更だし」

「そうですか？」

王宮の通用門の近くまで来たとき、ルシアが立ち止まって俺にペコリとお辞儀した。

「それじゃあ、今日は本当にありがとうございました。なんだか、レイナルド様が前世でお会いした方だってわかって、心強いです」

「俺の方こそ、重要な話を教えてくれてありがとう。これからも時々情報交換させてもらえると嬉しいな」

「はい。もちろんです。では、私はこれで」

歩き出そうとしたルシアを、俺はつい「ちょっと待って」と呼び止めてしまった。

「どうかしましたか？」

「いや……」

頭の中に、実はさっき彼女に聞いた身の上話がまだ消化できずに残っていた。誰のルートも攻略しないと言い切ったときの、彼女の妙に乾いた笑顔が気にかかる。

「ルシアさんは、今辛いのか？」

そんな言葉が意図せず口から出た。

それを聞いて、ルシアの大きな目がぱちりと瞬《まばた》きする。しばらく俺の顔を見つめた後で、彼女は柔らかく笑った。

「いいえ。魔法の勉強は楽しいし、出自を気にせず気さくに話してくれる友人もいます。子爵は優しいし、神殿の皆さんも親切です」

そう言って、ルシアは少しだけ眉尻を下げた。

「ただ、時々……本当に時々ですけど、ただの平民だった頃に戻りたいと思うんです。兄と一緒に幸せに暮らした、あの頃に。……駄目ですね。こんなに恵まれてるのに、私は」

「そんなことないよ。君は誰に対しても誠実で、俺みたいなヤバい噂のある奴にも最初から丁寧に接してくれたじゃないか」

しかもシナリオをぶち壊した俺に、ゲームの情報まで教えてくれた。

ルシアは間違いなく、主人公らしい、心根の優しい女の子だ。できるなら、ゲームのエンディングとは関係なく幸せになってほしい。ルシアがどんな選択をしようとも、俺は彼女の味方になりたい。

「それで、もし元の生活に戻りたくなったら、そのときは俺が手を貸すよ。お兄さんと一緒にうちに来ればいい。子爵には俺が何とか話をつけるから」

そう言うと、ルシアはまじまじと俺を見つめて息を止めた。

そしてふっと花が咲いたように破顔する。

「レイナルド様なら、本当に無茶苦茶にやってしまいそう。……そうなったら、いいですね。本当に楽しそうです。気にかけてくださって、ありがとうございます。いつかそんなときが来たら、お願いしますね。なんというか……あなたも攻略対象者だったらよかったのに、なんて」

くすりと笑ったルシアは、もう一度ぺこりと頭を下げた。

「それじゃあ、今日はありがとうございました。ではまた」

ルシアが今度こそ俺に背を向けて、数歩進んだときだった。

「ルシア・ファゴット様、お待ちを。ルロイ神官長がお捜しです。こちらにお乗りください」

馬車が近づいてきて、中から神官の服を着た男性が現れた。

「え？　神官長様が、私をですか？」

「はい。ずっとお姿が見えないのでお捜ししておりました。神殿までお連れしますので、お急ぎください」

「わかりました」

ルシアが慌てて馬車に駆け寄っていく。彼女は俺を振り返ると手を振った。

「レイナルド様、それじゃあまた」

「うん、気をつけてね」

手を振り返して馬車を見送ってから、俺は何かがおかしいと気づいた。

ルシアは侍女に俺のところに行くと告げてきたと言っていた。だったら、俺の家に手紙蝶か使いを寄越せばいいだけなのに、ずっと捜していたというのはおかしくないか。

それに、ルシアは今王宮内の聖女修練宮に滞在している。わざわざ王宮の外にある神殿に連れ出す必要があるのか。

そこまで思い至って、俺は慌てて馬車の後を追った。

第五章　奮闘する悪役令息、主人公に巻き込まれる

ゴトンゴトンと重い車輪が回る音と、床に寝そべった身体に伝わる馴染《なじ》みのある振動。

誰かの声が聞こえて、ふっと意識が浮上した。

「レイナルド様、大丈夫ですか？」

「ん……ルシアさん？」

「はい」

ルシアの小さな声が聞こえて、はっと目を覚ました。

身動きしようとして、両手が身体の後ろで縛られていることに気がつく。

そして首に付けられている冷たい金属の首輪にも。

そうだ。

俺はあのときルシアを助けようとして、怪しい奴らに一緒に捕まったんだった。

頭の中で、ルシアの馬車を呼び止めてからのことを軽く回想する。

『ちょっと待て、そこの馬車』

不審に思った俺は、横道に入っていく馬車を追いかけた。そこで馬車の中で気を失っているルシ

アを見つけ、御者を止めようとしたら、ルシアを盾に騒ぐなと脅されたのである。

さっさと魔法で片付けてしまおうと思ったけど、神官服の男が躊躇《ためら》いなく彼女の首にナイフを滑らせたので、慌てて両手を上げた。

名前を聞かれたから、正直にエリス公爵家の人間だと告げておいた。その方がルシアも俺の身も安全になると思ったからだ。

だが、相手はエリス公爵家の名前を聞いてもルシアを解放しようとしなかった。となると、行き当たりばったりの誘拐ではない。つまり、ルシアを連れ去ろうとする目的がある。

男が俺に馬車に乗るように指示したので、大人しく従ったら首に首輪を付けられた。重量感のある冷たい金属の首輪が嵌《は》まった瞬間、身体中から精霊力が抜き取られたような気持ち悪さを感じた。どうやら、首輪に嵌《は》め込まれた石はバジリスクの魔石のようだ。

バジリスクの魔石には、魔力や精霊力を無効化する力がある。一般的に魔力封じの首輪と呼ばれるそれは、罪を犯した魔法士が牢の中や法廷で魔法を使えないようにするためのものだ。ただ、バジリスクの魔石はかなり貴重で高価な代物のはず。一介の盗賊なんかが扱えるようなものではない。

つまり、ある程度の力を持つ貴族が後ろにいるということだ。

『言われたとおりにするから、その子に危害を加えるな』

俺は慎重になれと自分に言い聞かせ、男の指示に従い座席の隅に座った。気絶しているルシアを見守っていたら、突然頭から革袋を被せられて馬車の床に転がされた。

多分こいつらの目的はルシアだから、相手の意図を把握してから動いた方が賢明だ。そう思ってじっとしていたものの、精霊力が身体から抜けていく感覚があまりに気持ち悪くて、いつの間にか俺は気を失ってしまったらしい。

「ごめんな、こうなる前に助けられなくて。ここは列車の中か……」

「はい。多分」

周囲に座席がないようなので、おそらく荷物を載せる荷室だろう。上の方に明かり取りの小さな窓が丸く開いているだけで荷室の中にはランプもなく、夜のせいかほとんど周りが見えない。かろうじてルシアが傍に座っていることはわかる。

俺は縛られた手でどうにか上体を起こした。足は縛られていないが、首輪は付いたままなので精霊術を使って脱出することはできない。

「私も馬車に乗せられたときに気を失って、気がついたらここにいました」

「ルシアさんは精霊術使える？」

「いいえ。私も魔力封じの首輪を付けられています」

「そうか。一体あいつら何が目的なんだろうな」

この列車の終着地点はわかる。

なんの因果か、この列車は俺がルウェインとソフィアと一緒に理論を考えて開発した魔道機関車で間違いない。車輪が回転するときの特徴的なこの音は、確かに最近開発した新型車両のもの。

だとすると、険しい山岳地帯を走るこの列車の終着地点は炭鉱だ。

ただ、何故ルシアと俺を炭鉱に向かう列車に乗せたのかはわからない。

こんな時間に魔道機関車が走ることはまずないから、盗むか脅すかして動かしているんだろうが、そんなことはただのごろつきには難しいだろう。

なんにせよ、まずは助けを呼ぶことから始めるべきだ。魔法が使えない俺達だけでは分が悪い。

俺はルシアの方に身体を向けた。

「ルシアさん、悪いんだけど、俺の上着の内ポケットから懐中時計を出してくれない？」

「え？　あ、はい」

ポケットの当たる感触からして、公爵家の紋章が入った懐中時計は入ったままだ。

ボディチェックはしただろうが、懐中時計は没収しなかったのか。そこそこ高価で貴重なものなんだが、何故だろう。

疑問に思いながらも、俺と同じように縛られたルシアに後ろを向いてもらい、手を上着の中に突っ込んでもらう。何度か試して、ようやく内ポケットに手が入った。

「これですね」

「そうそう。それ、しっかり持って動かないでいてくれる？　ちょっと危ないものが出るから、手は側面触らないでそのままね」

「わかりました」

ルシアに後ろ手に懐中時計を持ったままにしてもらい、俺は驚かせないように慎重に近づくと、リューズの部分を歯で軽く捻《ひね》った。

ヒュッと音がして懐中時計の横から小さな刃先が飛び出る。

俺も後ろを向いて懐中時計を受け取り、手のひらで転がすようにして刃先を縄に当てた。しばらくして縄を切ることに成功したので、ルシアの腕を縛る縄も切る。

「ありがとうございます。すごい道具ですね」

「こんなこともあろうかと何年か前に作ってみたんだよ。まさか本当に役に立つときが来るとはなー」

駆け落ちカップルを手助けしたときに、仕込み刃があると便利だなって思ったんだよな。

両手が自由になった後、荷室の扉が開かないか確かめに行った。重い鉄製の扉は、鍵が掛かっているのか全く動かない。

予想通りだな、と一度ルシアのいるところまで戻り、もう一度懐中時計を取り出すと、先ほどのように出した刃先を捻《ひね》り一度押し込む。そうすると、時刻合わせのボタンがカシャンと音を立てて飛び出し、小さな赤い筒が出てきた。そうっと引き抜いて、その筒状になった紙を広げる。

「これは……手紙蝶ですか？」

「そうだよ。うちの家の子の超特急便」

薄い小さな紙で作られた手紙蝶を手のひらの上で広げる。すでにウィルの魔力が込められているから、俺が精霊力を使わなくても送り出すことができる。緊急時のために仕込んでおいてよかった。

明かり取りの穴から差し込む僅《わず》かな光を頼りに、懐中時計のナイフを使ってウィルに宛ててメッセージを書き込む。小さい紙に詳細は書けないいし、万が一誘拐犯に拾われたときのことを考えて文面は少し工夫した。

『ルーに伝えろ
ウルトラC
グウェンにも』

首輪があるからか没収されていない杖もあるが、紙が小さいのでそれでは書けない。ナイフや爪でも書けるようにしておいて正解だったな。次は真っ暗な場所で拉致されたときのために、時計にライトの機能も搭載しておこう。

「ウルトラC？」

俺の手元を覗き込んだルシアが不思議そうな声を出した。

「今俺達が乗ってる新型魔道機関車の別名だよ。ウルトラCは、超高速山岳特急のあだ名」

俺の顔を見ながらまだ首を傾げているルシアに、頬を掻きながら説明を続ける。

「この列車、実は俺と友人が最近開発したんだ。山岳地方の険しい斜面を走る機関車で、炭鉱と麓《ふもと》を繋《つな》ぐ路線を走るんだよ。超高速山岳特急って名前が長いから、俺達の間だけでそれをウルトラCって呼んでて。ネーミングは俺なんだけど」

「ですよね。ウルトラC……」

「うん、そう。魔法陣にちょっと捻《ひね》りがね、入ってるんだよ。こう、上手く説明できないんだけど」

ルシアが生暖かい目で俺を見てくる。

そんな目で見ないで。

まさか前世を知ってる人に説明することになるなんて思ってなかったんだから。俺にネーミングセンスがないのが露呈して猛烈に恥ずかしい。

「とにかく、名前のことはいいんだ。肝心なのはここから。まず、ウルトラCの名前を書いておけばルウェインはこの列車だと気づいてくれると思う。さらに言うと、これが走るのは今のところ北部のフォンフリーゼ公爵領だけだから、グウェンに聞けば北領の地形のことはわかるはずだ。終着点の炭鉱の場所も、多分グウェンなら正確な場所がわかる」

気まずさを誤魔化すために早口で言うと、納得したようにルシアは頷いた。

完成した手紙蝶を手のひらで大事に包み、明かり取りの穴からそっと外に向けて放した。

無事に届いて、早くルウェインかグウェンドルフが駆けつけてくれることを祈ろう。

「さて、それじゃ俺達も現状把握に動き始めるか。ルシアさん、さっきも言ったけど、この列車はおそらくフォンフリーゼ公爵領の炭鉱に向かっている。君を攫《さら》った相手に心当たりは？」

「炭鉱……。いえ、私にはさっぱり。あ、待ってください。確か、ゲームに炭鉱って出てきたような……」

「えっ、本当？」

驚いてルシアを見ると、暗闇の中彼女が首を捻《ひね》ったように頭を右に傾ける。

じゃあこれはゲームのシナリオなのか。

「はい……。でも、ゲームのルシアにはほとんど関係ないんです。ただ、聖女候補が誘拐される事件が起こって、一度修練宮での試験が延期になりました」

「聖女候補の誘拐？」

「そうです。レイナルドが封印結界を制御できる聖女の力を疎《うと》んじて、手っ取り早く次期聖女を消そうとしたという事件です。記憶によると、誘拐された聖女候補は炭鉱付近の湖で衰弱して倒れているのが発見されました。魔物も出る山だったにもかかわらず、光属性の聖女候補は中級以下の魔物には避けられるので、襲われずに助かった、みたいな話でした」

「なるほど。主人公のイベントじゃないけど、ルシアに白羽の矢が立ったってことか」

「多分。……あ、いえ。そういえば、レイナルドとの唯一のイベントは同じ時期だったかもしれません」

「それって、俺の家で言ってた、レイナルドに誘われて外出すると強制バッドエンドになるってやつ？」

「はい。そう言われれば、聖女候補の誘拐事件の前だったかも」

いや待てよ、これ。

今の状況って、ルシアが言ってたレイナルドに攫《さら》われたイベントに若干掠《かす》ってない？

攫《さら》ったの俺じゃないけど、俺もしっかり巻き込まれて列車に乗っちゃってるよね。

じゃあ、これって上手くやらないと俺が犯人に仕立て上げられるパターンなんじゃないのか？

偶然巻き込まれただけだと思ってたのに、シナリオの微妙な強制力に引きずられたことを知った俺はショックで頭を抱えた。

ゲームの内容通り、聖女候補を狙った誘拐なのかはまだ確定ではない。犯人が偶然ルシアと一緒に俺を攫《さら》ったのか、何か思惑があったのかはわからないが、とにかくルシアと無事にここから脱出するしかない。後のことは後で考えよう。

そう思い、どうやって荷室から出ようか考えていたとき、ガタンと音がして急に扉が開いた。

「え？」

ルシアと二人で扉を振り向くと、廊下の明かりが逆光になって鮮明に見えなかったが、入り口に人が立っているのはわかった。

「おや」

やや低い男の声でそう言うと、その影はゆらりと荷室の中に入ってくる。全身が灰色のローブで覆われていて、人相も年頃もわからないが背は俺より高い。

ルウェインやグウェンドルフではない。そもそも手紙蝶を送ったばかりなのに、駆けつけるにしては早すぎる。

では拉致犯か。と思いルシアを背中に庇《かば》って立つと、数歩近づいてきたその人物は驚いたような声を上げた。

「こんなところで君に会うなんて、妙なこともあるもんだな」

ローブのフードを無造作に外した男の顔を見て、今度は俺が驚いた。記憶の中から珍しい銀色の長い髪と瑠璃色《るりいろ》の瞳を持った一人の若者を思い出す。

「あんたは……」

数年前、あの駆け落ちカップルを助けたときに、たまたま知り合いになった魔法使いじゃないか。

そういえば、あのときもカップルの女の子の方と倉庫に閉じ込められたところをこの人に助けられたんだった。彼女を助けた後、気がついたら彼は消えていた。素晴らしい実力の魔法使いだったけど名前も聞けず、それ以来一度も出会わなかった。彼ほどの実力なら、名前くらいは広まっていてもおかしくないはずなのに、噂にもならないし、再会するまで俺もほとんど忘れていたくらいだから本当に不思議な人だ。

「こんな時間に動いている不審な魔道機関車があると思って潜《もぐ》り込んでみたら、まさか中に君がいるなんてね。そういうことなら、俺は必要ないみたいだな」

「え？」

「時間を無駄にした。じゃあ後は君の方でよろしく」

そう言って本当に踵《きびす》を返そうとした相手を慌てて引き止める。

「いやいやいや。待って待って。俺、今魔力封じの首輪のせいで魔法使えないから。放置されたら困る」

「大丈夫だって。君ならそんな首輪、あってもさして問題じゃないだろ？」

「ないわけあるか！　ゴリラじゃないんだから鉄製の首輪なんて引きちぎれねーよ！　魔法も使えないし何もできなくて困ってるんだって」

ここで帰られたら困る、と必死に窮状を訴えたら、彼はふ、と口元に手を当てて笑った。

「だとしても、そんなに興味深いことになってるのに、わざわざ首輪を外すなんて野暮なことしたくないな。そもそも首輪の鍵は持ってないし、俺じゃ外せない。ごめんね。悪いけど急ぎの用事があるから、俺はこれで」

「いや待て、この状況でほんとに帰ろうとすんな！」

「君なら絶対大丈夫だって。ああそうだ。じゃあ代わりにこの鍵をあげるよ。これで隣の荷室を開けてみるといい」

そう言うと彼はウインクして小さな鍵を投げて寄越した。

「は？　ちょっとあんた！」

「またね、レイナルド君」

その言葉に驚いて身体が一瞬固まり、立ち去る彼を思わず見送ってしまった。

俺の名前を知ってたのか。名乗り合った覚えはないんだけどな。

品のある顔をしてたから、もしかしたら彼も貴族なのかもしれない。

あっさりと俺達を見捨てて荷室を出ていった若者を追って、俺は通路に飛び出した。しかし彼はすでに転移したのか煙のように消えた後で、本当に助けるつもりなく帰ったらしい。普通この状況で帰るか？　前回同様、全然思考回路が読めない魔法使いだ。

「あの人、もしかして……」

後ろでルシアがそう呟《つぶや》いたとき、後方から人が走ってくる足音がした。

とりあえずルシアと一緒に荷室の中に戻って、静かに扉を閉める。

「おい、あれどうすんだ。あんなのがいるなんて聞いてないぞ」

「放っておくしかないだろ。操作について聞いてこいって言ったって、相手があれじゃ俺達が怪我する」

「誰だよ、まとめて閉じ込めておけなんて言った奴。しかもあんなところに入れるなんて」

「仕方ないだろう。空の荷室には別の奴らを入れてるんだから」

「知らねえよ。さっさと連結機外して切り離した方がいいんじゃないか」

そう大声で言いながら、二人の男が俺達のいる荷室の前を走っていった。

なんだろう。

どうやらここではないところに誰かが閉じ込められているようだ。さっきの魔法使いが渡してきた鍵が、その荷室の鍵なんだろうか。開けてみろと言っていたな。

「ルシアさん、とりあえず状況を確認しに後方に行ってみようか」

「はい」

ルシアが頷いたので二人でそうっと通路に出る。連結部から夜の暗闇の中に出て、風に飛ばされないようルシアと手を繋《つな》いでもう一つの車両に移動した。

荷室の扉に近づくと、中からはこもった人の声が聞こえた。なにやら大声を上げて怒鳴っているようだ。俺達と同じように攫《さら》われてきた人なんだろうか。よくよく聞くと、ドンドン扉を叩く音には重い鈍器みたいな音も混ざってる気がするんだが……

一体何が出てくるのかちょっと怖いが、魔法使いがわざわざ鍵を渡してきたということは、何か意味があるんだろう。多分、悪意はないはずだと彼の言い分を信じ、ルシアと顔を見合わせてから扉を開けてみることにした。

ガチャッ、と鍵を回して引き抜くと、その瞬間扉が開いて中から鋭く風を切る音が聞こえる。

咄嗟《とっさ》に飛び退いて避けると、俺が立っていた通路の壁に鉄製のスコップがガツンと突き刺さった。

驚愕して壁に目が釘付けになる。

チッと舌打ちが聞こえた後、中から飛び出してきた人影が殺気を纏《まと》いながら何かを振りかぶった。

向こうからは逆光だっただろうが、通路側からは光が当たり、中から出てきた人の顔がはっきり見えた。その見覚えのある相貌《そうぼう》を見て、俺は目を丸くする。

「ソフィアちゃん⁉」

「む？　その声は……」

俺の大声を聞いて、相手は振りかぶっていたものの軌道を逸らした。

ドスッという音がして、俺の顔のすぐ脇の壁に釘抜きが突き刺さる。

え……？

釘抜き……って刺さるの？

というか、さっきから狙ってくる位置が的確すぎてめちゃくちゃ怖いんだけど。

「レモナルドか」

女性にしてはやや低いハスキーな声で問いかけられる。

俺は懸命に頷いた。

「そうそう。いつも言うけど、ちょっと間違ってるんだよね。俺の名前はレイナルドだよ」

そう言うと殺気が薄れ、彼女から放たれる威圧感が幾分減った。

冷や汗をかきながら、仁王立ちになり怪訝《けげん》そうな顔で腕を組んだソフィアを観察する。

頭の後ろで纏《まと》められた長い桃色の髪に、ガーネットのような輝きを放つ意志の強そうな瞳。女性にしては大柄で、身長は俺とほとんど変わらない。濃い灰色のシンプルなシャツとズボンを着ているが、しなやかで長い腕は張りがあり、俺よりも余程逞《たくま》しく見える。

病弱なお兄さんを支えるために、小さな頃から身体を鍛えることが好きだったソフィアは、そこらにいる男達よりも中身も外見も凛々《りり》しく雄々しい女性だ。

「ソフィアちゃん、なんでここにいるの？」

「今日の夕方、たまたま王都にいたらウルトラC《こいっつ》の急の故障で呼ばれてな。調整して明日の運行のため車掌達に引き渡し、フォンフリーゼ公爵領に移送しようとしたら、急に何者かに襲撃され列車を乗っ取られた。今まで車掌達と一緒に荷室に押し込められていたのだ」

そう言うと、ソフィアは荷室の中を指し示した。覗き込むと、中で車掌と作業員と見られる人達が固まって震えていた。こちらを見ながら震えているように見えるが、犯人に怯《おび》えているのか、目の前の姐御《あねご》に怯《おび》えているのかは触れないでおこう。

「なるほどね。ルウェインは？」

「ルーは今実家に帰っている。故障は私だけで対処可能と判断したんだが、夫の大事な魔道機関車を曲者《くせもの》に乗っ取られるなど妻の名折れ。彼にどう弁解すればいいのか……」

「まあまあ、そんなに落ち込まないで。俺も捕まったくらいだから、相手は結構実力のある曲者《くせもの》みたいだよ」

「ちょっと待て。いつもおかしな事件に巻き込まれるお前がここにいるということは、ひょっとしてこれはお前のせいなのではないか？　危険を冒してまで魔道機関車を盗もうとする商売仇《がたき》なんて、私達にはいないぞ」

鋭い目で睨まれると、俺も貼りつけた笑みのまま固まるしかない。

目つきと同様に鋭い観察眼だよ、ソフィアちゃん。今回のこれは、多分俺とルシアのせいだから。

「まぁ、それはこの事態を上手く解決してから考えることにしようよ。それはそうと、オルタンシアは？　一緒じゃないの？」

彼女がいれば強力な炎の魔法が使えると思い聞いてみると、ソフィアは首を横に振った。

「いや、シアは別の仕事があって王都の家に置いてきた。しかし私が夜になっても戻らないから、何かあったと察して動いているはずだ」

「そうか。じゃあどちらにしろルウェインには連絡が行くな。俺もさっき手紙蝶を飛ばしたけど、辿り着かない可能性もあるし、それなら安心だ」

ルウェインが俺達のいる魔道機関車の場所を見つけてくれれば、状況はかなり好転する。

「あ、そうだ、こっちはルシア・ファゴット子爵令嬢。目的はよくわからないんだけど、俺と一緒に怪しい奴らに誘拐されて隣の荷室に閉じ込められてた。俺もルシアさんも、この魔力封じの首輪のせいで今精霊術が使えないんだ」

「はじめまして、ソフィア様」

「ああ。その名前はユーリスの学友だったたか。こんな状況だが、次期聖女候補の優秀な魔法士と知り合えて光栄だ。私はソフィア・ボードレール。よろしく頼む」

「は、はい。こちらこそよろしくお願いします」

少し緊張した面持《おもも》ちのルシアを紹介したら、ソフィアが爽《さわ》やかな笑顔で挨拶《あいさつ》した。何人もの女性を虜《とりこ》にしてきたその笑顔に、ルシアもぐらりときたらしい。ソフィアを見つめる顔が赤い。

基本的に女性にモテまくるソフィアの属性を羨ましく思いながら、俺は通路の窓から真っ暗な空を見上げた。外は原っぱなのかほとんど何も見えない。

「ソフィアちゃん、ここってもうフォンフリーゼ公爵領に入ってるよね？　あとどれくらいで炭鉱に着くかわかる？」

「そうだな……。見た限りまだ平原だが街はもう見えないところを見ると、炭鉱のある山岳地帯に到達するのにあと十五分、列車が山を登り、炭鉱に着くのに更に四十分弱といったところか」

ソフィアが外を見ながら腕を組んで答える。

「わかった。ルウェイン達が来るまでに、できるなら誘拐犯からこの首輪の鍵だけでも奪い取っておきたいな。それにはまず犯人の情報を集めたい。ソフィアちゃん、ここよりも後ろの車両には何があるの？」

「後ろは掘り出した鉱石や石炭を積むための空のコンテナだ。この先は通路もないから、人はいないだろう」

「じゃあ犯人達はみんなここよりも前方にいるわけだ。とりあえずこっそり様子を見に行ってくるよ」

「レモは今魔法が使えないのだろう。私も行こう」

そう言って壁に刺さったままの釘抜きを無造作に引き抜くソフィア。

壁をぶち抜ける助っ人が現れてすごく心強いです。

「戦力にならないかもしれませんが、私も行きます」

ルシアが緊張した面持《おもも》ちで俺達を見た。確かにルシアを置いて別行動するのは心配なので、このまま三人で進むことにする。

そうして魔道機関車の中を前方に向かって進み始めたのだが……

ソフィアの活躍はすごかった。

荷室の前方の車両は座席が並ぶ客室になっていたのだが、そこでうたた寝していた数人の見張り役を一瞬で無力化した。目が覚めてもまともな抵抗もできずに気絶させられた犯人の一味は、とりあえず縛って床に転がしておく。

「客室の見張りはまばらだったな。誘拐犯のボスは先頭の機関室にいるようだ」

ソフィアが血で汚れた釘抜きを、犯人の男の一人の服で拭きながら言った。

その動作に若干ビビりながら俺は頷く。

「見たところ大した実力もないし、どこぞのうらぶれた強盗団みたいだね。やっぱり誰かに雇われて列車を襲ったのか」

「バジリスクの魔石を使った首輪を用意するくらいだから、依頼したのは相当金のある商家か貴族だろうな」

「そうなんだよね。この首輪って、帝室でも数えるくらいしか所有してないはずだし」

「しかし、どうする。このまま機関室に突入するのか」

「うーん、ちょっと待って」

このまま突入したところで俺とルシアは魔法を使えないし、敵が何を持っているかわからない状況では分が悪いだろう。

俺は何か戦えるものはないかと、上着と服の中を漁《あさ》った。時計のときも不思議だったが、何故かポケットの中のものは何も取られていない。精霊術が使えない以上は無力だと判断されたんだろうか。だとしたら、ソフィアがこちらにいるのは俺達に有利な展開だ。

上着のポケットの中には、魔法陣が描かれた小さな巻物がいくつか入っていた。俺は風と土以外の属性の精霊術は魔法陣がないと使えないので、ライター代わりの火の術や、清潔な水が欲しくなったときの水の術、それから視察に行った村の子供達にせがまれたら見せるための花火の術など、簡単な魔法が使える簡易魔法陣を大抵携帯している。精霊力を流せばすぐに発動できるから便利なのだ。

「あ、これがあればもしかして……」

俺はそのうちの一つを手に取って、ソフィアの顔を見た。

「ソフィアちゃん、機関室ってもちろん天井にはあれが付いてたよね」

「あれ……。ああ、なるほど」

俺の言いたいことがわかったのか、ソフィアは腕を組んで頷く。

「ソフィアちゃんにもこの魔法陣に流せるくらいの精霊力はあるよね」

「ああ。大丈夫だろう」

叡智の塔に進学していないとはいえ、ソフィアは魔術学院に通っていた貴族だ。多少の魔法は使うことができる。それなら機関室の犯人達を一気に無力化できるかもしれない。

思いついたアイディアを頭の中で一気に組み立てていく。二人にその案を話して打ち合わせた後、俺達は足を忍ばせて機関室に近づいた。

何人かの人間が話している声を確認し、ソフィアと視線を合わせると、無言で機関室の扉をガラリと開けた。

「何だ⁉」

「うわっ」

「誰だ！」

数人の男の声が聞こえたところに、ソフィアが精霊力を込めた簡易魔法陣を放り投げた。

パパパパパパン！

「うわぁ！」

「なんだ⁉」

「チッ、慌てるな！　ただの花火だ！」

機関室の中でネズミ花火があちこちに跳ね回り、小さな打ち上げ花火がパンッと爆《は》ぜた。

男達は最初こそ悲鳴を上げたが、すぐに冷静さを取り戻して俺達のいる扉の方を振り返る。

「お前らなんで出てきてるんだ⁉　誰だ鍵を開けたのは！」

一番奥にいたリーダーらしき人相の悪いおっさんが怒鳴り声を上げた。

俺達を捕まえようとした男達が扉に辿り着く前に、俺は素早く扉を閉めた。

「あ⁉　逃げるぞ、追え！」

扉が開かないように三人がかりで押さえる。後方に逃げるつもりはなく、俺は扉の上部に嵌《は》められた小さなガラス越しに中の様子をうかがった。

「よし。出た」

ブオーン
機関室の天井から不穏な音が鳴り始める。

「なんだ？」

誘拐犯達がその音に気がついて上を向いた瞬間、天井の板がバラバラと外れた。


ドバァッ！


上から白い粉が大量に降ってくる。

「うわあああ⁉」

男達は、突如として我が身に降りかかった謎の粉に阿鼻叫喚《あびきょうかん》した。

皆上を向いてしまったがゆえに、目に粉が入ったらしい。目を押さえて床をのたうち回り痛がっている。

「すごい。上手くいったじゃん」

「うむ。防火装置がしっかり作動することがわかって私も安心だ」

ソフィアが満足そうな声を出した。

上から降ってきた粉は、消火剤である。

花火の煙に反応して機関室の防火装置が作動したのだ。火事で機関室の魔法陣が損傷したら大事だからと、煙に反応して消火剤を散布する装置を設置していた。使うことなんてないと思っていたけど、こんなところで役に立ったな。

「さっさと制圧するぞ」

ソフィアが扉を開けて中に飛び込む。俺もそれに続いた。

「うぐっ」

「ぐあっ」

ソフィアが釘抜きを振りかざし、次々と誘拐犯の一味を殴り倒していく。

躊躇《ちゅうちょ》なく頭狙ってるところが本当に怖い。

俺も持ってきたスコップを構えながら、ルシアと共にソフィアを後方から守って援護した。

「ゴホッ、くそっ、なんなんだこの粉は！」

一番奥で悪態をつきながら立ち上がりかけたリーダーのおっさんを、容赦なくソフィアの釘抜きが襲う。

「うがっ」

痛そうな鈍い音を立てて、おっさんの側頭部に釘抜きがクリティカルヒットした。

「ひぇっ」

俺の口から思わず悲鳴が。

すごく痛そう……

ドサッと粉に塗《まみ》れた床におっさんが倒れ込む。ソフィアの足がその肩をぐりっと押して仰向《あおむ》けにし、胸の上にどんと片足を下ろした。

容赦のない一連の動きに、俺は感嘆すると同時に内心恐れ慄《おのの》く。

「お前がリーダーか」

「ぐっ、くそっ、テメェ誰だよ」

「お前達が魔道機関車と共に拉致した従業員だ」

「は!?　ただの従業員がこんな武闘派なわけあるか！　傭兵か何かだろう！」

正論だ。

おっさんのツッコミに、ソフィアは眉を寄せて釘抜きを振りかぶった。

ドスッ

「ひいっ」

おっさんの顔のすぐ横の床に、釘抜きが刺さる。

見ていた俺まですくみ上がる勢いだった。

「余計なことは喋《しゃべ》るな。拉致した目的と、お前達に誘拐を依頼した者の名前を言え」

冷徹な顔で淡々と命令するソフィアを床から見上げ、おっさんは憤怒の表情を浮かべた。しかしその顔がすぐに余裕を取り戻す。そしてソフィアと俺の方を見てにやりと笑った。

「ふん。テメェらこそ、今すぐ俺から離れて跪《ひざまず》け。これが何かわかるだろう」

そう言って、おっさんは素早く服の中から古びた羊皮紙《ようひし》を取り出した。そこに描かれているのは、血文字のような褐色の魔法陣だった。

掲げられたものを見て、俺は目を見開いた。

「まさか召喚陣か!? どこでそんなものを」

「ハハハ！ その通りだ。これは魔物を呼び寄せる召喚陣。ここに俺が少しでも血を付ければ魔法陣が発動して、山の中から魔物が集まってくるぞ！」

この世界には、悪魔の術とも魔界の術とも言われる禁術がある。

精霊術とは違い、魔界の悪魔や魔物を使役して行使する邪術で、恐ろしく強大な力を得る代わりに、それ相応の代償が必要だ。現在ではすでに失われたはずの禁術である。

おっさんが持っているものが本物の魔物の召喚陣なのかどうか俺にはわからないが、魔物を呼び寄せるなんて術があるならそれは間違いなく禁術だ。これが本物ならば、術を発動したら近隣一帯の魔物があの召喚陣を目掛けてやってくることになる。

そしてここはフォンフリーゼ公爵領の山岳地帯。ただでさえ魔物が多く生息する地域でそんなものを使われるのはまずい。

「わかったらさっさとその足を退けろ」

「ソフィアちゃん」

俺が一旦引くつもりで慎重に声をかけると、彼女は「わかった」と言って足を持ち上げた。

そしてその足をおっさんの股間に振り下ろした。

「うごっ」

「ソフィアちゃぁああん⁉」

おっさんがくぐもった悲鳴をあげて股間を押さえて悶絶する。

俺も同じ男として縮み上がった。

ソフィアは、のたうち回るおっさんの手から離れた羊皮紙《ようひし》を悠々と拾い上げて俺に差し出した。

「ほら。こうして欲しかったんだろう」

「違うよ⁉　一旦慎重になろうって意味だったんだよ⁉　でも、うん、ナイスな機転だったよね！

さすがソフィアちゃんだ‼」

全力で突っ込んだら「ああん？」とソフィアの眉根が寄ったので、激しめに賞賛しておいた。

召喚陣まで取り上げられたおっさんは戦意喪失して、大人しくソフィアの足に踏まれている。

「これって本物なのか？」

もし本物なら、ますますバックにいるであろう貴族が怪しい。シナリオではレイナルドが引き起こす悪魔召喚、実は黒幕がいる線が濃厚になってきたな。

「すみません、それよく見せてください」

ルシアが後ろから俺の手元を覗き込んできた。

「これ、多分本物だと思います」

「ルシアさん、わかるの？」

「はい。ちょうどこの前、修練宮でリビエール上級神官から講義を受けました。禁術となっている悪魔の術について、あくまで聖女が持つべき知識としてですけど」

それを聞いて、へぇと思った。神殿には、禁術について多少情報が残ってるんだな。今後のためにも、無事に戻ったら教会の図書館に確認しに行ってみよう。

「完全にはわかりませんが、この陣には魔物を呼び寄せることと、それを悪魔の力を借りて行うことが描かれているようです」

「……となると、断然これを渡した相手が気になるところだな」

俺がおっさんを見下ろすと、ソフィアが踏んづけていた足に力を入れた。

「さっきの質問の続きだ。お前にこれを渡して依頼した貴族の名前を言え」

ソフィアの高圧的な声を聞いて、青褪《あおざ》めていたおっさんは皮肉げに笑った。

「もうここまで失敗したなら仕方がない。俺だって自分の命と金が惜しいからな。頼んできた貴族の名前は教えてやるから、俺を助けろ」

おっさんはそう言って、にやりと笑って俺を見上げる。

あっさり手のひらを返すやり方は気に入らないが、このおっさんの情報を辿れば黒幕に少しは近づけそうだ。俺は腕を組んでから頷いた。

「それ相応の罰は受けてもらうが、いいだろう。依頼主を教えれば、雇い主の報復からあんたを守ってやる」

おそらくバックにいる貴族はこのおっさんを始末しに来るだろう。囮《おとり》にもなるし、使えそうだ。

そう言うと、おっさんはひひっと笑って俺を指差した。

「いいか。俺に依頼した奴はな――」

そこまで言ったとき、唐突におっさんの口からゴボッと血が噴き出た。

「おい！」

ソフィアが驚いた顔で足を下ろし、喉を押さえて苦しむおっさんの身体を横に向ける。

「うぐあああぁ」

おっさんは目を見開いて大量の血を吐き出した。

「しっかりしろ！」

俺も羊皮紙《ようひし》を投げ捨てて膝をつき大声で呼びかけたが、程なくしておっさんは目を見開いたままぴくりとも動かなくなった。

「まさか」

「死んだな。どういうことだ」

ソフィアが眉間に皺《しわ》を寄せながら唸《うな》る。

俺も突然のことに呆然としていた。

誘拐犯とはいえ、初めて人が目の前で死んだ。頭から血の気が引いていく。心臓が早鐘を打ち、背中に冷や汗が滲《にじ》むのがわかった。

「あの」

振り返ると、青褪《あおざ》めたルシアが震える手で拾った羊皮紙《ようひし》を凝視していた。

「ルシアさん?」

「ここに、多分描いてあるんだと思います。術を発動する代償が、この人だって」

その言葉に、俺はもう一度おっさんを見た。

しかし、今、このおっさんは術を発動させようという素振りは見せていなかった。俺達に犯人の名前を告げようとしただけだ。その瞬間にタイミングよく発動したということは、犯人を明かそうとしたら否応なく発動するように仕掛けられていたのかもしれない。まさか自分の命が代償として支払われるなんて、このおっさんは知らなかっただろうが。

それに、よく考えれば、魔物を呼び寄せる術の代償が少量の血で済むわけがない。

「もしかして、犯人の名前を口に出そうとしたら発動するように仕掛けられてたのかも。でも、そんな高度な禁術が今も残っているのかな……」

俺の呟《つぶや》きに近い推論を聞いていたルシアが、突然小さく悲鳴をあげた。

「どうした!?」

「あの、魔法陣が」

ルシアが取り落とした羊皮紙《ようひし》を見ると、消火剤が撒《ま》かれた床の上に落ちたそれがボワッと赤黒く変色した。魔法陣が鮮血のように鮮やかな赤色に染まる。

「禁術が、発動したということでしょうか」

ルシアの震えた声を聞いて、俺も事の重大さに気がつく。

慌てて機関室の窓に駆け寄り、重い防火窓を勢いよく押し上げ全開にした。

途端に冷たい風が頬に強く吹きつける。

顔を出して周囲を確認するが、今のところ魔物が大量に襲いかかってくる気配はない。だが、機関車はすでに山岳地帯に入っている。このまま行けば炭鉱へ向かう途中で周囲の魔物が襲ってくるだろう。

「まずいことになったな」

「とにかく、このまま炭鉱まで走り続けるのは危ない。ソフィアちゃん、魔道機関車を止めよう」

おっさんが死んだことにショックを受けている場合ではない。下手したら魔物に襲われて全員死ぬ。

俺はソフィアと一緒に、機関室の前方にあるブレーキを確認しに走った。

前面の壁一面には動力となる巨大な魔法陣が描かれている。魔法陣の起動に必要な魔力は中心部に固定された結晶石に、精霊力か魔力を定期的に込めることで賄《まかな》っているが、ブレーキや操作レバーといった手動で動かすための機械も取り付けられている。

「うわ。壊されてる」

「列車を止められないようにしてあるな。死んだとはいえ、あの男……私と夫の愛する魔道機関車にこのような非道を働くとは、地獄に堕ちても許さん」

「魔法陣の結晶石を外すのはどうかな。あれがなくなればエネルギーの供給が止まるから、列車も止められるんじゃ……」

俺の言葉に、ソフィアは小さく唸《うな》った。

「おそらく、外すことができれば止まるだろう。しかし、あれは簡単には外れないように魔法で壁に固定されている。容易に外れるか？」

「うん、そうだった。ごめん。あの石の固定も魔法陣に組み込んであるんだった。ちょっとすぐには無理だな」

「では、ブレーキの復旧に挑戦してみよう。荷室に閉じ込められた従業員を連れてくる。少し時間はかかるかもしれないが、ブレーキを直すことは可能だろう」

「わかった。よろしく頼むよ。俺はまずこの首輪の鍵を探してみる」

ソフィアが機関室から走って後方の車両に向かった。

俺はおっさんの死体に近づいて、そうっと服の中から鍵を探す。

まだ温かさのある身体に触れるのは正直鳥肌が立つが、精霊力を取り戻さなければ魔物に対抗する術《すべ》がない。泣き言は言っていられないと自分を叱咤《しった》した。

ルシアも俺の後ろから恐々とおっさんの身体を観察している。

「レイナルド様、この人首から何か下げてるみたいです」

「え？　本当だ」

よく見ると首元に革の紐が見えた。

ゆっくり引っ張ってみると、細い革の紐の先に小さな金色の鍵がついている。

「これっぽいね」

懐中時計の刃で紐を切り、鍵を手に取った。

「これって一つしかないけど、俺とルシアさんの首輪が二つとも開くのかな？　どちらかの首輪しか開かないなんてことないよね」

俺は疑り深い目で鍵をじっと見つめる。

使ったら消えるとか、ゲームのアイテムみたいにならないよな？

「先にレイナルド様が開けてください。私の精霊力が解放されても、魔物と戦うには力不足ですから」

「わかった。じゃあ先に試してみるね」

悩んでいる暇はないので、思い切って鍵を首輪の留め具に差し入れる。

カシャンと音が鳴って首輪が外れた。

ふっと身体の中に精霊の息吹《いぶき》が入ってくる感じがした。身体が温かくなり、呼吸が楽になる。

「よかった、この鍵で合ってたみたいだ。じゃあルシアさんもこれで外して」

外れた首輪から鍵を外して、ルシアに渡す。消えてなくなるなんてことがなくてよかった。

ルシアの首輪もカシャンと外れ、彼女がほっと息をつく。

精霊力が戻った俺の耳に、今度は風に乗って微《かす》かな音が聞こえてきた。不穏な、魔物の鳴き声のような。

「まずいな……もう集まってきたか」

窓に駆け寄って外を確認すると、同時に機関室の扉からソフィアが従業員を連れて帰ってきた。

「レモ、全員無事だ。……もう魔物が来たのか」

「うん。そろそろ来るな。俺は上で魔物の相手をするよ。ソフィアちゃんはここでブレーキの復旧をお願いしてもいい？」

「わかった。精霊力は戻ったんだな」

ソフィアが俺の首元を見て聞いてきたからしっかりと頷いた。

「もう大丈夫。そろそろ助けが来てくれると思うから、それまでみんな頑張って」

「ああ。無茶するなよ」

怯《おび》えて震えている従業員達を元気づけようと明るくサムズアップしてみたが、床に気絶して転がっている誘拐犯達と血を吐いて死んでるおっさんを前にしたら、ちょっと無理があるかもしれない。

「ほら、お前達！　生きて帰りたかったら死ぬ気で直せ。皆工具を持て！」

スコップを背負ったソフィアが雄々しい。

普通の令嬢なら間違いなく失神している状況でも全く動じない。女性の皆さんが惚れる気持ちがわかる。

「レイナルド様、私はこの禁術の魔法陣を解読してみます。もしかしたら私の光魔法で解除できるかもしれないので」

ルシアは先ほど床に落ちた羊皮紙《ようひし》を拾い、真剣な表情で俺を見た。緊張を押し殺すように拳《こぶし》をぎゅっと胸の前で握っている。

「わかった。もし危険そうだと思ったら手を出さないでね」

責任感の強そうなルシアに念のためそう言い聞かせ、彼女が頷いたのを確認した俺は窓の外に身を乗り出した。

風の精霊術で自分の周りの風圧を弱め、機関車の上によじ登る。髪と服がなびく程度に風圧を調整してから機関室の平らな天井部に立ち上がり、夜の闇の中に目を凝らした。炭鉱に向かって山を登り始めている列車から、力強く回転する車輪の震動を靴底に感じた。

風の中から、魔物の鳴き声が聞こえる。

本当に集まってきているらしい。

とすると、あの禁術は本物だったのか。一体何が目的で俺とルシアを攫《さら》ったのかはわからないが、多分この先に用意されているのはいいエンディングではないんだろう。魔物を呼び寄せることも計画のうちなら、殺意すら感じる。

そう思案していたら、上空から魔物が飛んでくるのに気づいた。

最初に機関車に近づいてきたのは、翼を持つ魔物だった。巨大な翼と鋭い爪を持つ獰猛《どうもう》な魔物だが、コカトリスよりは弱い。さすがに地面を走る魔物は、魔道機関車のスピードに追いつくのに時間がかかるらしい。むしろ、魔物をなんとかするまでは列車を止めない方がいいんだろうか。

いいや、終着点の炭鉱に着けばシナリオ的にもっと酷い展開になるはずだから、できるだけ早く列車を止めるべきだろう。

俺は魔物を待ち構える間、魔道機関車の屋根に描いておいた魔法陣から光属性の槍を召喚した。幾度《いくど》となく呼び出しており、すでに提供する精霊側もお馴染《なじ》みになっているであろうあの槍である。

雄叫びのような声を上げて襲いかかってくる魔物をかわし、槍で翼を突く。怒った魔物が再び迫る前に風で鋭い旋風を起こし、魔物の翼と胴を切り離した。

断末魔を上げながら落下し、機関車の風圧で後方に吹き飛ばされていく魔物を目で追う。更なる襲撃に備えると、次に現れたのも同じ鳥の魔物だった。今度は三羽同時に現れ、俺を目掛けて突っ込んでくる。

つむじ風を起こして三羽を牽制しながら、接近してくる魔物から交戦した。俺は風を操れるから鳥型の魔物はそんなに脅威ではない。余裕を持って魔物の相手をし、一羽を撃退したところで地上から機関車に飛びついてくる別の魔物を視界に捉《とら》えた。

獅子ほどの大きさがある狼の魔物が、機関室の窓から中に入ろうと窓枠に齧《かじ》りついている。

「そこから離れろ！」

風を放ち、屋根の上から狼を薙《な》ぎ払った。窓から吹き飛ばされた魔物は地面に落ちて転がっていく。

ほっとしたのもつかの間、真横からさっきの鳥の魔物が襲いかかってきた。両手で構えた槍で胴を突き刺し、絶命させる。

「うわっ」

倒したのはよかったが、貫通した槍が抜けず、倒れた魔物の重さに引っ張られて体勢が崩れた。魔物の死骸が風圧と自重に押されて機関車の屋根からずり下がる。膝をついてなんとか槍を魔物から引き抜こうとしたが、残りの一羽がすぐ近くまで迫っていた。

まずい。

なんとか風の魔法を放って怯《ひる》ませようと片手を伸ばしたとき、上空から降ってきた何かが魔物の背中にドスッと突き刺さった。

目の前に落下した魔物の背を確認すると、それは見覚えのある氷の槍だった。

それを見た瞬間、肩から力が抜ける。

「レイナルド」

そう呼ばれた声を拾って、空を見上げた。

「グウェン」

黒い長い髪を靡《なび》かせて、グウェンドルフがすっと機関車の屋根に下り立った。

彼を目にした途端に身体中に安堵が広がり、俺は膝をついたまま大きく息を吐いた。

手紙蝶を送れば、グウェンドルフは来てくれると思っていた。でも、実際に目にしたら思ったよりも安心してしまって、そんな自分の感情に少し戸惑う。次に会ったらなんて言おうか悩んでいたのに、答えが出る前に彼の顔を見てしまった。だけど、色々悩んでいたことがどうでもよくなる。

無事に会えたんだから、もういいじゃないか。そんな気持ちになる俺はおかしいんだろうか。疲労で頭が回っていないのかもしれない。

「無事か。怪我は」

短く聞いてくるグウェンドルフになんとか笑い、槍を引き抜いて軽く手を振った。

「ないよ。大丈夫。俺の送った手紙蝶に気づいてくれたんだな」

「ああ。君が夜になっても来ないから、エリス公爵家を訪ねていたが、ちょうど手紙蝶が届くところに居合わせた」

「よかった、気づいてくれて……って、グウェン、その手に持ってるのは何？」

グウェンドルフが左手に握っている縄の先を目で辿りながら、俺は疑問を口に出す。夜の闇にふらふら浮いているそれは、土だらけのトロッコ？

なにそれ、と闇の中で揺れるトロッコに目を凝らすと、なんと中に人が乗っていた。

それも、憮然とした顔のルウェインが。

「ちょっ、ルウェイン何してんの」

こんな状況にもかかわらず噴き出しそうになって耐えたが、なにこれどういう図……？

グウェンドルフが縄で引いているトロッコに、仏頂面のルウェインが乗ってるって。

「フォンフリーゼ、俺を下ろせ」

そう言われてグウェンドルフが縄を引いた。不機嫌そうなルウェインが、魔道機関車の屋根の上にトロッコと共に下り立つ。つまり、俺が送ったメッセージをちゃんとルウェインと共有して、一緒にここまで来てくれたということか。

でも、なんでトロッコ？

「彼が空中を飛ぶのは嫌だと言ったから」

俺の顔に疑問が浮かんでいたのか、グウェンドルフが端的に説明してくれる。

「俺は風の加護もねーし、空なんて飛んだことねーんだよ！　猛スピードで腕引っ張られて体勢崩さずに飛べるか！」

ルウェインの補足した言い分でなんとなく理解した。

確かに、慣れてないと身体だけで飛ぶのって難しいよな。風に煽《あお》られて頭が逆さまになったりするし。それで、グウェンドルフが引っ張って連れて来られる乗り物を見つけて、ルウェインを中に入れたんだろう。でもトロッコに乗って空飛んでくるとか、正直めちゃくちゃ面白い。この状況下でなかったら腹を抱えて笑い転げているところだ。

「急いで来てくれたんだな。二人ともありがとう」

笑いでひくつく唇を取り繕《つくろ》って、なんとかお礼の気持ちを伝える。少し元気が出て、槍を支えにして立ち上がった。

ルウェインはトロッコから乱暴に降りるとつかつか俺に歩み寄り、肩をガシッと掴んできた。目に怒りを湛《たた》えて。

「おーまーえー！　今度は一体何をやらかした⁉　突然フォンフリーゼが実家に押しかけてきて『この手紙蝶の意味を教えろ』なんて言われたら何事かと思うだろう‼　しかも俺のソフィアと魔道機関車まで巻き込みやがって！」

「ごめんって。でも俺だって突然ルシアさんと一緒に誘拐されて、わけわかんなかったんだよ」

がくがく揺らされながら弁明すると、ルウェインは信じられない、と言わんばかりに更に陰険な目で睨んでくる。

「何も関係ない奴が聖女候補の令嬢と一体何してたんだよ！　しかも魔道機関車が魔物に襲われてるこの状況はなんなんだ！」

どこから説明しようと考えていると、肩からルウェインの手がするりと外れた。

「フォンフリーゼ！　邪魔すんな！」

グウェンドルフが風を操って、俺をルウェインの手から救い出したらしい。風の力でちょっと遠くに追いやられたルウェインが大声で文句を言っている。

それを無視して、グウェンドルフはそっと俺の首に手を当ててきた。首元をじっと見つめられて俺は瞬《まばた》きする。

「え？　あ、もしかして、首輪の痕ついてる？　さっきまで魔力封じの首輪付けられてたんだよ」

確かに付けられていたときは少し苦しいかなと思っていたので、痕が残っているかもしれない。首の痕に気がつくなんて、暗闇なのに目がいいな。

俺の首元を険しい顔で見つめるグウェンドルフを見上げて、心配させたかなと笑って彼の手に触れた。

「痛くないし、大丈夫だよ。首輪も外れたし。グウェン達が来る前に、もう誘拐犯も制圧したから」

「レモ!!」

そのとき、機関室の方からソフィアの声が聞こえた。

「レモ！　来てくれ！」

「ソフィア！　大丈夫か⁉」

緊迫した声に、ルウェインが窓の方へ駆け寄っていく。

「犯人はもう制圧したんだな」

「うん。下にはもう敵はいないから大丈夫」

そう言うと、グウェンドルフは頷いて周囲に視線を走らせた。

俺にも周囲の音が聞こえている。魔物がまた集まってきているようだ。

「ここは私が残ろう」

グウェンドルフが剣を抜き、俺に下に行くように促《うなが》す。

「わかった。すぐ戻るから、それまで頼む」

俺はルウェインに続いて素早く窓の中に身体を滑り込ませた。


機関室の中に戻ると、ルシアが倒れていた。ソフィアが彼女を抱き抱えて険しい表情を浮かべている。ルウェインと一緒に二人に駆け寄った。

すぐに天井の上から獣の咆哮《ほうこう》が聞こえる。グウェンドルフの方は戦闘が始まったようだ。

「ソフィアちゃん、何があったの？」

「ソフィア、無事か！」

「ルー、来てくれたんだな。よかった。令嬢が禁術を一時的に止める方法がわかったかもしれない、と言って何か精霊術をかけた。その後、しばらくはもつと思うから神殿に運んでくれと言って、そのまま倒れてしまった」

ルシアが手に持ったままの羊皮紙《ようひし》を見ると、確かに赤い光は消えていた。その代わり、ルシアの腕に絡みつくように赤い紋様が浮かび上がり、赤黒い光を放っている。よくよく見ると、その赤い紋様に細く白い紋様が蔓《つる》のように巻きついていた。

「意識はないが、呼吸はあるし、寝ているだけにも見えるが」

ソフィアの声に俺も頷いた。

ルシアの顔は穏やかだ。術に苦しんでいるようには見えない。

「眠っているのか？」

憶測で考えるしかないが、発動した禁術の上から精霊術をかけて、強制的に停止させているのかもしれない。腕に浮かんでいる模様を見る限り、光属性の術と禁術が彼女の身体の中で拮抗しているように見える。それで術に集中するために、あえて自分を眠らせたのか。

俺は懐中時計をズボンのポケットに移動させてから上着を脱ぎ、なるべく汚れていない床に敷いた。

「すまない。危険な方法だとわかれば止めたのだが」

「いや、ルシアさんが神殿に運ぶように言っていたんなら、勝算があって精霊術をかけたんだろう。なるべく早く列車を止めて彼女を神殿に運ぼう」

ソフィアが頷いて、俺の上着の上にルシアをそっと寝かせた。

「レイ、早く止めた方がいい。俺とフォンフリーゼは炭鉱から線路を辿ってきたが、途中で土砂崩れがあった。このままだと正面からぶつかって脱線する」

このタイミングでルウェインがとんでもないことを暴露した。

「土砂崩れ⁉　ここからどのくらい？」

「炭鉱の近くだったから、このまま走ればあと十五分くらいか。犯人は捕まえたんだろ。早く魔道機関車を止めよう」

俺とソフィアちゃんは顔を見合わせた。そして、前方の魔法陣の方を見ていたルウェインに深刻なお知らせをする。

「実は、ブレーキが壊されてるんだ。さっきからソフィアちゃん達が修理してくれてるんだけど」

「はあ⁉」

悪鬼の顔になったルウェインに、ソフィアが「すまない」と肩を落とした。

「ルーの大事な魔道機関車を盗まれたあげく壊されるなんて、私の落ち度だ」

ソフィアの懺悔《ざんげ》を聞くとルウェインは瞬時に表情を緩《ゆる》め、奥さんの腰に手を回すと引き寄せた。

「ソフィ、君のせいじゃない。悪いのは全部列車を盗んだ犯人と、厄介事に俺達を巻き込んだレイナルドだ。大丈夫。ブレーキは俺がすぐに直すから」

「ルー……」

優しい目でソフィアを見つめるルウェインと、微《かす》かに頬を染めて旦那を見つめるソフィア。

二人の周りにだけキラキラした世界が構築されつつあったが、ブレーキを直していた従業員達の方からガチャンと鈍い音がしたため、その空気は一瞬で消え去った。

「おい、何をやった」

「すみません！　あともう少しなんですが、レバーが上手く嵌《は》まらなくて」

冷たい姉御《あねご》の声に、従業員のおじさんが必死に弁解する。

ソフィアは作業を確認しに機関室の前方へ向かい、ルウェインも彼女についていきながら、壁に徹していた俺を振り返った。

「俺達はこっちを何とかするから、お前は上でフォンフリーゼと魔物退治してから土砂崩れをどうにかしろ。ブレーキは間に合わせるつもりだが、五分五分だ。もし土砂に突っ込んだら脱線してとんでもないことになる」

「わかった。なんとか脱線だけは回避しよう」

「終わったらお前、何があったかちゃんと説明しろよ！」

舌打ちするルウェインに頷いてから、俺は窓に駆け寄ってまた魔道機関車の上によじ登った。


「グウェン」

魔道機関車の上で声をかけると、剣を持つグウェンドルフが振り返った。

「下は大丈夫か」

「うん。ルシアさんが召喚陣を無力化してくれたみたいだ。その代わり彼女が眠ってしまったけど。でも禁術の効力は切れてるはずだから、そのうち魔物は集まってこなくなると思う」

「わかった」

グウェンドルフは俺の説明を聞きながら、機関車に体当たりしようと山の斜面を下ってくる牛のような魔物の群れを、剣の先から延ばした電撃の鞭で薙《な》ぎ払った。一撃で魔物の群れが暗闇の中に消えていく。

相変わらず、えげつないパワー。

「ルウェインから土砂崩れのこと聞いた。この先で線路が埋まってるんだって？　実は列車のブレーキが壊されてて、今下でソフィアちゃん達が復旧してる。ぶつかる前に止められるかどうかは微妙なところだって」

「そうか」

表情を変えずに淡々と返事をしたグウェンドルフに近づいて、俺は魔道機関車の先を指差した。

「なぁ、この前みたいに列車の前方にシールド張るっていうのはどうかな？　魔物が突っ込んでくるのを防げるし、最悪このまま土砂に衝突して脱線しても、魔道機関車の損壊が少なくて済むと思うんだよね」

「可能だと思う」

グウェンドルフが少し考えるように時間を置いてから、手を前に出して透明なシールドを展開した。機関車の前方が覆えるくらいの大きさのそれに弾かれて、さっそく鳥型の魔物が地面に落下する。

「おお。さすがグウェン。お前がいればこっちは大丈夫そうだな。じゃ、時間もないし、俺はちょっと先に行って土砂崩れをどうにかしてくるよ」

ここは任せた、と屋根を蹴って飛び上がろうとしたら、グウェンドルフに腕を掴まれてつんのめった。

なんかこの感じ、デジャヴだな。いつぞやの聖堂のことを思い出す。

「私も行く」

そう言ったグウェンドルフを、俺は驚いて振り返った。

「ダメだって。俺達が二人とも行ったら襲ってくる魔物を倒せないだろ」

「それなら私一人で行こう」

どこか必死な表情をしているグウェンドルフを見て、俺は瞬《まばた》きする。

この前みたいに、俺のことを心配してくれているんだろうか。なんだか胸の辺りが少しくすぐったい気持ちになる。

俺は柔らかく笑った。

「グウェンには、ここに残ってほしい。お前なら魔物も倒せるし、下に残ってるみんなを守れるだろ。俺は風と土の加護があるから、土砂崩れを片付けてくるのに適任だし。それに、もし列車を止められなかったとしても、グウェンなら脱線させずに何とかできると思うんだ」

俺の右腕を掴んでいるグウェンドルフの手に、左手でそっと触れた。

そして見下ろしてくる彼の、闇に溶けそうな黒い瞳をじっと見上げた。

「頼むよ。この魔道機関車は、ルウェインとソフィアちゃんの大切な宝ものなんだ。せっかくこれから王都での操業が始まるってときに、事故で壊れたなんて悪評立てさせたくない。二人の夢を守ってやってほしい」

そう気持ちを込めて言うと、グウェンドルフは逡巡《しゅんじゅん》するようにしばらく黙った。

少し経って、まだ険しい顔のまま小さく頷く。

「無茶はしないと約束してくれ」

「うん。すぐに戻るよ」

渋々といった表情で腕の力を緩《ゆる》めたグウェンドルフにほっとして、俺は彼の手に触れた左手を離す。なんだか最近、昔より表情が雄弁になってきたよな。グウェンって。

それとも、よく話をするようになったから、俺の方が彼の表情筋を読めるようになってきたのか。

「じゃあ、軽く土砂崩れ吹き飛ばしてくるから、ここはよろしくな」

「レイナルド」

背を向けようとした俺に、グウェンドルフが呼びかける。

まだ腕を掴んだまま離さない彼を不思議に思って、俺は振り返った。

「どうした？」

「……これが終わったら、君の家の懐中時計を一つくれないか」

……懐中時計？

言われた内容がピンと来なすぎて、きょとんとした。

なんで懐中時計？

一つくれないかって、何それ、桃太郎的な？　いや、グウェンドルフが桃太郎を知っているはずがないし、そもそも何でうちの懐中時計なんだ？

そう思って頭の中にさまざまな疑問符を浮かべたが、ふと閃《ひらめ》いた。

まだ見せたことはなかったはずだが、もしかして俺の懐中時計の便利機能をどこかで聞きつけたのか。確かに、さっきルシアにも「便利ですね」って驚かれた自慢の一品だもんな。家紋は入れなかったけど、昔ルウェインにも同じものを欲しいって言われてあげたこともあるし。

「いいよ」

俺はにっこり笑って頷いた。

ちょうど改良しようと思ってたところだ。今度執事に頼むときに一つ多く注文しよう。

俺の返事を聞いて、グウェンドルフは嬉しそうに目元を微《かす》かに緩《ゆる》めた。珍しく口元も少しだけ緩《ゆる》んでいる気がする。

「ありがとう」

グウェンドルフが微笑みながら言う。

お礼を言われるのが、なんだかくすぐったい。彼の嬉しそうな顔を見ると、俺も心がほっこりしてきた。

「じゃあ、行ってくる」

今度こそ腕を離したグウェンドルフに背を向けて、俺はふわりと飛び上がった。

そのまま風に乗り、勢いをつけて魔道機関車の前方に飛び出していく。

風を操って飛ぶのは、実は俺も得意じゃない。気流を作るのがなかなか上手くいかないのだ。しかし泣き言は言っていられないので、なるべく体勢が崩れないように風圧を調整しながら、スピードを上げて線路の上を辿る。

「あれか」

しばらく飛ぶと、山の中腹を越える辺りに土砂の山が見えた。土砂は完全に線路を塞いでいた。隣接する斜面を見ると、確かに上方の山肌が削れている。

俺は土砂崩れの近くまで飛んでいき、他に異常がないかを一通り見回ってから地面に下り立った。線路の上に積もっている土砂に近づいて中身を確認すると、山から落ちてきた岩と、砂礫《されき》のようだ。これなら精霊術で砂くらいの粒子になるまで粉々にすれば、風の魔法で吹き飛ばせる。その方法なら線路を傷《いた》めないから、万が一魔道機関車が止まれなくても脱線はせずに通過できるだろう。

土砂にもう少し近づいて、傍の地面に手をつく。精霊力を込めようと集中したそのとき、風の加護を受けた耳が微《かす》かな音を捉《とら》えた。

「ん？」

なんだか時計のような、カチカチとした音。

それが土砂の中から聞こえてくるような気がして、不審に思った俺は土砂の山の周りを一周してみる。原因をよくよく探してみると、岩と岩の間に不審な木箱があるのに気がついた。

「何これ」

手を伸ばせる距離に置いてあるそれにそうっと耳を近づけると、確かにカチコチと中から音がする。思い切って薄い木の蓋《ふた》を開けてみたところ、中には小さな置き時計と、それと線で繋《つな》がった筒状のものが敷き詰められていた。

「いやこれ……爆弾では⁉」

度肝を抜かれて思わず大声で叫んでしまった。

慌ててその箱から距離を取るが、すぐに考え直してもう一度箱の傍に近寄る。

花火の魔法陣を作るときに実際の花火の作り方を勉強したから、火薬っぽいものは見ればわかる。

やっぱり、これは爆弾だと思う。

「このまま粉砕しなくてよかった……爆発するところだったな」

もし爆発していたら、線路は吹き飛んで列車も脱線していただろう。

俺は慎重に箱を持ち上げて、カチカチと音が鳴る置き時計を月明かりに照らした。そこに示された時間を確認して、自分の懐中時計と置き時計を見比べる。

おいおい。

このアラームの針が示す時刻って、もしかしなくてもあと数分後に列車がここを通過する予定の時間じゃないか？

魔道機関車は魔法陣で動力を制御されているため、スピードがほぼ一定で時間に正確だ。王都を出発してここを通過する時間を推測することは多分可能だろう。そうなると、この爆弾には線路だけじゃなくて魔道機関車も一緒に爆破しようとする悪意を感じる。

そもそも、この土砂崩れがフェイクか。

土砂崩れにぶつかって列車が大破し、中に乗っていた人間が死んだと見せかけることを狙っているとしたら……？

だとすると、誘拐したルシアを魔道機関車と一緒に爆破して殺すつもりだったとも考えられるが、何故そんなことを？

カチカチと音の鳴る箱の前で、しばし考え込んだ後、はっと我に返る。

「もう列車が来る頃だな。時間がない」

とりあえず、この木箱は土砂の中から取り出しておいて、まず土砂の方をなんとかしよう。

俺は風の精霊術で慎重に爆弾の箱を浮かせると、地面に置かずそのまま空中に留めおいた。時限式に見えるとはいえ、どんな振動で爆発するかわからないから怖い。

俺は山肌の斜面の傍に生えていた木の陰に退避して、木箱を風に当たらない場所に移動させてから手を地面につく。まず土の精霊術を発動し、岩や砂礫《されき》を少しずつ砂粒に砕いていった。ボフンボフンとそこそこ大きな音がして、岩が砂塵《さじん》になっていく。しばらくその作業を続けると、土砂は砂粒くらいの大きさに全て砕けた。

最後に残った砂が線路を覆っているのを、風の精霊術で吹き飛ばしていく。砂埃《すなぼこり》が舞って視界が悪くなったが、風を動かし続けていると次第に砂はなくなり、線路の上が綺麗になる。

「よし。土砂の方はこれで大丈夫だな。次にこれをどうするか……」

土か風の精霊術で爆弾を解体できるか考えたが、中の構造がよくわからないから迂闊《うかつ》に手を出せない。土に埋めても、どのくらいの規模で爆発するかわからないし、下手したらまた別の場所で土砂崩れを起こす可能性もある。

グウェンドルフに何とかしてもらうべく列車に持って帰るかとも思ったが、爆発するリスクがあるものを魔道機関車には近づけたくないしな。

木箱の中の時計を見ると、間違いなく先ほどより針が進んでいる。これは、もう少しで爆発するんじゃないか。

列車が来るのは、あと数分後だ。

どうする。

こういうときは、上空に打ち上げて爆発させるのがセオリーだ。風の精霊術でできるだけ高く飛ばしてみたらどうだろう。でもここは山だし、もし火の粉《こ》が降り注いだら山火事になる恐れがある。木っ端微塵《こっぱみじん》になるかわからないから、爆弾の破片が線路の上に散らばるのも避けたい。

では、水に沈めるか。

いや、ここは山の中だし、地の利がない俺は近くに川や池があるのかすら知らない。

こういう重大な局面で、なんでいつもいつも時間がないんだろう。一度くらいゆっくり考えさせてくれれば、もっといい案がいくらでも出てくるはずなのに。

顔も知らない黒幕の誰かに、ゲームでも名前くらい出しとけよ！　と頭の中で文句を言ったとき、ふとルシアの言葉を思い出した。

そうだ。確か、ゲーム内で聖女候補の誘拐事件があったとき、その子は炭鉱近くの湖で発見されたと言ってなかったか。

つまり、この辺りには湖があるのだ。

俺は素早く手を地面について、水の気配を探った。水脈を探す水属性の術だが、湖くらいの大きさであれば土の加護によってある程度場所がわかる。

「あった」

湖であろう水源の気配を見つけた俺は、爆弾の箱を自分の近くに浮かべたまま地面を蹴って飛び上がり、目星をつけた方向へ一直線に飛んだ。

山の上まで来ると、月の光を反射する湖を発見する。スピードを上げて湖の上まで飛び、横目で木箱の中の時計を見ると、アラームの針はあとほんの僅《わず》かで今の時刻と重なるところだった。

この間に合うかどうかの絶妙なタイミング。

図っていなかったとしても腹が立つ。

俺は全力で湖に飛んでいき、木箱を鷲掴《わしづか》みにして力いっぱいぶん投げた。

声に出して言いたい。

「次から次へとなんなんだよもうおおおおーー!!」

大声でそう叫んで、追い風を起こして投げた箱を水面に突っ込ませた。

と同時に、それがチカリと光った気がした。


ドオオオオオオオオン!!

激しい爆発と共に水柱が噴き上がる。

ある程度距離を取っていたはずの俺にも、怒涛《どとう》の勢いで水の壁が襲いかかってきた。

風ならいなせるが、水は相性が悪い。

「うわっ」

正面からも頭の上からも大量の水が押し寄せてくる。

バランスを失った身体がザブンと水の中に落ちたと思ったら、爆発で起こった水流に呑まれていた。

多分、湖の中に落ちたのだと思うが、夜の闇のせいで上も下もわからない。

焦って風を起こそうとしたが、そもそも空気に触れていないと風の精霊術は使えなかった。

ヤバい。

しばらくの間、なんとかして水面に出ようと水の中で必死にもがいていたが、全然上手くいかなかった。自分の頭が今どこに向いているのかもわからない。苦しくなってつい口を開けると、水が勢いよく喉の奥に入ってきた。勢いで水を飲んで余計に苦しくなる。

……苦しい。

ヤバい。これは詰んでるかも。

息が吸えない。ほんとに苦しい。どうしよう。

まさかここで死ぬ……？

冗談だろ、と思っていると、だんだんと意識がぼんやりしてきた。

死ぬかもな……

その瞬間頭の中に浮かんだのは、ついさっき魔道機関車の上で俺を見送ってくれたグウェンの心配そうな顔だった。

ごめん。懐中時計、渡すって言ったのに。

グウェン。

俺、お前に。

そこまで言葉が浮かんだのを最後に、ふっと意識が遠のいた。


「レイナルド!!」


突然、腕を引っ張られた。

ザバッと音がして、途切れた世界に音が戻ってくる。

朦朧《もうろう》とする意識の中で、頭がぐらぐらしていた。

水を飲んだ。気持ち悪い。

「レイナルド!!　しっかりしろ！」

グウェンドルフの怒鳴り声が聞こえる。

その声で、ようやく自分が水の中から引き上げられたことを知った。

そうか。

助けてくれたのか。

お前なら来てくれるかなって、思ってたよ。

「レイナルド！　目を開けろ！」

俺の名前を呼ぶグウェンドルフの声が泣きそうだと思った。

鉛《なまり》のように重い腕を持ち上げて、同じように水に身体を沈めているグウェンドルフの濡れたシャツを掴む。

「……めん、大丈夫」

そう小さく言った途端、猛烈な吐き気が込み上げてきて、顔を下に向けてゲホゲホ水を吐いた。むせながら必死に肺に空気を取り込む。

グウェンドルフは俺に意識があることでひとまず安心したのか、強張《こわば》った息を吐くと、ぐったりした俺の身体をぎゅっと抱きしめた。溺れたのは俺なのに、グウェンドルフの方が縋《すが》りつくように抱きしめてくるから少し苦しい。

俺がくたっともたれかかると、彼は俺の身体を支えて水面から浮かんだ。そのまま湖の岸までゆっくり飛んでいく。

「ごめんな……土砂の中に、爆弾仕掛けられててさ。なんとかしなきゃと思って、投げたんだ」

掠《かす》れた小さい声で言い訳すると、グウェンドルフは「わかった」とだけ言って、それ以上何も聞かなかった。

「列車は？」

「止まった。無事だ」

「そっか」

それを聞いて安心した。

じゃあ、この事件はこれで解決か。

まだぼうっとする頭でそこまで考えてから、濡れた服ごしに伝わってくるグウェンドルフの体温が温かいな、なんて呑気に思っていた。

岸に着くと、グウェンドルフは俺を抱えて地面に下り立ち、乾いた草地にそっと下ろしてくれた。

俺が上体を起こして座ってもフラフラしていたら、膝枕して寝かせてくれる。

疲労困憊《ひろうこんぱい》の身体に染み入るほど優しい。大事なものを扱うように優しくされると、胸の辺りが少し痺《しび》れる感じがする。

「怪我は」

「ないよ。ちょっと水飲んで気持ち悪いだけ」

ほっとした顔のグウェンドルフを下から見上げると、その真っ黒な瞳まで水で濡れたように潤《うる》んでいる。

まだ強張《こわば》っている彼の眉間をぼんやり見ていたら、死にそうになる間際に考えていたことを思い出した。

俺は服のポケットから懐中時計を引っ張り出し、グウェンドルフの目の前に持ち上げた。

「さっきの話、これやるよ。俺忘れっぽいからさ、渡せなくなったら悪いし」

俺が掲げた懐中時計を見ると、グウェンドルフは軽く目を見開いて、それからふ、と笑った。

「ありがとう」

「あ、待って。ダメだわ、これ水に濡れて壊れたかも。やっぱ今度新しいのやる」

目の前で揺れる懐中時計を見ていたら、文字盤の中に水が入っているのに気づいた。

それに、よく考えたら改良するつもりだったし。列車の中でライトの機能が欲しいと思ったんだっけ。それから、あれだ。次は水に落ちたときのために身を守れるような機能もつけよう。空気の膜で、時計を持ってる人間の身体を覆う魔法が発動する魔法陣。時計に魔力込みで彫っておけば、今度は水に落ちても大丈夫なんじゃないか。落ちる前提なのが悲しいけど。

そう思って時計を仕舞おうとしたら、グウェンドルフに止められる。

「これがいい」

そう言ったグウェンドルフの柔らかい笑みに見惚れて手を止めると、彼は懐中時計を俺の手から外して自分のポケットに仕舞った。

水入ってるけど、いいのか？

まぁ、お前がいいならいいけど。

「代わりに、私のものを君に預けておこう」

「ん？　あ、ありがと。時計ないと不便だもんな」

グウェンが自分の服から小振りの懐中時計を取り出して俺の手に握らせた。うちのと比べると時計のハンターケースの金属が黒い。タンタルっぽいっていうか、お洒落《しゃれ》な時計だな。

「なんか、疲れたな……」

色々ありすぎて、疲れました。

最近俺の周りでトラブルが立て続けに起こりすぎじゃない？

これもダメナルド様バイアスの影響なのか？　ちょっと本気で運営に抗議したい。

魔力封じの首輪のせいで気分が悪かったところに、湖に落ちて気持ち悪さに追い討ちがかかっていた。

正直、もう眠たい。

グウェンドルフの膝が思いの外心地よくて、ずぶ濡れで気持ち悪いはずだったのに、だんだんと眠くなってくる。

俺の顔を上から眺めていたグウェンドルフが、俺の頭を腕で抱え直してすっと顔を寄せてきた。

「レイナルド」

そう名前を呼ばれて、閉じそうになっていた目を僅《わず》かに開け直すと、夜の闇に輝くオニキスのような瞳がすぐ目の前にあった。

綺麗だな、と思っていたら彼の唇が俺の唇に重なる。

「ん」

ゆっくり重なってくる唇が温かい。

優しい瞳に見つめられるとなんだかほっとしてしまった。なんでだろう。

俺はそのまま目を閉じて、唇が触れ合ったままだんだん意識が薄れていくのに身を任せた。

あのな、グウェン。

人が意識を失いそうなときに、キスするんじゃない。

＊＊＊

目が覚めると、今回は見慣れた自分の部屋の天井だった。

俺ってどうなったんだっけ？　と考えてから、ルシアの誘拐事件に巻き込まれたことを思い出す。湖で気を失ったはずだから、グウェンドルフが家まで送り届けてくれたのか。

身体の横に温かいぬくもりがあるな、と思い横を見ると、ベルが寝そべってくうくう寝息を立てていた。

「幸せな朝チュンだな……」

手を伸ばして首の辺りの被毛をなでなでであると、ベルは寝ながら「くふーん」と小さく鳴いた。

天使よ……

しばらくベルを撫でていると、猛烈な空腹に気がついた。なんか、すごく腹減ったな……。昨日夜飯食べ逃したからか？

首を傾げ、昨夜の出来事を順に思い返していると、重大なことを思い出した。

なんか俺、グウェンにキスされてなかった？　気を失う直前だったからあまりよく覚えていないけど、確かにされてたよな？

思い出したら急に顔に熱が集まりだした。

あいつ、本当に俺のこと好きだったんだ⁉　っていう驚きと、友人とキスしたことに対する気恥ずかしさ以外に、意外と不快に感じていない自分に困惑する。確かに、決して嫌ではなかったんだけど。なんかもうちょっとこう、普通なら付き合ってもない相手にキスされたら葛藤するものなんじゃないのか。しかも同性の男に。

混乱して手に力が入ったのか、撫でていたベルが「ぐるー」と不満そうな声を上げる。慌てて優しくなでなでしてもう一度寝かしつけた。

仕方ない。

俺は前世では結構可哀想な身の上で、生活のために仕事しかしてこなかったせいで恋人なんてできたことなかったんだよ。だから人とキスするなんて、もしかしなくてもこれが初めてだったわけで。

改めて考えるとそわそわしてしまう。

初めてだったのにひどいっ、なんて言うつもりはないが、グウェンドルフに一言くらいは言ってやりたい。人が寝そうなときにやり逃げするなんていい度胸じゃないか。やり直せ、とは言わないけど、そういうことはちゃんと説明してからかかって来なさいよ、と。

「いや、かかって来なさいはおかしくないか？」

なんて独り言を呟《つぶや》いていたら、部屋の扉が開いて水差しを持ったウィルが入ってきた。

「レイナルド様、お目覚めですか」

駆け寄ってきたウィルが「お身体は大丈夫ですか？」と心配そうな顔で聞いてきたので、考えごとは一旦強制終了する。

「大丈夫だよ。心配かけてごめんな。とりあえず、すごい腹減ってるから何か食べたいな」

そう言い、ほっとした顔のウィルに水をもらってから今の時間を聞く。午前中ではあるが、朝にしては遅い時間だった。

「丸一日寝ていらっしゃったので、お腹空きましたよね。お部屋まで何かお持ちしましょうか」

「ちょっと待って。丸一日？」

「はい。レイナルド様は一昨日の深夜にグウェンドルフ様にここに運び込まれてから、昨日は一日、お目覚めになっていません」

「え？」

めちゃくちゃ寝てしまっている。

さすがに驚いて呆気に取られた。

まぁ確かに、あれだけ色々なことがあった割に身体は軽いし、空腹以外の体調は良好だ。たっぷり寝たおかげなんだな。

「無事にお戻りになって本当によかったです。ベルも追いかけようとしていたんですが、どうやら一昨日はレイナルド様が常に移動していたのか場所がはっきりしなかったようで。逡巡《しゅんじゅん》しているうちに鳴き疲れて寝てしまいました」

「心配かけてごめんな。ベルにも可哀想なことしちゃったな」

俺は寝ているベルの頭と首を撫でながら謝った。

「昨日は一日中レイナルド様の隣で寝ていたので、だいぶ気分は回復したようです」

「そっか。それじゃ、ベルが起きないうちに食堂に行こうかな。父さん達にも報告しなきゃいけないし」

そう言って、俺はベッドから下りて着替えを始めた。

息子が一日目を覚まさなかった割に、父さんも母さんも部屋に飛び込んでくる気配がないな。いつもなら俺が何かやらかすと心配して部屋まで顔を見に来てくれるのに。そもそもウィルがすぐに両親を呼びに行かないのも変か。

そう思ってウィルを振り返ると、ウィルはなんとも言えない顔をして俺を見ていた。

「あの、レイナルド様」

「どうした？」

「実は、旦那様と奥様は今お客様とティールームでお茶をされてまして」

「ああ。来客があったのか」

どうりで、ウィルがすぐに父さん達を呼びに行かないと思った。

「その、お客様というのが、あの、グウェンドルフ様なんです」

「なんだって？」

「グウェンドルフ様が、昨日の夜からお泊まりになってます」

「泊まり!?」

驚愕してウィルの顔を凝視してしまった。

グウェンドルフが昨日の夜泊まって、しかも今両親とお茶してるだと？

「はい。昨夜、フォンフリーゼ公爵領の魔物の討伐を終えてレイナルド様をお見舞いに来られたグウェンドルフ様は、旦那様と奥様とお話しされているうちに懇意になったようで、そのままお泊まりになりました。今朝はエルロンド様も一緒に朝食をおとりになった後、現在はティールームで皆様お過ごしになっています」

突然の情報過多。

俺が寝てる間に一体何が……？

呆気に取られつつも、俺は「とりあえず食堂に行かれますか？」というウィルの問いかけに首を横に振り、ティールームに直行することにした。

あの寡黙で人付き合いが苦手そうなグウェンドルフが両親と懇意になったって、何？

どうしてそうなった？

半信半疑でティールームに向かった俺は、部屋に入った途端目に飛び込んできた光景に目を丸くした。

「まぁ。それではグウェンドルフ様はお花にもお詳しいのですね」

「北部で育てている花に限りますが。涼しい気候を活かして花の栽培と輸出を生業《なりわい》にする者も多いので」

「でしたら、今度我が家の庭のガーデニングにもご意見をいただきたいわ。ちょうど冬にも花が咲く花壇があるといいなと思っていましたの」

「それでは試しに種を何種類か持ってきます」

「まぁ嬉しい。ありがとうございます」

「団長は魔物だけでなく、海の海獣についてはお詳しいのかな」

「……北部は海に面していないので、実戦の経験は多くありませんが、祖父から譲られた本の中にクレイドル王国に出現する海獣について詳細に書かれたものがありました。そこに記載された海獣についてはすべて把握しています」

「おお、それは素晴らしい。クレイドル王国は広く海に面しているから海獣が多いと聞くからね。もしよければその本を今度私にも貸していただけるとありがたい。エリス公爵領の港でも時々海獣の対処に困ることがあってね」

「参考になりそうなものを数冊お持ちします」

「ありがたい。よろしく頼むよ」

「グウェンドルフ卿、君は魔力持ちだから、小規模魔法陣の販売にはあまり興味がないかな？　エリス公爵領で今流行《はや》ってる花火の魔法陣、フォンフリーゼ公爵領でも販路が開けると嬉しいんだけど」

「北部は乾燥と火に敏感なので、年配の者には花火は忌避されるかと。それよりも、単純に熱を溜めたり温風を出したりするものの方が収益は見込めると思いますが」

「なるほど。そういえば一時期、石に熱を溜める魔法陣を描いたものが北部で流行《はや》っていたね。温風を出す魔法陣というのはいいアイディアだ。エリス公爵領でも冬場に使えそうだし、さっそく考えてみよう」

「騎士団の野営にも使えるので、完成したら必ず注文します」

「本当に？　やりがいがあるなぁ。じゃあ試作品の魔法陣に注入する魔力供給は、団長にお願いすることにしよう」

ティールームの丸いテーブルを囲み、両親とグウェンドルフと兄さんが和気あいあいと団欒《だんらん》していた。母さんがうふふと笑いながらお茶を手ずからグウェンドルフのカップに注ぎ、父さんも「これも食べなさい」とグウェンドルフの小皿に我が家の特製スコーンを取り分けている。兄さんはグウェンドルフの話を聞きながらメモを取っていて、どこか満足そうだ。

なんなんだ、この和やかな空気は……？

って、兄さんはさりげなくグウェンの魔力を搾取しようとしてるよな。ふざけるなよ。絶対やらせないからな。

そんでグウェンもスコーンを口に運んで「懐かしい味がします」とか言うのやめろ。お前の過去を想像して抱きしめたくなっちゃうだろ。ほら、心なしか部屋がしんみりした空気になってるじゃないか。というか、いつからお前はそんなに饒舌《じょうぜつ》になったんだ。

「……あのさ。みんな、何してんの？」

もう黙っていられない、と俺が入り口から声をかけると、テーブルを囲んでいた四人が一斉にこちらを向いた。

「ああ、レイナルド。もう身体は大丈夫かい？　湖に落ちたところを団長に救ってもらったそうじゃないか。ちゃんとお礼を言わないといけないよ」

「レイ、グウェンドルフ様にあまり心配をかけてはダメよ？　あなた無茶ばっかりするんだから」

「そうだぞ、レイ。グウェンドルフ卿に我が家に来てもらう以上は、お前もそろそろ落ち着けよ」

「そうだな。こんなに優秀な人材がエリス公爵家に来てくれるなんて、我が家は安泰だよ。大事にしなさい」

「は？」

ちょっと待って。

俺の家族の様子がおかしいんだが。特に最後の兄さんと父さんのセリフ。

なんでいい嫁が来たみたいな空気になってんの？

俺が一日寝てた間に一体何があったんだ……？

グウェンドルフは俺の姿を捉《とら》えると、椅子から立ち上がってこちらに来た。さっきは目の前の光景に衝撃を受けて気がつかなかったが、よく見ると彼は珍しく白いシャツを着ている。そのシャツ父さんか兄さんから借りたわけ？　泊まったっていうのは本当だったのか。

その珍しい姿を見ながら、俺は全く動じる様子のない家族にもう一度ツッコミを入れる。

「あのさ、なんでグウェンがうちに嫁に来ますみたいな空気になってんの？」

「なんでってお前、団長に懐中時計を渡したんだろう。二人とももう卒業したとはいえ、叡智の塔の同級生だからな。そういうことなんだろう。隠さなくてもいい」

「あなたは次男であることを気にして恋人を作らないのかと心配していたけれど、安心したわ。大丈夫よ。グウェンドルフ様はいい方だもの。私達は応援するわ」

「お前はいつまで経っても危なっかしいし、すぐ厄介事に巻き込まれるから相手を探すのが大変だと思ってたんだよ。ソフィア嬢くらい気概のある令嬢じゃないと、振り回されて相手が可哀想だろう？　その点グウェンドルフ卿なら能力も確かだし、お前を完璧にフォローできる。目から鱗《うろこ》ってやつだな。その手があったかと。安心しろ、法律の抜け穴は調べといてやるから」


は？


俺の質問に対する家族の反応がやっぱりおかしい。

なんで俺がグウェンドルフの嫁に……いや、グウェンドルフの方が嫁なのか？　になる方向で話が進んでるんだよ。絶対おかしいだろ。

そして懐中時計の話が、なんでここで出てくるんだ？　まさかあの懐中時計には、何か深い意味があったってこと？

あまりに訳のわからない超展開に、頭と空腹の身体が限界を訴えた。

ふらついた俺の身体を、すぐ隣に来ていたグウェンドルフが支える。

「大丈夫か」

「うん……。ねぇ、全然わかんないんだけど、これってどういう状況？」

グウェンドルフを前にしたら色々言いたいことがあったはずなのに、もう何一つ出てこない。誰でもいいからこのおかしな状況を説明してほしい。

「……君の部屋に戻ろう」

グウェンドルフの提案に一も二もなく頷いた。

家族の生暖かい視線に包まれるこの妙な空気から、一刻も早く脱したい。


自分の部屋に戻り、とりあえずグウェンドルフをソファに座らせた。

俺も向かいのソファに座って、ウィルが淹れてくれたお茶をすする。お腹が空いている俺に、ウィルはキッチンから手早く食べられるスコーンとクリームを持ってきてくれた。ベッドではベルがまだ寝ていたので、ウィルがそうっとブラシを当てている。

「で、グウェンはうちで何してたの」

お茶のカップを口元に持っていきながら改めて尋ねる。

「レイナルドが目を覚ます前に」

そこで不自然に言葉を切ったグウェンドルフを不思議に思い、俺は彼を見ながら聞き返す。

「覚ます前に？」

続きを促《うなが》すと、真面目な顔をしたグウェンドルフが口を開いた。

「外堀を、埋めようと思った」

「ぶっ」

思わずお茶を盛大に噴き出しそうになり、慌ててカップをソーサーに戻してグウェンドルフを凝視する。

「え、なんだって?」

「君が目を覚ます前に、外堀を埋めようと」

「いや聞き間違いじゃないのか!」

お前は一体どこでそんな言葉を覚えてきたんだ!?

「――つまり、昨日の夜父さんと母さんと夕食を一緒に食べながら話をしていたら、気に入られたと」

仕切り直して尋ねると、グウェンドルフは真剣な顔で頷く。

「公爵から私の幼少期はどうだったのかと聞かれ、少し身の上話をしたらとても同情された。そのとき、これは外堀を埋めるチャンスだと」

「自分の生い立ちを外堀を埋める手段に使うんじゃない!」

そんでその綺麗な顔で外堀外堀言うな。

こいつ、なんで急に振り切れてるんだ。少なくとも、フォンフリーゼ公爵邸で話してたときはこんな感じじゃなかったはずだ。

俺が顔を引《ひ》き攣《つ》らせてツッコミを入れると、グウェンドルフは微《かす》かに笑った。

その顔を見て少しだけほっとしてしまう。

よかった。立て続けに色んなことがあったけど、グウェンドルフの家で公爵とライネルと揉めたのはつい数日前のことだ。公爵に言われたことをグウェンが気にしてるかもしれないと心配だったものの、そこまでダメージは受けてないようで安心した。

そんなことを思いながらスコーンをむしゃむしゃ食べていると、俺をじっと見ていたグウェンドルフが微《かす》かに首を傾げた。

「元はといえば、君が父の前で私をフォンフリーゼ公爵家から連れ出すと宣言したのではないか」

「……」

確かに、その通りでございます。

そんな言い方をされると、まるで俺がグウェンドルフを攫《さら》います宣言したみたいに聞こえる。まぁ、あのときは頭に血が上ってて、実際そう言ったんだけど。

「いや、ごめん。あれは軽率な発言だった。グウェンの意思も聞かず――」

「私は嬉しかった」

嬉しかった、と言うグウェンドルフの穏やかな顔を、俺はじっと見つめた。

口論の勢いで俺がおかしなことを言い出したのに、嬉しかったのか。そうか。嫌じゃなかったんだな。

「ならいいけど」とごにょごにょ口の中で言ってから、いやいいのか？　と頭の中で疑問符が浮かぶ。

すると、おもむろにグウェンドルフが立ち上がった。

どうしたと思ってスコーンを食べていた手を止めると、ローテーブルを回り込んで隣に腰を下ろしたグウェンドルフが、俺の口元に手を伸ばしてくる。

「ん？」

唇の端に指先が触れる。

指で何か拭《ぬぐ》うような動きをして、グウェンドルフはその指を自分の口に持っていった。

……は？

「お前何して」

「甘いな」

眉間に皺《しわ》を寄せながら端的に言ったグウェンドルフを、呆気に取られて見つめた。

誰だよ。グウェンドルフのことを堅物で真面目な奴って言ったの。

こいつが今してること見てみろ。人の口の端についたクリームを舐めたぞ。そんなこと堅物の男に普通できるか？

あまりに自然に距離を詰めてくるグウェンドルフに面食らって、俺は心の中で思ったことをぽろりと溢した。

「なんだってそんな急に開き直ったんだ？」

確かに好きだと告白はされたけど、グウェンドルフはもっと慎重に時間をかけて距離を詰めるタイプだと思っていた。

こんなキャラだったっけ？　ここ最近の俺の中のグウェンドルフの人物像が、どんどん見たことない奴に更新されていってるんだけど。

「君はわかっていない」

俺の疑問に静かな口調でそう返したグウェンドルフのいつもの無表情を見上げる。

「何を」

「君が来ると言ったから、私はずっと家で待っていたのに、君は来なかった。おかしいと思って家を訪ねたら、君は事件に巻き込まれていて――怪しい手紙蝶を送ってきただけで行方《ゆくえ》不明だと言われたときの私の気持ちが、君はわかっていない」

「……それは悪かった」

それに関しては俺が悪いです。

でも弁明させてもらえば、まさかあんなことになるなんて想像もしていなかったんだ。俺がルシアと拉致されていた間、グウェンドルフはずっと家で待っててくれたんだろう。会いに行けなかった理由があったとはいえ、ルシアとの話が終わった後、もっと早く連絡を取るべきだった。

肩を落とした俺を見たグウェンドルフは、小さくため息をついた。

「君は目を離すと、すぐに危険なことに巻き込まれている気がする。思えばいつもそうだった。叡智の塔でも、女生徒の使い魔の猫を助けようと木に登って池に落ちていたし、怪我をした用務員の代わりに時計台のネジを巻きに行って塔から落ちたこともあっただろう」

「な、何故グウェンがそれを……。お前、在学中は叡智の塔にはほとんどいなかっただろ」

「たまたま図書館から見ていた」

見てたんかい。

誰にも見られてないと思ってたのに、あのカッコ悪い様《さま》を目撃されてたのか。

グウェンドルフはじっと俺の目を見つめて続ける。

「一昨日のこともそうだ。君は魔道機関車の屋根の上ですぐ戻ると言っておいて、次の瞬間には湖に落ちて溺れている。君が危うく死にそうになったのを見て……私は気づいた。君をただ待っていてはいけなかったと。守ると決めた以上、君から目を離さないように、君が嫌がらないところまで、私から手を出して傍にいるべきだと」

なるほど。それで外堀埋めに来たわけだ。

「それで外堀埋めに来たの？」

こくりと頷いたグウェンドルフが素直でかわいいと思ってしまった。

まずいな。なんなんだ、この感情は。すでに手遅れかもしれない。

でもな、一つだけ言わせてもらえば。

「だからって急に婿入りしようとすんなよ！　普通にビビるだろ！」

まず本人に了承取りなさい！　本人確認が一番最後って、そんなところだけ爺《じい》さんに似なくていいんだよ！

俺が盛大にツッコミを入れると、グウェンドルフは暴走している自覚はあるのか、黒い瞳を伏せてしゅんとした。

そんな姿もかわいいと思ってしまう俺は本当に手遅れなのかもしれない。

「わかった。グウェンのその俺を心配してくれる気持ちは尊重しよう。ありがとう。心配かけてごめんな。お前にはいっぱい助けられてるし、俺もグウェンと一緒にいるとしっくりくるっていうか、安心感みたいなのはすごくある。……ただ、俺も自分の感情がまだよくわからないから、好き？なのかどうかはまだわからなくて。だからその、少し待っててくれると嬉しい」

あれ？

俺は自分で言いながら疑問を覚える。

待っててほしいって、最終的にグウェンを受け入れる方向で調整してないか？

俺の言葉を聞いて、グウェンドルフは真面目な顔で頷いた。

「君の嫌がることはしない。ただ傍で守りたい」

う、くそ。

ちょっと胸に来たぞ、今のセリフ。

宝石みたいな瞳でじっと見つめてくるキラキラした顔面は、もはや視界の暴力だよ。俺も、傍にいてくれるって聞いてなんでちょっと安心してるんだ。

グウェンドルフが俺の髪にそっと手を伸ばして、顔にかかった髪を耳の上にかき上げながら顔を寄せてきた。

俺は目を丸くして思わず彼を制する。

「おい、もしかしてキスしようとしてる？」

「してもいいか。それとも、私とは絶対に嫌か」

そう言いながら少ししゅんとするグウェンドルフを見て、俺はつい弱腰になる。

「いや、絶対に嫌では……」

ん？　このやり取り、なんか記憶が呼び起こされるんだけど。

頭の中に数年前の桜並木の風景が過《よぎ》る。

グウェンドルフは感心したように頷いた。

「これは、便利な言葉だな」

「それただ丸め込んでるだけ、ん」

途中で唇に遮《さえぎ》られた。少しだけカサついた唇がそっと重ねられる。

今度は意識がはっきりしてるから、絶対文句を言ってやる。

そう思ったのに、頬に触れたグウェンドルフの手が微《かす》かに震えているのに気づいてしまったから、仕方ないな、今回だけだぞ、という気持ちで受け入れた。

目を閉じて少し自分からも応えてみると、今度はしっかり唇が重なった。

「ん」

嫌ではないし、気持ちいいなと思う自分がいることに、もうしばらく気がつかない振りをしたい。

なんか、丸め込まれる未来が見える気がする。


「で、お前は一日寝てたら回復しましたって？　まったく人騒がせな奴だな」

目の前でルウェインが不機嫌そうに紅茶を飲んでいる。

グウェンドルフは着替えのために、庭の転移魔法陣を使って一度自分の屋敷に戻った。そうしたら今度は入れ替わるようにしてルウェインが訪ねてきたのだ。

さっきグウェンドルフとうっかりキスをしてしまった俺は、「ぐるるる」というベルの寝息で我に返った。そういえば部屋の中にはウィルもいたんじゃなかったか。そう思って慌ててグウェンを押し退けてベッドを振り返ると、ウィルは一心不乱にベルにブラッシングしながら空気と一体化しようとしていた。ベルを残したまま部屋を出られないと思ったんだろう、必死に聞こえない振りを続けたウィルによって、ベルの毛並みは上質なベルベットも真っ青なサラサラ艶々《つやつや》になっていた。

ウィルに気を遣わせてしまったことを深く反省した俺は、出かける用事があると言ってグウェンドルフを帰らせようとしたが、彼は「一緒に行く」と言い放った。どうにか宥めたものの、彼は「絶対に一人で外に出てはいけない」と過保護すぎる言葉で念を押してから、急いで自分の家に戻っていったのだ。

「俺とソフィアは、ほとんど寝ないで後始末に駆けずり回ってたんだからな」

ぐちぐちと文句を言う割には俺の顔を見てほっとした表情を見せるルウェインは、友達がいのある奴だ。手土産に持ってきた菓子をウィルに渡して「お前も食べろよ」と言う様《さま》は、面倒見のいい兄貴感が溢れている。実際、一昨日から昨日にかけて、ルウェインは魔道機関車の修理や事情説明に色んなところを駆け回って大変だったはずだ。事件にはなってしまったが、線路も列車も致命的な損傷はなく済んで幸いだった。

「ソフィアちゃんまで巻き込んで申し訳なかったな」

むしろ、後でオルタンシアに何を言われるかがめちゃくちゃ怖いが。

これから総帥にも呼び出されるだろうなぁ、とつい遠い目をする。

ふと、魔物の討伐に集中していたグウェンドルフよりもルウェインの方が状況を知っているかもしれないと思った俺は、気がかりだったことを聞いてみた。

「ルシアさんはどうなったか知ってるか？　あの後ちゃんと目を覚ましたのかな」

「ファゴット子爵令嬢のことか。彼女ならまだ目覚めてないらしい。神殿で神官達が彼女にかかった禁術を解こうと色々苦心しているらしいが、目覚めたっていう知らせはないな。まぁでも、上級神官が数人で取りかかればなんとかなるだろうって話だ」

「そっか……」

するると、やはり相当厄介な術だったのか。

ここに来て主人公が昏睡する状況になるとは思わなかった。主人公だからまさか命の危険はないと思うが、まだ目を覚ましていないのは心配だ。会えるかわからないけど、ルシアがどこにいるのか総帥に会ったら聞いてみよう。

しかし主人公が不在となると、やはりシナリオは予想もしない方向に進んでいるんだろうか。

「俺はまた車両基地に戻る。誘拐犯のバックに誰がいるのか知らねぇけど、お前は余計なことに首を突っ込まず大人しくしてろよ」

「あのね、俺は毎回自分から首を突っ込みに行ってるわけじゃないんだけど……」

「くどい。そろそろ自分の巻き込まれ体質を自覚しろ。フォンフリーゼは列車を止めてから、珍しく慌ててお前を捜しに行ってたぞ。真面目な奴の庇護欲をそそるな。ああいうタイプにロックオンされると面倒なことになるだろうが」

すでに、されてるんだよな……

と内心思いながら、そろそろその本人が戻って来る頃じゃないか、と思い出す。

もう出かけなきゃいけないのに、ここにグウェンまで揃ったら厄介だな。

時間を確認しようとポケットから懐中時計を取り出したら、いつもの時計じゃなかった。そういえばグウェンと交換したんだった。

「おい……待て、それ……」

こめかみを押さえたルウェインが、俺が取り出した懐中時計を指差した。

「いや待て。俺はこれを聞くのか？　絶対聞かなきゃよかったってなるパターンじゃねぇか。何か前にも似たような展開に……いや、いい。いずれ聞くことになるなら今聞いた方がダメージは少ない。そうだ。今突っ込んでおくしかない」

ぶつぶつと小声で自問自答したルウェインが、胡乱《うろん》な目で俺を見た。

「お前の持ってるそれ、なんでフォンフリーゼ公爵家の家紋が入ってる？」

確かにこのセリフ、前にも聞いたな。

「グウェンにもらった、けど」

「お前……」

恐る恐る答えたら、脱力したルウェインが顔を両手で覆って俯《うつむ》く。

えっ、何……？

やっぱり懐中時計って、何か深い意味があるものだったのか……？

やがて顔を上げたルウェインは、俺の困惑した顔を無情な目で見つめた。半分呆れも入っている。

「いいか、よく聞けよ童貞」

「言い方。ルウェイン言い方」

「男が家紋の入った懐中時計を渡すっていうのはな、交際してます、または婚約してますと同義だ」

「…………は？」

婚約……？

俺は固まって、先ほどの家族との会話を思い出す。そして、手のひらにあるグウェンドルフの懐中時計にゆっくりと視線を落とした。

「いや何それ!! 知らないけど!?」

「お前、叡智の塔に二年もいて知らなかったのか？ アホなの？ 有名な慣習だろ。在学中にもカップルがいただろ。男は懐中時計を渡して、女の方は相手に家紋の入った腕輪を渡すんだよ。交換してる奴らが何組かいたじゃねぇか。だから俺だって、お前んちの懐中時計をもらうときに、わざわざ家紋を入れるなって念押ししたんだろうが」

「いや、知らない知らない。そんな慣習に縁もゆかりもなかったし」

つまり、家紋の入った懐中時計を渡すっていうのが恋人同士の証明ってこと？

いや待って、それだと俺とグウェンは!?

すでに交換してるよ俺達⁉

というか、あいつはこれ知ってたのか？　知ってて俺と懐中時計交換したってこと？　叡智の塔に全然いなかったくせに、どこでそんな情報を仕入れてきたんだよ⁉

懐中時計を見ながら焦っている俺を見て、ルウェインは大きなため息をついて背もたれに片腕をかけた。

「まぁ、知らなかったんなら、そう言ってフォンフリーゼに早いとこ返すんだな。あいつもその慣習知らなかった可能性あるし。交換してないならセーフだろ」

「……」

いや、してる。

交換してる。

俺は一体どうしたら、という心境で手の中の黒い懐中時計を見つめた。

魔道機関車の事件が片付いて、これからはシナリオの裏側にいる黒幕の存在を探りながら犯人を追うという流れになると思うんだが、それよりも個人的に衝撃すぎる展開を迎えてしまった。

俺は果たして脱悪役令息《ダメナルド》に集中できるのか。なんだかどんどん想定外の状況に陥《おちい》ってる気がするんだけど。だってもう交換してるんだよ。ねえ、どうすんの、これ。次グウェンドルフに会ったら、俺はどんな顔をすればいいんだ？

望んでいた平穏とはほど遠くなっていく現状に頭を抱えながら、俺は考えた。

とにかくまずは、俺の悪役令息としての未来を回避しよう。これ以上シナリオが厄介な方向へ転がっていく前に、レイナルド《俺》のバッドエンドを阻止するんだ。

そう思い直したらちょっと落ち着いた。交換してしまったものは仕方ない。グウェンドルフにはもう少し待っててもらって、時計のことは一旦保留だ。きっとあいつは俺が答えを出すのを待ってくれる。

だから、この時計はまだ返さなくていいよな。

そう自分に言い聞かせて、俺は手の中の黒い懐中時計をそっとポケットに戻した。

この作品に対する皆様のご意見・ご感想をお待ちしております。

おハガキ・お手紙は以下の宛先にお送りください。

【宛先】

〒150-6019 東京都渋谷区恵比寿4-20-3 恵比寿ｶﾞｰﾃﾞﾝﾌﾟﾚｲｽﾀﾜｰ19F
（株）アルファポリス　書籍感想係

メールフォームでのご意見・ご感想は右のＱＲコードから、
あるいは以下のワードで検索をかけてください。

アルファポリス　書籍の感想　検索

ご感想はこちらから

本書は、「アルファポリス」（https://www.alphapolis.co.jp/）に掲載されていたものを、改稿、加筆のうえ、書籍化したものです。

悪役令息《あくやくれいそく》レイナルド・リモナの華麗《かれい》なる退場《たいじょう》

遠間千早（えんま ちはや）

2024年11月25日初版発行

編集－羽藤 瞳・大木 瞳
編集長－倉持真理
発行者－梶本雄介
発行所－株式会社アルファポリス
〒150-6019 東京都渋谷区恵比寿4-20-3 恵比寿ｶﾞｰﾃﾞﾝﾌﾟﾚｲｽﾀﾜｰ19F
TEL 03-6277-1601（営業） 03-6277-1602（編集）
URL https://www.alphapolis.co.jp/
発売元－株式会社星雲社（共同出版社・流通責任出版社）
〒112-0005 東京都文京区水道1-3-30
TEL 03-3868-3275
装丁・本文イラスト－仁神ユキタカ
装丁デザイン－AFTERGLOW
（レーベルフォーマットデザイン－円と球）
印刷－中央精版印刷株式会社

ISBN978-4-434-34825-9 C0093